第1章

16回目のBirthday

　——キーンコーンカーンコーン。

　少し眠たい1時間目の授業が終わり、あたしは頬杖をついて、窓の外を眺めた。

　今は春まっさかり。

　桜の花びらが、風に優しく揺れている。

　あたしの名前は、水沢美桜。

　この春、高校1年生になった。

「ねえ、美桜」

「ん？」

　ふいに名前を呼ばれて顔をあげると、そこにいたのは同じクラスで幼なじみの、秋山莉子。

「これ、家に帰ってから開けてね」

　そう念を押して机の上に置かれたのは、ピンク色の箱。

　キラキラのハートが散りばめられた包装紙に、ラメ入りのリボン。

　女心をくすぐるような可愛らしいラッピングに、思わず、すぐに開けたくなるけど。

「あたしに？」

　どんな風の吹き回しだろう……と、その箱を手に取る。

「美桜、誕生日おめでとう！」

　……あ。

黒板の日付に目をやる。
「…………」
　今日は、16回目の……。
「え。その顔、もしかして忘れてたの？」
「う、うん……」
　あたしは正直にうなずいた。
「新年度に入ったら、すぐ美桜の誕生日が来る。あたしだって覚えてるのに。もーしっかりしてよー」
　莉子は、目を丸くした。
「……ありがとう。だって、今朝、誰も……」
　朝起きてからのことを思い出してみる。
　お父さんからも、お母さんからも……誰からも……。
　うん。やっぱり、おめでとうなんて言われてない。
「あのふたりは、なにをくれるんだろうね」
　そう言って、莉子が向けた視線の先。
　つられるように追うと、目に入ったのはクラスの中でも、ひときわ目を引く、ふたりの男子。
「きっと……覚えてないよ」
　……高校生にもなって、そんなの期待してない。
　あたしはわざと、ふたりから体を背けた。
　黒髪の翔平と茶髪の理人。
　コミュニケーション能力に長けている理人の周りには、入学してからまだ1週間だというのに、休み時間のたびに人が集まる。それは、男女問わず。
「理人〜、昨日言ってたDVD貸してやる〜」

そのとき、教室へひとりの男子生徒が入ってきた。
　窓際の前から2番目、理人の席に向かってズカズカ歩いていく。
「マジすか？」
　制服の着崩し方や態度を見るかぎり、上級生。
　……もう、先輩にまで知り合いができたんだ。
　そういえば、サッカー部に入ったって言ってたっけ。
　人に甘えるのが上手で、先輩から可愛がられるのは高校に入っても変わらないみたい。
　もうずいぶん昔からの知り合いのように、頭をクシャクシャと撫でられている理人。
　あたしは一番うしろの窓際の席から、少しうらやましいと思いながら眺めた。
　一方。
　ここからは少し離れているけど、あたしは右斜め前方へと目を向ける。
「翔平くん！　あたし、バスケ部のマネージャー希望なんだけどっ」
　パッと見クールで、実は口ベタな翔平だって。
　幼い頃から続けてきたバスケのおかげか、抜群の身体能力やクールなスタイルで、同級生はもちろん、後輩からの慕われ方はカリスマ的。
　群れるのが嫌いなくせに、黙っていても人が寄ってくる。
「それなら顧問に言っといて。俺、よくわかんねえし」
　ふたりとも、すごい人徳。

そして一見、対極に見える、ふたりの共通点といえば。
「ほーんと相変わらずだよね、あのふたり。ウチのクラスだけ、絶対に温度高いと思わない？」
　そのルックスから、女の子が放っておかないっていうこと。ふたりとも、おそろしく整ったパーツを持ち合わせていて、あたしなんかより、ずっとキレイな顔をしている。
「うん」
　的を射ている莉子の言葉に、深くうなずいた。
　理人の話に目を輝かせている女の子も、きっと片目では翔平を追っている。
　１ヶ月もすれば、"理人派"と"翔平派"でキレイに分かれるのがいつものこと。
「……で、どうして美桜だけ、こうなったかな」
　悪い意味じゃないんだけどね……そう付け加えた莉子は、頬杖をついて、あたしを眺めた。
「……どうせ、あたしたちはもともと、ちがうもん……」
「それを言っちゃあダメでしょ……美桜……」
　小学校、中学校ともに、比較的友達の少なかったあたし。利発で姉御肌の莉子は、浅く広く友達関係を展開していて。莉子がいるときだけ、あたしもなんとなく仲間に入れてもらえてたけど、友達だと公言できるのは、やっぱり彼女だけ。
「あたしには莉子がいれば、それでいいもん」
　人徳があってうらやましいと思う気持ちと、自分もそうなりたいと思う気持ちは別。

あまり人との関わりあいは得意じゃないから。というか、好きじゃない。
　女の子特有の集団行動が苦手。……その辺は、群れることが嫌いな翔平と似ているところがある。
「まあ、無理にとは言わないけどさ」
　そう言って大きく伸びをする莉子に、少し不安を覚えた。
「……迷惑？」
　あたしといると退屈かな。ほんとは、大勢の友達とワイワイしたいのかな。
「なにを今さら。あたしは美桜、大好きだし！」
「ありがとうっ！」
「だけどさ、美桜ももう、16歳になったんだから……もうちょっと積極的に、ね？」
"ね"と、力強く肩に置かれたその手には、言葉以上のいろんなものが込められている気がして。
　……ありがとう、莉子。
　莉子には昔、さんざん迷惑をかけたし、たくさん励ましてもらった。あたしがこうして平穏に日々を過ごせているのも、莉子がいたから。
「……うん」
　うなずきながら、心の中で何度も感謝する。
　すると、莉子はまた、翔平と理人に視線を戻した。
「でもさ、クラスのみんなもびっくりしてたよね。あのふたりと美桜が兄妹弟って言ったとき」
「……うん」

そう。今日は16回目の……あたしが捨てられた日。

　自転車を走らせて30分ほどすると、住宅街のはずれに十字架が見えてきた。
　白いレンガ造りの教会。そこが、あたしの家。庭には大きな桜の木があって、キレイに花を咲かせている。
　門をくぐり、定位置に自転車を停めてロックをする。
　教会のとなりにある【水沢】と表札に書かれた一軒家。
　その玄関に手をかける。
「あ、枯れちゃう」
　そのとき、教会の入口に置いてあるプランターの花が下を向いているのに気づいた。
　今日は結構、暑かったもんね。
　あたしは庭に回り、ジョーロに水を汲んでくると、水やりを始めた。しおれかかった葉は、命を吹きこまれたように水滴で光る。
「水やり？」
「あっ、おかえり……」
　そこへ自転車を引きながら現れたのは翔平。
　部活などで行動パターンがバラバラなあたしたちは、登下校をともにすることは、ほとんどない。
「美桜、花好きだっけ？」
「あー、うん……」
　たしかに普段は教会の花なんて、たいして気にも留めてない。

親の趣味で拡大していった自家製庭園だし。
「美桜が水やりなんて珍しいからさ」
　皮肉めいて笑った翔平は、あたしがジョーロを持ちながらかかえていたカバンを持ってくれる。
　その自然な行動に、胸がとくんと鳴った。
　翔平のなにげない優しさは、いつものこと。
「なんとなく、ね」
　翔平は、なんとも思ってないのかな。
　今日だけは、あたしはこの場所を無視することができなかった。
「先、中に入ってるな」
「うん」
　……だって、この場所だから。16年前の今日、あたしと翔平が捨てられていたのは。

　まだ冷えこみの残る4月中旬の早朝。
　ここに捨てられていた、生まれて間もないあたしと翔平。
　発見したのは、この教会の牧師で、今のあたしたちのお父さん。
　お父さんとお母さんが結婚して9年目の春だったらしい。
　子どもに恵まれなかったふたりは、実親の手がかりの残されていなかったあたしと翔平を自分の子どもとし、育てることを決めた。
　あたしと翔平は同じカゴに入れられていて、最初は双子

だと思ったのだとか。

でも、血液検査などを行った結果、その可能性はないと判断された。

そもそも、あたしたちは同じ親から置かれた可能性自体、低いらしい。翔平にだけ、メモ書きで誕生日と名前が残されていたから……。

あたしには、名前など手がかりになるようなものはなにもなく、誕生日と名前はお母さんが決めてくれた。

そして、この家に降り立った日があたしの誕生日となり、発見時、散った桜の花びらがあたしの頬についていた……その姿が可愛らしかったという理由でついた、"美桜"。

あたしと翔平が、どうして同じカゴに入れられていたのかは謎のまま……。

——チリンチリン。

自転車のベルの音がした。
「よ〜」

翔平が家に入ったのと入れ替わりに、機嫌よさそうに教会の門をくぐってきたのは理人。
「どうしたの？ その前髪」

長い前髪が、ちょんまげのように結わいてあった。

なんだか可愛い。
「サッカー部の先輩に遊ばれた〜」

そう言って笑う理人の両親は、理人が１歳にも満たない頃に、事故で亡くなってしまった。

理人の実の母親は、ここのお母さんの妹だ。
　つまり姉夫婦が、遺された子どもを引き取った。それが、理人がここにいる理由。
「結構、似合ってるじゃん」
　すっかり見あげるほどになってしまった理人のおでこに手を伸ばし、ちょんまげをチョンと弾いた。中性的な顔立ちの理人は、こんな姿でもサマになっている。
「だろう？」
　あたしと翔平と理人は、血のつながりのない３人兄妹弟。
　最初はふたりだったけど、理人を引き取ったことで思いがけず３人となった水沢家の子どもたち。
　誕生日順に、翔平が長男。次にあたしが妹で、長女。最後が弟で次男の、理人。
　同い年だから、世間的には３つ子で通している。
　３つ子と言っている以上、ほんとの誕生日とはべつに、対外的に統一した誕生日があって。
　翔平と理人は、ウソの誕生日に女の子からたくさんのプレゼントをもらっているんだ……。
　普通の３つ子だと信じて疑わなかったあたしたちに、ほんとのことが告げられたのは、11歳のときだった。
　お父さんやお母さん、翔平や理人と、血のつながりがないという現実。
　そして……親に捨てられたという事実は、あたしの心に大きな影を落とした。
　それほどショックを表に出さなかった翔平や理人とはち

がい、もともと自分をうまく表現するのが得意じゃなかったあたしは、ますます自分の殻に閉じこもった。
　ご飯も食べられなくなって、学校にも行けなくなった。
　そんなとき、やっぱりあたしを支えてくれたのは、家族のみんな、そして莉子だった——。
「早く中に入ろうぜ。腹減って死にそうだし」
「えっ……ちょっと……」
　理人に乱暴に手を引かれ、まだ中に水が残るジョーロが地面に転がった。
　——パンッ。
　家に入った瞬間。
　破裂音とともに、目の前がカラフルに弾けた。
「な、なにっ!?」
　頭にモシャモシャとかかった紙テープをかきわけると、
「「ハッピーバースデー！」」
　とクラッカーを手に、玄関で待ちかまえていたのは、お父さんとお母さんだった。
「あ……」
「サプライズ、サプライズ」
　そう言って、理人も真横から一発クラッカーを飛ばした。
　サプライズって……。
　だから朝、なにも言われなかったんだ!!
「びっくりしたぁ」
　かなり感激。
「んも〜、帰ってきてるのに、なかなか家に入ってこない

から待ちくたびれちゃったわよ〜」
　お茶目に笑うのは、優しくて料理上手な、お母さん。
「今日はごちそうだぞ。さ、早く中に入って入って」
　ヒゲの手入れは怠らない、いかにも牧師さんって感じのお父さんは、陽気で、とても明るい人。
　ふたりに背中を押されるようにして、あたしはリビングへと入っていった。

禁断の恋

「マジでわりぃ……」

　翔平だけは、ほんとにあたしの誕生日を忘れていたみたい。豪華でにぎやかな食事を終えたあと、もう何度目かわからない謝罪を口にした。

「先週祝ってもらいながら、それはないだろうよ」

　冷たい理人のツッコミに、さらに、うなだれる翔平。

　翔平の誕生日は、あたしの7日前。今日みたいにパーティー料理を囲んで、お祝いしたばかり。

「いいって、あたしだって忘れてたもん」

　……あ。

　明るく言ったのに一瞬、生まれる微妙な空気。

「……ごめん」

　せっかくお母さんが決めてくれた誕生日なのに、それを認めてないみたいな発言して。

　正直すぎるあたしが悪かった。

「コーヒー、淹れるね」

　その場を取りつくろうように立ちあがり、キッチンへ向かった。

「主役が、そんなことしなくてもいいのに」

　お母さんもケーキを切りについてくる。

「ううん。コーヒーはあたしが淹れたいし」

　お父さんも翔平も理人も、あたしが淹れたコーヒーは「お

いしい、おいしい」と言って、飲んでくれるから。
　砂糖1本入りが、お父さん。
　砂糖2本にミルクひとつが、甘党の理人。
　ブラックが、翔平。
　それぞれ、こだわりがあって、うるさいんだけど。
　ちなみに、お母さんとあたしはコーヒーが苦手。だからいつも紅茶。
　飲みものとケーキの用意も整い、またみんなが食卓に集まる。
「はい！　お父さんとお母さんからのプレゼント！」
　仕切り直すようにトーンをあげてお母さんが渡してくれたのは、香水だった。
「わあ！　可愛い。うん、いい匂い！」
　手首にシュッとかけると、甘い香りが漂った。
　それを見て、正面に座っている翔平が不機嫌そうに言う。
「そういうの、美桜にはまだ早いんじゃない？」
「なにもプレゼントを用意してない翔平に、そんなこと言う資格ないだろ」
　そう言う理人がくれたのは……。
「え……」
　ここで広げたのを後悔した。
「な、なにこれ……」
　ぎゃっ！　理人ってば、なんてものくれたの!?
　お父さんの口からは、ケーキの生クリームがポトリと落ちた。

それは……まっ赤な、露出の激しい下着だったから。
思わずそれを放り投げてしまう。
「そ、そんなもん、美桜がはくわけないだろ！」
お父さんはフォークを振りかざしながら理人に猛抗議。
「そうだそうだ！」
なぜか翔平まで賛同。
「いやあねぇ……お父さんが、ふたりいるみたい」
クスッと笑ったお母さんは、なんだかとても楽しそう。
誕生日が今日でよかったんだと思う。
捨てられたという悲しい日が、みんなの笑顔と笑い声にあふれた日になるから。
「んだよー。美桜はなんつーか色気が足りないんだよなあ」
どこの女の子と比べているのか、理人があたしを残念そうな目で見る。
理人は、女の子好き。
今まで、彼女を取っかえ引っかえしているだけあって、姉のあたしがパッとしないのが不満みたい。
「「そんなもの必要ない！」」
お父さんと翔平の声がそろった。
たしかに。まず、あたしが色気を放出する必要性が感じられないんだけど……。
お父さんもお母さんも、あたしたちをほんとの子どものように、そしてほんとの兄妹弟として育ててくれた。
お母さんからすれば翔平が、あたしが色気づくのをイヤがるのは、兄として当然だと思っているんだ。

「タンスの肥やしにするね……理人、ありがとう」

　だから、あたしは。

　もしかしたら、おかしいのかもしれない。

　……翔平が……好きだなんて。

　いつも冷静で、落ち着いた雰囲気の翔平。

　人前ではクールなのに、さりげなく見せる優しさに、いつしか"男の子"として惹かれていた。

　だけど、この気持ちはひたすら胸にしまっている。

　……だって、翔平は"兄"。

　不道徳だと思うあまり、莉子にすら打ち明けることができないんだ。

「……まったくもう」

　お風呂から出たあと、理人からもらった下着を眺めながらそうつぶやいた。

　これって、Tバックってヤツだよね!?

　はじめて見た……。

「こんなの、はけるわけないし。やっぱり、タンスの肥やしだよね……」

　──カチャ。

　そのとき突然、扉が開いて、入ってきたのは翔平だった。

「うわっ……」

　あわてて下着をお尻の下に隠す。

　翔平も理人も、あたしの部屋に入ってくるのに、ノックはしない。

プライバシーもなにもない。まぁ……兄妹弟って、そういうものか。
「あのさ、これ……」
　翔平が手にしていたのは、小さな鉢植え。
　ピンクと黄色い花の寄せ植えで、まん中には、親指サイズの白いクマのマスコットが刺さっていてすごく可愛い。
「なに？」
「誕生日プレゼント」
　照れくさそうに言い、それをあたしに差しだす。
「わざわざ買ってきてくれたの？」
「こんなもんしか用意できなくて、わりぃけど」
「ええっ！　すっごいうれしい！　翔平、ありがとう」
　今日中に用意しようとしてくれた、その気持ちがうれしくて。
　大切に受け取って、その鉢植えを隅々まで眺めた。
　短時間で見つけてくれたんだろうけど、お花なんて、理人より数十倍センスがいい。
　……あ。
　そのとき、あるものに目を奪われた。
「……ねえ……これ、翔平が選んでくれたの？」
　鉢の中のクマに目を落としながら聞いた。
「……ああ。まあ、店員に作ってもらったんだけど」
　ほんとに？
「なんて言って、作ってもらったの？」
「よくわかんないから、ほとんど任せた……」

「誰へのプレゼントとか聞かれた？」
「…………」
「もしかして……彼女……とか言った？」
「……っ、わかんねえけど、なんか聞かれたから適当にうなずいたかも。つうか、花屋にいること自体、落ち着かなくて」
「あはは。どうりで」
「……なんで？」
「クマの胸元に、I LOVE YOUって書いてある……」

　勉強やスポーツは器用にこなすくせに、そういうことには疎い。

　妹へのプレゼントに、I LOVE YOUはないでしょ。

　気を利かせて店員さんは刺してくれたんだろうけど。

「ゲッ……マジで!?」

　とたんに、うろたえる翔平。

　ほんとに気づいてなかったみたい。

「じゃ、じゃあ、ソレ捨てといてっ」
「イヤだよ、可愛いもん」

　抜こうとした翔平を阻止するように、鉢植えをかかえた。

　たとえ、事故みたいなものだしたって、あたしにとっては大事なもの。

　翔平からの"I LOVE YOU"。捨てられるわけない……。

「お、翔平もいたのか」

　……だから。

　ほんとにこの人たちは、ノックもせずに……。

入ってきたのは理人で、あたしのベッドへゴロリと寝転んだ。
「翔平からお花もらったの」
　文句を言うのもあきらめて、鉢を自慢げに見せた。
「プッ。あわてて買いにいったのかよ」
　ベッドに手をたたきつけながら爆笑する理人。
「覚えてたんなら教えろよ。一緒に買うとかさー」
　そんなことを言う翔平に、少しムッとする。
「翔平は、もっとすごいもん用意してると思ったんだよ」
「思ってねえくせに」
「ん？　この箱は？」
　そして、理人はベッドの上にあるピンクの箱を指さした。
「あ！　これは莉子にもらったの」
　帰ってからのドタバタで、未開封のままだった。
　なんだろう？
　ワクワクしながらリボンを解いて開けて。
「うわっ……」
　すぐに箱のフタを戻す。
「ん？　なに？」
　ベッドから理人が身を乗りだした。
「う、うん、アクセサリーだった」
　莉子ってば、なんてものくれたのよ!!
　冷や汗をかきながらも平静を装う。
「じゃあ見せろよ」
「べ、べつに、見せるようなもんじゃ……」

「あ、UFO！」
「へっ？」
　気が逸れた瞬間。
　箱は理人に渡っていた。
「ちょ……返してっ……」
　バカみたいな、しかももう100回は引っかかっている手口なのに、また引っかかったあたしって、ほんと、バカ。
「へい、パス」
　翔平とタッグを組み、箱が宙に舞う。
　背の高いふたりが放り投げれば、チビなあたしに届くわけなんかなくて。
「うわお！」
　箱は再び開けられ、理人の手から、ぶらさげられたそれは……ブラ。
　しかも、黒ベースの生地に、レースてんこ盛りの超セクシーなヤツ。
　理人のくれたものに負けず劣らずだ。
「ふうん。Dの70……美桜って痩せてるわりに、結構、胸あんだな！」
「きゃあぁぁぁ!!」
　必死に取り返そうと手を伸ばすと、それをかわした理人は立ちあがって、さらに高くあげた。
「返してよー」
「ほら、こーこーまーでおーいで」
　中身はこんなに幼稚なのに、身長は無駄に175センチも

ある理人にはまったく届かない。
　あたしは、まるで飼い主に遊ばれているネコみたい。
　やっと取り返して、箱に戻す。
「ん？　どうしたの？」
　見ると、さっきまでテンションがあがっていた翔平が固まっていた。
「すげー。美桜のおっぱい……デカい」
　そして、妙に感心したようにつぶやく。
「……っ!!」
「おっぱい言うなよ。なんかエロい」
「理人に言われたくない」
　日焼けなのか、なんだかよくわからない顔色の翔平を見れなくて、あたしはなんとなく目を逸らした。
　兄妹だって……。
　翔平にそんなこと言われたらドキドキしちゃうよ……。
「美桜のおっぱいがすごいのはわかったけど、安心しろ。美桜には欲情しないから」
　まるで先生のような理人の口調。
　うんうんとうなずきながら、あたしの肩に手をのせた。
「見たところでなにも感じないよなあ？」
　今度は翔平へ。
「……感じ……ないな」
「だろ？　エロ本で、いくらでも見てるもんな」
「おいっ！　俺はそんなもん見ねえって！」
「なんだよ、自分だけ優等生ぶる気か？　この間ベッドの

下に隠してあったの借りたし」
「……っ!?」
「も〜っ！　ヘンな会話しないで〜！」
　そんな話を聞きたくなくて割りこんだ。
「そういう話はふたりでして。もう、ほんとに、はずかしい……」
　まるでお互いを異性として見ていないと強調するような会話は、"家族"だと証明してくれるようで心強いけど。
　逆に、あたしを"女の子"としては絶対に見てくれてないってことで。
　それはそれで複雑な気持ち……。
　ほんとの兄妹でもない。
　でも幼なじみとも、またちがう。
　好きになって許されるのかそうじゃないのか、あたしもわからない。
　それでも、あたしが翔平を好きだなんて言ったら、お母さんはきっと悲しむ。
　翔平にだって軽蔑されるかもしれない……。
　さんざんあたしを辱めの刑に処したあと、ふたりは部屋を出ていった。
「はぁ……」
　またいろいろと再認識しちゃって、自己嫌悪に陥る。
　あたしが翔平を異性として意識するようになった頃、そんな自分がイヤで、何度も錯覚だと自分に言い聞かせた。
　それでも、心は正直だった。

翔平に言いよる女の子を見れば胸がざわついたし、一度、彼女ができたときには、ひとりベッドの中で涙を流した。
　……こんな気持ちになんて、気づきたくなかった。
　あたしの気持ちは、きっと不道徳。
　この気持ちは、早くなくさなきゃいけないんだ。
　他に好きな人ができれば、過去のことだと、笑って話せるのかな……。
　それはいったい、いつになるんだろう……？
　そんな思いを抱きながら、あたしはクマの"I LOVE YOU"をそっと、撫でた。

罪な男

「ね、ね、気に入ってくれた？」

5時間目と6時間目の間。

教室移動の最中、思い出したように耳もとに口を寄せた莉子に、あたしは軽く頬を膨らませた。

「そうだ、忘れてた！」

ひと言言わせてもらおうと足を止めたあたしの手を、莉子が引っぱる。

「ほら、足止めちゃダメ、急がないと！」

次の教科は遅刻にうるさい、化学の先生。

先生が教室に入ってきたときに席についていなければ、赤点だぞー！と、始めから宣言している。

あたしはさっきよりも歩く速度をあげながら、後悔を口にした。

「……学校で開けておけばよかった」

理人に冷やかされるハメになったのも、もとはといえば"家に帰ってから開けてね"という莉子の言葉を忠実に守った結果なんだから。

「なに？　理人に見つかっちゃったの？」

大げさに目を見開いてみるさまは、まさに確信犯。

……もう、やられた。

莉子だけは、あたしたち3人が持つほんとの関係を知っている。

教会から徒歩3分の距離に住んでいる莉子は、赤ちゃんの頃からお父さんに連れられて、毎週、礼拝に来ていた。
　同じ年の子どもを持つということで親同士もすぐに打ち解けたようで、よちよち歩きが始まった頃にはすでに一緒に戯れている写真が残っている。
　幼稚園に入った頃からは、礼拝が終わると決まって教会の庭で4人で遊んでいた。
　日曜日は、それがすごく楽しかった。
　あたしだけじゃなく翔平と理人も、莉子を信頼している。
　3つ子というより、4つ子と言ってもいいほどだ。
「そこ、誰だ！　席についてないのは！」
　急に響いた怒声にびくっとする。
　先生が怒っている。
　あたしたちはギリギリで間に合ったものの、かわいそうに、間に合わなかった人がいるらしい。その空席は……。
「水沢……弟か」
　獲物を捕らえたとでもいうように目を光らせ、出席簿を手のひらに打ちつける先生。
　ウソッ……理人!?
　入学早々、赤点決定して、どうするのよ！
　あせって翔平を見ると、同じく仕方ねえなぁって顔で眉をひそめている。
　本気で心配になってきた頃、ブレザーのポケットがふるえた。
　こっそり携帯を確認すると、理人からのメールだった。

『保健室で寝てることにしといて』
　語尾にはハートマーク。
　ちょっ……！　どういうつもり!?
　でも、あたしが助けないで、赤点になっちゃったら困るし……。まったくもう。
　あたしは手をあげてから、ゆっくり席を立った。
「……先生。弟の理人ですが、具合が悪くて早退しました」

　授業が終わり、あたしはようやく緊張から解き放たれた。
「も～！　理人ってば。帰ったら、ただじゃおかないんだから」
　先生にウソを見抜かれるんじゃないかと気になり、授業になんてまったく身が入らなかったんだ。
　理人のことだから、女の子とイチャイチャしてたら間に合わなくなった……そんなとこだと思う。
　保健室で寝てるなんて言って先生が確認しにいったら大変だし、理人には『早退したって言ったから！』とさっき、メールしておいた。
　教室に戻り、中を見渡しても理人の姿はない。
　カバンごとなくなっているのを見ると、ほんとに早退したようだ。
「となりのクラスの女子と、一緒にサボッたらしいよ」
　そんな情報を持って、莉子があたしの所へやってきた。
　やっぱり女の子と一緒に消えたのか。さすが、理人だね……って、褒めてる場合じゃない。

「はぁ……寿命(じゅみょう)が縮(ちぢ)まった……」
　走ったわけでもないのに疲労感(ひろうかん)たっぷりのあたしを、莉子が笑う。
「お疲(つか)れ。理人はそうとも知らず、今頃、彼女とイチャイチャしてるんじゃないのー」
　イチャイチャ……ね。
　それがどんな意味かわかっていても、理人だと慣れすぎて、べつになんとも思わない。翔平だったら、考えただけで頭がクラクラしてくるけど……。
　頭を振って想像を一蹴(いっしゅう)すると、莉子を見あげた。
「ところで、一緒に帰った子と理人は、付き合ってるの？」
「さあ、どうだか。理人はそういうの、関係ないんじゃない？」
「まったく……姉としては許しがたいよ」
　女遊びが激しい理人。
　いろんな女の子に恨まれていそうだな……。
　困った弟を持ったなと頭をかかえていると、
「翔平くん！」
　教室の前方から、甘ったるい声が聞こえてきた。
　顔をあげると、愛らしい瞳(ひとみ)が翔平と視線を合わせていた。
　パッチリとした黒目がちな瞳。
　手入れの行き届いた、キレイな、ふわふわの巻き髪。
　雑誌の"愛され顔特集"に登場しそうな、とびきり可愛い、小柄(こがら)な女の子。
「…………」

胸が警笛を鳴らした。
　……あの子、最近、翔平のそばによくいる。
　直接女子に囲まれる理人とは対照的に、翔平に好意を寄せる女の子の大半は遠巻きに眺めるだけだ。
　翔平は、他人を寄せつけないオーラを出しているから。
　そんな中、彼女は積極的に翔平に近づいている。
　目の保養だとか友達になりたいとか、そんなミーハー心ではないんだろうと、なんとなく思った。
　女のカン。
　あの子は自分に自信があるのかもしれない……。
　同じクラスの、名前はたしか……本宮彩乃ちゃん。
「今日ね、正式に男バスのマネージャーの届けを出してきたの」
「そう」
　視線を向けているせいか、会話の内容が正確に耳にまで届いてくる。
「わからないことだらけだから、いろいろ教えてくれるとうれしいなっ」
「俺も新入部員だし」
　そうクールに答えた翔平は、決してイジワルなんじゃなくて、女心が読めないだけ。
　悪気はないのに、女の子を傷つけていることが多々あると、あたしは思っている。
　……ほんとに罪な男。
「あっ……バスケをって意味ね」

あげ足を取られたと思ったのか、彩乃ちゃんはプゥーッと、可愛らしく頬を膨らませた。
「あ～あの子、完全に翔平狙いだね」
「やっぱり莉子もそう思う……？」
　どこか黒いオーラを醸しだしながら彼女を眺める莉子を見て、もともとおだやかじゃない胸の中が、さらにざわついた。
「1年のマネージャーは、あたしだけみたいなの。不安だし、力になってくれたらうれしいなっ」
　彩乃ちゃんが一生懸命話しかけるそばで、翔平はマイペースに携帯を取りだして、いじりはじめる。
「マネって、要は選手のサポートするわけじゃん？　なのに、力になってほしいって……クックック……」
　莉子が笑うその横で、あたしは真剣に事の成り行きを見守っていた。
　その猛アピールは、稀にみるほど勢いがあったから。
「実は……バスケのルールも、わからないの。あたしに務まるかなぁ……」
　毛先を指でくるくる巻きながら、彩乃ちゃんは上目遣いで翔平を見あげる。
　メールでも打っているのか、翔平の右手は携帯の上を滑っていた。
「だったら、悪いこと言わないから、やめた方がいいでしょ」
　聞いてるのか聞いてないのかさえわからない無反応な翔平に代わって、相変わらずツッコミを入れる莉子。

……翔平、聞いてるのかな。
　あそこまで無視を貫く態度に、こっちが心苦しくなってくる。
　きっと、悪気はないと思うんだけど……。
「あたし不器用だし、足手まといにならないか心配で……」
　それでも、めげずに話し続ける彩乃ちゃん。
「不器用なのアピッて、どーすんだろうね!?」
「……莉子、黒オーラ全開だよ……」
　自分が竹を割ったようなさっぱりした性格だからか、こういう子には、とことん厳しい莉子なのだ。
　いつにも増して毒舌な莉子に、苦笑い。
「でも、一生懸命がんばるね」
　彩乃ちゃんは健気にそう言うと、ここからでもわかるほど、瞳をウルウルさせはじめた。
「残念っ!　そこにグッとくるのは、理人の方!」
　翔平について知り尽くしている莉子は、さもおかしそうにパチンと手をたたいた。
　それには思わず、うなずいてしまう。
　たしかに、翔平には逆効果。
　涙に弱い理人とはちがって、翔平は女の子がすぐ泣くのを面倒くさいと思っているから。
　……と、そのとき。
　軽く無視されまくっていた彩乃ちゃんと、ふいに目が合った。
「……っ」

まさか、こっちに向くとは思わなくて、あわてて目を逸らす。
　なのに、彩乃ちゃんはあたしに向かってパタパタと走ってきたから、さらに驚いた。
「水沢さんって、翔平くんと理人くんと３つ子なんでしょ？」
　翔平に迫(せま)っていた勢いのまま来られ、あたしは戸惑(とまど)う。
「う、うん……」
　ほのかに漂う甘い香りが、あたしにはない女子力を見せつけている気がした。
　ニッコリ笑って彩乃ちゃんは言う。
「あたし、バスケ部のマネージャーになったの。よろしくね」
"よろしく"というのは、あたしが翔平の妹だからで。
「う、うん……よろしく……」
　兄がお世話になるなら、あたしだってそう返さなくちゃいけない。
　なんて、弾けるような笑顔なんだろう。まるで、雑誌の中から飛びだしてきたみたい。完全に負けてる。
　こんな可愛い子がそばにいたら、女の子に興味がなさそうな翔平だって、そのうちクラッときちゃうかも。
「それにしても……」
　値踏(ねぶ)みするように足もとから見てくる彩乃ちゃんの次の言葉は、簡単に想像できる。
　あたしは心の準備をした。
「３つ子のわりには似てないね？」

「…………」
「翔平くんと理人くんは、なんとなく同じ匂いがするけど」
　ほら。誰もが、いつも余計なひと言を落としていく。
　3つ子と聞いて、同じ顔が3つあると思いこんでいる人たちの期待を、何度、裏切ってきただろう。
　もう聞き飽きたその言葉には、今となっては嫌悪感さえ覚える。
　両親のどっちと似てる。兄弟と似てる、似てない。
　日本人特有の、お馴染みのあいさつ文句。
　初対面でも言葉を交わすには便利すぎるその社交辞令が、あたしは大嫌いだった。
　……知らないんだから、罪はないけど。
「似てないといけないわけ？」
　痛いほどにあたしの気持ちを知ってる莉子が、見かねたのか口をはさんだ。
　え？っと、大きい目をさらに丸くした彩乃ちゃんは、
「あっ、男と女だし、そっかあ」
　なにに納得したのかは不明だけど、そうまとめると手を振って、この場を離れていこうとした。
　そんな彩乃ちゃんを「そうそう」と、莉子が引き留める。
「マネージャーの心得、教えてあげる」
「心得？」
「あたし、中学のときバスケ部だったのよ」
「そうなんだっ」
　親しみの目を莉子に向けた彩乃ちゃんだったけれど。

「まずその香水、運動部のマネやるなら論外ね。汗と混じったら変な匂いになるし。汗くさいのが気になるなら、制汗スプレーで押さえてね」

　そんなことを言う莉子に、あたしはあっけにとられた。

　それは彩乃ちゃんも同じだったようで、ポカンと口を開けている。

「ご、ご忠告、どうもありがとう」

　プライドにさわったのか。

　引きつった顔を隠しもせずに言うと、大きな足音を立てて去っていった。

「怒っちゃったんじゃない？」

　ツンツンと莉子の二の腕をつつく。

「べつにいいよ。それにしても、なんか面倒くさそうな子が現れたね」

「……うん」

　強力なライバル出現……ってとこかな。

　こんなことは覚悟していたけど。

　はぁ……。

　あたしは人知れず、小さなため息をついた。

兄妹弟

　家に帰ると、リビングのソファに放り投げられたカバンを見つけた。
　その主を探していると、キッチンから菓子パンを手にした翔平が現れた。
「早いね。部活は？」
「休み」
「そっか」
「で、理人は？　マジで具合悪いの？」
　理人の部屋がある南東の方角を見あげた翔平に、あたしは思いっきり首を振った。
「……なわけないでしょ。女の子とサボり」
「は？　理人のヤツ、もう彼女できたのか？」
　翔平は知らなかったようで、驚きの声をあげてから、パンの包みをビリッと破いた。
「兄として、ちょっと釘刺した方がよくない？」
「釘？」
「彼女がコロコロ替わりすぎること！　もうちょっと考えた方がいいよ、理人は」
　彼女が途切れない理人を少し尊敬するけど、それは軽いとも言う。
「ついこの間まで付き合ってた子は、どうしたの？　夏美ちゃんだっけ、優香ちゃんだっけ」

「ミサキ。ナツミが１コ前で、ユウカがその前」
「記憶力いいねえ……」
　サラリと答える翔平も、ある意味、尊敬。
　２ケタにも達しそうな歴代彼女の名前なんて、いちいち覚えていられないのに。
「美桜が頭わりぃだけだし」
「……なにそれ」
　記憶力が良い悪いの話から、頭が良い悪いに飛躍したみたいで、なんだか釈然としない。
　でも、完全に否定できないから、それ以上言い返せない。
　勉強を苦とも思わず真面目に取り組み、それに比例するように秀才な翔平。
　たいして勉強しなくても、そつなくいい点を取ってしまう理人。
　テスト前に必死で徹夜して、なんとかその場をしのぐあたし。
「じゃあ、翔平が昔、付き合ってた女の子の名前は？」
「…………」
「忘れちゃった？　たしか、ミナ……」
「るせぇっ……」
　触れてほしくなかったのか、翔平は不機嫌そうに背を向けた。
　女の子に興味がなさそうな翔平に彼女ができたのは、中２の夏。
　仲よく肩を並べて下校していたうしろ姿を、あたしは今

でも忘れてない。
　たしか、じゃなくて、ハッキリ名前も覚えてる。そのとき感じた、胸の痛みも。
「……理人には理人の……事情があるんだよ」
　逃れるように話をもとに戻した翔平だったけど、それはどこか、ためらいを含んでいた。
「なんの、事情よ……」
「男の事情だよ。美桜は知らなくていい」
「…………」
　なによ、それ。
　のけ者にされたようでつまらないけど、知ったところで、きっと理解なんてできっこない。
　男の事情なんて、どうせロクなことじゃないだろうし、想像しない方が身のためかも。
「アイツの女のことには、あんま干渉すんな」
　それでも、わかった風に言う翔平に、軽く嫉妬を覚えた。
　ほんとに３つ子だったら、以心伝心できたのかな。
　一緒にいるからって不思議な力が働くわけもなく。ほんとの兄妹弟でもないあたしたちには、それを望んだって、どうにもならないんだよね。
　モテすぎて、彼女が途切れない、理人。
　モテるけど、女の子には興味のない、翔平。
　……根本的に平凡な、あたし。
　事実を浮き彫りにすればするほど。
「……ほんと、似てないよね」

そんな思いから思わずつぶやいてしまったことを後悔したのは、翔平の肩がビクッと揺れたから。
　まっすぐ前を向いたままの視界の端に、あきらかに、それが映りこんだ。
「あ、いや……べつに……」
　とっさに、それを撤回するようにうつむいた。
　あたしたちがほんとの兄妹弟じゃないことを、わざわざ、ほのめかしたりして。
　……なんて、つまらないことを口走っちゃったんだろう。
「なにか言われたのか？」
「ああ……うん……。理人と翔平は同じ匂いがするけど、あたしはちがうみたい」
「なんだよそれ、言ったの誰だよ」
「うーん、名前、なんて言ったっけなあ」
　名前を出すと、翔平は彩乃ちゃんを今後そういう目で見るかもしれない。
　そう思ったから、あえて名前を濁した。
「やっぱり頭悪いじゃん」
　そう笑う翔平も、あたしが名前を出さないほんとの理由をわかっているんだと思う。
　理人なら、どんな髪型の子だった？　どんなタイプの子？って詳しく聞いてくるだろうけど、翔平はそんなヤボなことはしない。
「そういえば来月、母さんと父さん、結婚記念日だろ」
　パンをかじりながら話題を変える翔平には、その子を突

き止めようなんて気はもともとないのだ。
「そうだね」
　あたしも表情を変え、相づちを打つ。
　翔平の言うとおり、お父さんとお母さんは来月、結婚記念日(ひか)を控えている。
　今年は結婚25周年。
「美桜、なにか考えてる？」
「まだこれと言っては……」
　お財布(さいふ)の中身を頭に浮かべ、やっぱりお花やケーキくらいになっちゃうかも……と思うあたし。
「旅行なんかどうかって、理人が」
　理人、いいこと言う！
「いいね！　あ、でも、お金……足りる？」
　バイトもしてないあたしたちが、ふたり分の旅行代なんて、どうやって出せば……？
「お年玉とか貯金してるだろ？」
「そっか！」
　それを３人分集めれば、旅行だって可能かもしれない。
　お父さんとお母さんがどれだけ喜んでくれるだろうと想像し、あたしはすぐにその話に乗った。

　それから、数日後。
「ねえねえ、水沢さん。翔平くんって、彩乃と付き合ってるの？」
　唐突(とうとつ)に、クラスの女の子にそう声をかけられた。

翔平や理人の女関係については、みんな直接聞けないらしく、基本あたしに質問が飛んでくる。
「……え……」
　理人のことならなんとも思わないけど、翔平ネタになると、やっぱり心はおだやかでいられない。
「バスケ部内で、そんなウワサが立ってるらしくて」
　女の子は翔平に気があるのか、おもしろくなさそうな顔をした。
「わ、わからない……」
　こっちが聞きたいよ……。
「じゃあ、翔平くんに、それとなく聞いてみてくれない？」
　決してライバルにならないあたしは、翔平に気がある女の子からすれば、一番安心できる存在なんだと思う。
「う……うん」
　歯切れの悪い返事をしたのに、女の子はニコッと笑って去っていった。
　こんなのは、はじめてじゃない。
　彼女が絶えない理人は『今、誰と付き合ってるの？』などと尋ねられることが多かった。
　あたしも軽く聞いて、答えたりしたこともあった。
　でも、翔平には聞きづらい……。聞きたくないよ。
　もし『付き合ってる』なんて翔平の口から聞いたら、あたし、その場でどうなっちゃうかわからない。
　平静を保てる自信なんてない。
「…………」

今日も翔平のとなりをキープしている彩乃ちゃんを、じっと見つめた。
　バスケ部内でもウワサって……。
　マネージャーという特権を得た彼女は、部内でもこんな感じなのだろうか。
　付き合ってるなんて、ただのウワサであってほしい。
　あたしはただ、それが彩乃ちゃんの一方的な想いであることを祈るだけだった。

割りきれない気持ち

「美桜、そろそろご飯にするから手伝って」

時刻はもうすぐ7時半。

部活を終えた理人と翔平が帰ってくる時間。

忙しそうに台所をパタパタと動くお母さんの指示に従って、あたしもそばで手伝う。

決して料理は得意じゃない。料理を作るのはおろか、言われたとおりに盛りつけたって、どこかセンスがなくて、ふたりからも、いつも散々な言われよう。

理人なんて『嫁に行けるのか？』って、余計な心配までしてくれちゃってる。

5人分のお皿やお箸を並べていると、ふと、つけっぱなしになっていたテレビに目を奪われた。

キッチンから続いてはいるものの、少し離れたリビングにあるテレビ。

どこか少し重たい空気の画面に、あたしは引きよせられるように近づいていた。

「…………」

鼓動が、少しずつ速くなっていく。

それは、生き別れになった親子が、何十年ぶりかに再会を果たすという番組だった。

この手の番組はときどき放送されているみたいだけど、お母さんとお父さんの手前、なんとなく見てはいけないと

思っていた。

みんなでテレビを見ているときなど、番組の予告が出ただけでもドキッとしてしまう。

もしかしたら、産みの親は、あたしを探しているかもしれない。そのうち、この家にも取材スタッフが訪ねてくるかもしれない……。

そんな言いしれない緊張感に包まれるんだ。

だから、ほとんど見たことがなかった。

パンドラの箱でものぞいているような気持ちに苛まれながらも、あたしの目は画面に釘づけになっていた。

「…………」

気配を感じてとなりを見ると、いつの間に帰ってきたのか、翔平も並んで画面を直視していた。

また、別の緊張に支配される。

あたしたちの間で実親の話は、暗黙のうちにタブーとなっていたから。

だから……翔平がなにを思いながら、テレビを見つめているかはわからない。

『あのときは、こうするしかなかったんです……』

依頼者が涙ながらに懺悔の言葉を口にした瞬間……翔平が体を翻した。

そのまま無言でリビングを出ていく。

……くだらない。

その背中は、そう言っているように思えた。

いつだったか、実親についてどんな人なのだろうと口に

したとき、あたしにすら嫌悪感を剝きだしにしたことがあった。
　それ以来、そのことには触れないでいる。
　翔平はきっと、実親を恨んでいる。あたしはそう思っている。
　……それは、当然の感情だよね。
「あ、理人……」
　入れ替わるように理人が入ってくる。
　どうしてか、両親を事故で亡くすという、あたしたちとは少しだけ境遇のちがう理人を見ると、すごく悪いことをしているような気分になった。
　実の親に、いつか会えることを期待してるんじゃないかと思われているような気がして。
　あわててリモコンを手に取るが、間に合わない。
「また、こんなの見て」
　案の定、理人はいい顔をしない。
　あたしからリモコンを素早く奪い、キッチンの方を気にしながら音量を少しさげた。
「…………」
　理人の言いたいことは、わかっている。どうにもならないことを考えたって、どうにもならないってこと。
　翔平のように割りきれない自分がイヤだ。
「親が、探してくれてるとでも？」
　音量に負けないくらいの小さな声でささやかれた言葉は、あまりにもリアルで残酷だった。

痛いところを突かれ、返答に困る。
「……まさか」
　あたしの口内はカラカラで、それでも必死に言い訳を考える。
　あたしは、両親に会いたいの？
　ううん。会いたいというか、見てみたいという好奇心にすぎないのかもしれない。
「忘れんなよ。美桜の親は、少なくとも美桜がここにいることを知ってる。ここから行方がわからなくなったわけでもない」
「…………」
「返してほしけりゃ、いつでもできたし。そうしないってことは、そういうことなんだろ」
「…………」
　結局なにも言えないあたしは、淡々と紡がれる理人の正論を耳に入れるだけ。
　一見、冷たく聞こえるその言葉は的を射すぎていて、傷つくことなんてない。
　理人がイジワルなんじゃない。縁もゆかりも、血のつながりもないあたしを、ここまで育ててくれたお父さんとお母さんを思いやって、こんな風に言っているのだ。
　それがわかっていて、自分を捨てた親に思いを馳せているあたしの方が、ひどい人間なんだから。
　それが好奇心だとしても、会ってみたいと１ミリでも思う気持ちが、すでにお父さんとお母さんを裏切っている。

「……わかってる……わかってる」

　一度目は理人に、そして二度目は自分自身に言い聞かせるように。

「美桜〜、お箸持ったまま、なにやってるの？　早く並べて〜！」

　ハッと我に返ると理人の姿はなく、画面もバラエティー番組に切り替わっていた。

　キッチンからはお母さんが菜箸を手に、早く早くと急かしてくる。

「お父さんっ！　つまみ食いは許しませんよ！」

　そして、お鍋の中の煮物をつまみ食いしたお父さんのお尻をたたいた。

「いいだろ〜」

　子どものように叱られたお父さんは、お母さんの頬にチュッとして逃げていく。

「まあっ……！」

　お父さんとお母さんは、もうすぐ結婚25周年を迎えるっていうのに、ほんとに仲がいい。

　ケンカしたのなんて見たことがないし。

　あたしもいつか結婚できるなら、絶対にこのふたりみたいになりたいと思う。

　3人も子どもを引き取って、大変なこともいっぱいあったと思うのに、いつも太陽みたいな笑顔で、あたしたちを見守ってくれている。

　あたしは、ふたりのそういうところが好きなんだ。

こんなに……大好きなのに。
　　ごめんね。お父さん、お母さん。
「今やるー」
　　改めて元気な声で返事をして、あたしはお箸を並べた。

第2章

あふれでた想い

　おそれていたことが現実のものとなったのは、それから2週間後のこと。

　翔平と彩乃ちゃんが付き合っているというウワサが、ついに公(おおやけ)に広まりはじめた。

　彩乃ちゃん本人が言っているのか、誰かがなにかを目撃(もくげき)したのか……。

　ウワサの出所は不明だけど、ありえない話じゃないだけに、あたしは動揺(どうよう)を隠せなかった。

　感情がわかりにくい翔平は当然変わった様子もなく、ウワサが事実なのかどうかもわからない。

　あたしはどこかで安心していたんだ。翔平は彼女を作らない、なんて……。

　イヤだよ。彼女なんて。

　たとえ、それが彩乃ちゃんじゃなくても……。

　放課後。

　あたしはバスケ部が練習している体育館まで来ていた。

　開放されたドアからは、ドリブルする音やバッシュで床(ゆか)がキュッキュと鳴る音が聞こえてくる。

　ドアの向こうをときどき横切って見える翔平の姿に、久々に高揚感(こうようかん)を覚えた。

　久しぶりだな、翔平のバスケ姿。

毎日見慣れた翔平でも、バスケをしている姿は格別。
　中学時代、キャーキャー言いながら頬を染めて翔平を眺める女の子を、どれだけうらやましいと思っていたか。"妹"のあたしは、それすらできなかったから。
　ひとりひそかに翔平の姿に胸を焦がしていると。
「なにか用？」
　うしろから声をかけられた。
　振り返ると、バッシュを手にした１年のバスケ部員が立っていた。
　どこか、理人に雰囲気が似ている。
「……っ、ごめんなさい」
　入口をふさいでいたことを謝り、あわてて脇へずれて彼の通り道を作る。
　彼は一度首を傾げたけれど、とくになにを言うでもない。
　そのままバッシュに履き替えて、体育館の中へ入っていこうとする。
「あのっ……」
　それを阻止するように、あたしは思わず声をかけていた。
　どうしても、聞きたくて……。
「なに？」
　理人に似た、ひとなつっこそうな彼は、耳をこっちに傾けてくれた。
「あの……水沢くんって、マネージャーの本宮さんと、付き合ってるの？」
　あえて他人を装い、翔平のことを"水沢くん"と言い、

はずかしかったが、単刀直入(たんとうちょくにゅう)に問いかけた。

名前も知らない人に聞くのも変だけど、本人に聞けないし、彼の雰囲気も手伝って。

なのに……。

「あ、もしかしてキミ？　翔平と３つ子の、もうひとりって」

「えっ……う、うん」

バレちゃった。

ただのファンだと思われた方がよかったのに。

「へー、そうなんだ」

とたんに彼は、おもしろいものでも見つけたように目を輝かせた。

「…………」

思わず、うつむいてしまう。今日はなにを言われるのかと思って。

けれど、彼はあたしたちのことにはなにも触れず、

「まだ付き合ってないけど、いずれ、そうなるんじゃない？」

と、さらっと言った。

「……いずれ？」

「翔平がまだ返事してないから。けど、断る理由もないっしょ」

妹だと知ったからか、警戒(けいかい)せずに情報を漏洩(ろうえい)してくれた。

「可愛いし、気が利くし。あんな子、彼女にできたらサイコーだろ？」

「…………」

同意を求められて、素直(すなお)にうなずけないあたし。

まるで負けを認めたくないみたいで、余計にみじめ。
「マネージャーも、あからさまだから。翔平だけ特別扱いだもんな」
　ほら見てよ、と彼が指さす方向には、翔平のテーピングを巻き直している彩乃ちゃんの姿があった。
　ズキンッ……。
　翔平の足に直に触れ、ときに心配そうに眉をゆがめながら手当てするその姿。
　それは、好きな人のために尽くしたいという気持ちが、あたしにまで伝わってくるような甲斐甲斐しさだ。
　翔平だって、いつかのようにツレない素振りじゃなくて、彼女をちゃんと見ている。
「…………」
　……彩乃ちゃんは。
　こうして毎日、翔平との距離を詰めていたんだ。
　あたしは……翔平がテーピングをするようなケガをしていることさえ、知らなかったよ……。
　言葉を失い、その光景をただ呆然と眺める。
「妹ちゃんからも、しっかり翔平に言っといてよ。付き合ってもマネージャーはみんなのものだって。あ、俺もう行かなきゃ！」
　彼は白い歯を見せてニッと笑うと、体育館の中へ走っていった。

　いつの間に、告白されたの？　なんて返事をするの？

もしかして、今頃、返事をしてる……？
　帰り道、自転車を走らせながら考えるのは、そんなことばかり。
　また翔平に彼女ができるかもしれないという現実が、つらくてたまらない。
　言えない想いを胸に秘め続けるって、なんて苦しいんだろう。もう、その想いで胸が押(お)しつぶされちゃいそう。
　苦しくて。苦しくて。
　どうしようもないよ……。

「……へー、もう告白したんだ」
　翌日の放課後。
　それとなく、彩乃ちゃんが翔平に告白したらしいと告げると、莉子は意外にも驚いていた。
「あの手のタイプは、相手から言わせるまで待つと思うのに」
「……翔平は、告白するタイプじゃないでしょ……」
「まあね。でも、彩乃が彼女はイヤだなー」
　莉子の中でも翔平がOKすると思っているのか、そう言いながらダルそうに伸びをした。
「どうして……莉子がイヤなの？」
　あたしなら、ともかく。
「だって、幼なじみって、やっぱ特別じゃん？　どんな子が彼女になるのかなーとか気になるの。ちょっと小姑(こじゅうと)な気分？」

莉子はペロッと舌を出した。
「あ、ここに本物の小姑がいた。美桜だって、できれば彩乃みたいのは彼女になってほしくないでしょ？」
「……どう……かな……」
　それは彩乃ちゃんに限らずだから。
　きっと、誰が彼女になったって、イヤでたまらない。
「翔平が、彩乃の本性に気づけばいいのに！」
　莉子はそう言うけど。
　体育館で見た彩乃ちゃんの姿からは、ほんとに翔平が好きだと伝わってきた。
　彩乃ちゃんが翔平に本気だと、わかればわかるほど……怖いんだ。

　翔平がいつ返事をするのかと思ったら、その日はなかなか帰る気になれず、教室で考えごとをしていた。
　気づけば部活が終了する時間になり、廊下がさわがしくなってきた。あたしが廊下をのぞくと、
「……あ、彩乃ちゃん……」
　ジャージから制服に着替え終わった彩乃ちゃんがいた。
　どこかへ急いでいる様子の彼女は、小走りしながらも鏡を手に、髪の毛や制服の乱れを気にしている。
　……もしかして。これから翔平に会うの？
　その仕草からピンときて、気づけば追いかけていた。
　彩乃ちゃんが向かったのは屋上だった。
　こんな時間に屋上だなんて、よっぽど人目につきたくな

いに決まってる。
　……きっと、告白の返事。
　彩乃ちゃんが開けた屋上の扉は、ほんの少し開かれたままだった。
　そこに指を乗せると、反動でゆっくり扉がわずかに開く。
「あっ……」
　思わず声が漏れる。
　隙間から見える夕日に照らされて赤く染まる屋上には、ふたつのシルエット。
　彩乃ちゃんと向かい合うように立っているのは。
　……翔平。
「返事……聞かせてくれるんだよね……？」
　なにかをこらえるように放つ声は、思わずあたしまで泣きだしてしまいそうにふるえていた。
　……OKしないで。
　そう願うけど。
　告白すらしてないあたしに、そんなこと願う資格なんてない。
　唇を噛みしめたまま、阻止もできないあたしは、固唾を飲んで見守るだけ。
　ここからは翔平の背中しか見えなくて、表情はおろか、しゃべっているのかどうかもわからない。
　すると、しばらくして。
「……え……」
　翔平が、彩乃ちゃんに対して身をかがめた。

……ウソ、でしょ……。
　それはここから見たってわかる、キスへつながる行動。
　それが、返事？
　翔平……ここで、彩乃ちゃんにキスするの……？
　自分の足がガクガクとふるえているのがわかる。
　好きな人に彼女ができる瞬間を知って、キスまで目撃するなんて、こんな残酷なことはない。
　なのに。
　足が地面に張りついたように固まって、一歩も動けない。
　ただ呆然と立ち尽くすだけ。
　やだ……。やだよ……。
　……やめてよっ……。
　心の叫びなんて届くわけなくて、そうしている間にも、ふたりの距離は縮まっていく。
　かがんだ翔平に応えるように、彩乃ちゃんが背伸びをして……。
　……っ。
　動いたはずみで夕日がふたりを直射し、その姿は光に包まれた。
　……そのとき。
　突如、大きな風が吹いた。
「あっ……」
　と思ったときにはもう遅く、ギィィ……っと錆びついた音を立てたドアは、あたしの手を離れてしまった。
　扉は大きく開かれ、まるでスローモーションのように広

がる、目の前の景色。
　その音にふたりが気づかないわけもなく、翔平が振り返る。彩乃ちゃんの視線もこっちに注がれた。
　全開になった扉は、あたしの姿をさらけだす。
「……っ」
　——ダダダッ。
　その瞬間、あたしは身を翻して駆けだしていた。

「はぁっ……はぁっ……」
　転がるように階段を駆けおりる。
　どうしよう。
　見られちゃった。
　一瞬だけど目と目が合ったように感じたし、絶対にあたしだと、わかったはず。
　とにかく学校を出なきゃ。
　弁解云々、それは、あとで考えればいい。
　いまだ落ち着かない呼吸のまま教室へ飛びこみ、自分の席を目指した。
　すでに全員が帰宅した教室に残っているのは、あたしのカバンひとつ。
　それに手をかけようとした瞬間。
「……なんの真似だよ」
　ゾクリとするような背後からの声。
　カバンに手を伸ばしたままの姿勢で、あたしの体は固まった。

それは、聞きまちがえるはずもない翔平の声。
　……追いかけてきたの？　彩乃ちゃんも一緒？
　怖くて振り向けないでいると、
「なんの真似だって聞いてんだけど」
　腕をつかまれて、あたしの体は反転した。
「……っ」
　そこにいたのは翔平ひとり。
「俺と本宮の、なにを嗅ぎまわってんだよ」
　許す余地のない真剣な瞳で、じっとあたしを捉える。
　その瞳に耐えられなくて、あたしは床に目を落とした。
「部員にも聞いただろ。俺と本宮が付き合ってるのかって」
「…………」
「聞きたいなら、コソコソしないで、直接聞いてこいよ」
「……ごめん」
　こんな風に翔平が怒りを露わにするのは見たことがなくて、どうしていいかわからずに、ただ謝った。
　それでも今のあたしは、翔平に彼女ができたということだけでいっぱいいっぱい。
　それに加え、こんなに怒られている現実に思考が追いつかない。
「興味本位で探るようなことはやめろ」
　淡々と振りおろされる声に、涙があふれてきた。
　涙、見られたくないのに……。翔平は、泣く女なんて嫌いなんだから。
　床の木目を映しながら必死に涙をこらえる。

「聞いてんのか、ちゃんと目を見ろよ！」
　腕を取った手は思った以上に力強くて、あたしの体はぐらりとよろめいた。
　白いシャツが一瞬触れあって、すぐに離れる。
　翔平にキツく握(にぎ)られたまま強制的に合わせた瞳には、怒りを通り越してあきれすら、うかがえた。
　もう、このまま声をあげて泣きだしてしまいたい……。
「理人のことだって……」
　そこで言葉をつぐんだ翔平は、ひと呼吸置くように髪をクシャッとかいた。
　……理人は、今は関係ないじゃん……。
　翔平はため息をついてから、もう一度あきれたようにあたしに視線を合わせた。
「美桜は、少し俺たちのプライベートに立ち入りすぎる」
「…………」
　頭が、まっ白になった。
　理人のことは、弟だから心配で。
　翔平は……好きだから、気になるのに。
　しかも"俺たちの"なんて、あたしだけのけ者にするような言い方に、ショックを隠せない。翔平はあたしのこと、おせっかいなヤツだと思ってたの？
「兄妹だからって、していいことと悪いことがある」
"兄妹"
　……イヤだよ。
　そんな言葉なんかで、くくらないで。

あたしは……。

あたしは……。

もう翔平のことを"兄"としてなんて見れないのに。

追い打ちをかけるような冷たい声は、あたしの心を粉々に砕いた。

今まで守ってきたものが、一気に音を立てて崩れていったんだ。

「興味本位……なんかじゃない……」

反論する気なんて、さらさらなかったのに、くやしさとショックが入り混じったグチャグチャな心の制御装置は、もう効かない。

もともと、あたしと彩乃ちゃんは同じ立場にいるのに。

兄妹という、望んでもいない肩書きのせいで、あたしは好きでいることさえ許されない。

そんなの、不公平すぎる……。

「……じゃあ……なんだよ」

言っちゃいけないって、わかってるのに。

「……き……だから……」

「え？」

聞き取れなかったのか、意味を理解できなかったのかはわからないけど、瞬時に翔平は聞き返した。

……ありえないのに。兄妹なのに。産まれたときからずっと一緒にいるのに。

それでも、入ってしまったスイッチは止められなくて。

いまだ顔の横で腕をつかまれたまま、顔を伏せながらつ

ぶやいた。
「……好きっ……好きなのっ……。どうしようもなく、翔平が好きなんだってばっ……!!」
　シン、とした、誰もいない教室の中。
　最後は叫んだような声が、黒板から跳ね返った。
　もう、どうでもよかった。
　報われない想いなら、口にしてどこかへ飛ばしてしまいたい。いっそのこと、なくなってしまえばいいと。
　だけど。
　放てば放つだけ、なくなると思ったのに。
　声にすればするほど想いがあふれるなんて……知らなかったよ。
「うっ……」
　自分が思っていたより、あたしの心の中は翔平でいっぱいだったことを改めて知る。
　あたし、こんなに……好きだったんだ……。
　小刻みにふるえる肩は止められなかったけど、漏れそうになる嗚咽だけは殺すように唇を噛みしめた。
　次第に、腕をつかむ力がゆるんでいく。
「なに……言ってんだよ……兄妹だろ……」
　戸惑うように落とされる声。
　腕に込めた力が、今の精いっぱいだということを象徴するような弱々しい声。
　翔平は、とうとうその腕を離した。
　だらん……と、おろされるあたしの腕。

……それは拒絶。
　はっきり感じてしまった翔平の戸惑い、困惑……そして、軽蔑。
　ショックで、体がふるえる。
　そう。それが普通の反応だから仕方ないの。仕方ないけど、今のあたしには耐えられそうにないよ……。
　一刻も早くここから逃げだしたかったのに。
「待てよ」
　翔平の脇をすり抜けようとすると、再び腕をつかまれた。
「……っ」
　その瞬間、こらえていたはずの涙がひと粒落ちた。
　なんで、引き留めるの。
　受け入れてもらえないなら。
　お願いだから、今すぐこの手を離してよっ……。
「…………」
　引き留めたくせに、なにを言うでもない翔平。
　その気配を背後で感じるだけ。
　やがて、スッ……とその手は解かれ。
「……っ」
　今度こそ、ここに留まる意味をなくしたあたしは、うつむいたまま教室を飛びだした。

残ったのは後悔だけ

「本当にいらないのー？」

階下から呼ぶお母さんの声にも無視を決めこみ、ベッドの中で丸くなる。

家に帰るやいなや、あたしは「お腹(なか)が痛い」と言って部屋にこもっていた。

『好きなのっ……』

思わず口走ってしまった、禁断の言葉。

バカみたいに連呼して、あとのことなんて全然考えてなかった。

同じ家に住んでいるのに、これからどんな顔をして過ごせばいいんだろう。

いくら切羽詰(せっぱつ)まったからって、あれはないよね。

ご飯なんて到底(とうてい)食べられそうにないし、まず翔平と顔を合わせられない。

「……どうしよう」

自分の存在を消すように、布団(ふとん)を頭の上から深くかぶる。

——ガチャ。

「…………」

誰かが部屋に入ってきた音に、思考がいったんストップしてしまう。

ノックもしないで入ってくるのは、理人か……それとも翔平か……。

布団の中で息をひそめて気配だけ感じ取る。
　まさか……。
「ふたりそろって腹痛って。せっかく作った飯を食ってくんないって、母さんスネてるけど？」
　真上から聞こえてきた声に、ソロソロと布団をおろした。
「ふ、ふたり……？」
　目だけのぞかせたあたしに、理人のあきれ顔。
「翔平も調子悪いとか言って、部屋で寝てる」
「…………」
　翔平も食べにおりてないんだ。
　きっと、どうしたらいいのか困ってるんだ。
　お母さんには……悪いことしちゃったな。
「はいこれ」
　理人がそう言って目の前に差しだしたのは、あたしのカバン。
　あ……。
　あのまま学校から駆けだしてきたから、置いてきちゃったんだ。
「美桜が忘れてったって」
「えっ……」
　その言い方からすると、持ってきてくれたのは理人じゃない様子。
　……じゃあ……翔平が……？
「カバン忘れて帰ってくるなんて、どこまでヌケてんの？」
「あ、それは……」

口をモゴモゴさせると、
「おまえら、なに、ケンカ？」
と、理人は絨毯の上に腰をおろして胡坐をかいた。
「…………」
　さすが理人。
　翔平と気まずいの、もう見抜かれちゃったんだ。
「自分で渡せばいいのに、こんな簡単なこと俺に頼んで」
　理人が、翔平の部屋側の壁にチラッと目線をやる。
　……そうだよね。
　改めて思い知らされた。こんな簡単なことすら、困難に変えちゃうようなことを、あたしは言ったんだ……って。
「……あたしが悪いの」
「美桜が？　どうして？」
「あたしがヘンなこと言ったから」
「なに言ったんだよ」
「取り返しのつかないこと」
「どんな？」
「翔平に好きって言った」
「…………」
　テンポのよかった言葉のキャッチボールは、そこで中断してしまった。
　代わりに、理人の喉仏だけが上下する。
　あきらかに動揺している。
　サラリと言った言葉は、やっぱりサラリと聞き流せるようなものじゃなかったみたい。

「……ごめん」
　言葉さえ止めてしまう禁忌のセリフは、理人にもショックを与えたにちがいない。
「……軽蔑……したよね？」
　軽蔑したと言われるのが怖くて、先回りして問いかけた。
　理人は一拍置いてから、もたれかかるように頭をコツンと壁につけた。
「……しねえよ」
　……えっ。
　ポツリと響いた言葉に耳を澄ました。
　軽蔑……しないの……？
　もしくは大笑いでもするかと思ったのに、マジメな声で。
「血のつながった兄妹だって、ない話じゃない」
「…………」
　理人らしくない声に戸惑ってしまい、あたしは瞬きを繰りかえした。
「血がつながってなければ、なおさら、ない話じゃないだろ」
　冷静で物わかりのよすぎる言葉に、トクトクと鼓動が速くなっていく。
　……もしかして。
「……理人……気づいてた……？」
　恐るおそる理人に目を向けると。
　少し目を細めて、静かにあたしに視線を投げていた。
　今度は、そっと口を開く。
「どうして……知ってたの？」

「……天才、だから？」

　いつもの調子に戻った理人に、思わずクスッと笑ってしまう。
「そっ……か」
　不思議と動揺することなく、あたしは理人の言葉を受け止めていた。
　カンのいい人は、誰を好きか見抜けたりするもの。
　バレた要素(ようそ)がどこにあったのかはわからないけど、気づいてたってことは、そうなんだと思う。
「じゃあ……翔平も気づいてたかな……」
　あたしの……気持ちに……。
「それはないな」
「どうして？」
「鈍感(どんかん)だろ、アイツ。まず気づいてない」
　そう言われて、なんだかホッとした。
「ふふっ……」
　こういうことには、たしかに鈍(にぶ)いはず。
　そうだよね。理人が特別なだけだよね……。
「なんで、翔平だったんだろう……」
　つぶやいて、考えてみる。
「好きになっちゃいけない人なのに……」
　今まで、たくさんの男の子に出会ってきた。
　その中で……。
「わざわざ……翔平じゃなくてもよかったのに」
　そうすれば、こんなに苦しい想いをしなくてすんだ。

結果、失恋したとしても、他の子と同じように恋してキラキラ輝く時間を過ごせたかもしれないのに。
「"わざわざ"、じゃないだろ？」
「…………」
「恋なんて頭でするもんじゃなくて、ココでするもんだろ」
　そう言って、理人は自分の胸に親指を向けた。
「この世に、好きになったらいけないヤツなんていないと思う」
　悟（さと）ったように言う理人は、どこか遠くを見ていた。
「理屈（りくつ）じゃねえんだよな……」
「……理人……」
　共感なんて絶対に得られないと思っていたのに。
　それが理人の持論（じろん）なのか、あたしへの優しさなのかわからない。だけど、そんなものどっちでもよくて、ただ胸が熱くなる。
「頭と心は、別のヤツが住んでるって思ってる。ダメだなーって思うのに、可愛い子見つけると、すぐフラ〜ッて行っちゃうんだよね」
　そして、ふにゃっと顔を崩した。
　最初はマジメな口調だったのに、声のトーンまであげて。
　……理人、ありがとう。
　理人なりに励ましてくれようとしたんだよね。
　それがわかったから、あたしもわざと明るい声を出す。
「それって、理人のこと？」
「うん」

「あはは。じゃあ理人の場合は心でしてるんだ」
「体、だったりして？」
「プッ……」

 理人らしくて吹きだしちゃう。

 それが前に翔平の言っていた、理人の事情ってヤツなのかな。

「まあ、あれだ。言ったもんは消せないし、気まずいのはわかるけど、母さんの手前うまくやった方がいいと思う」
「……うん」

 できる自信はないけど、言われてる意味はわかるから。

「頼むな……」

 理人は少し切なそうな顔を見せた。

 理人はいつだって、お母さんを思いやっている。きっと、あたしよりも、翔平よりも深く。

 理人だけは、唯一お母さんと血のつながりのある、ほんとの親族なのだから。

 あたしが翔平に想いを伝えてしまったこと。これは、普通じゃない。理人に理解してもらえたのは、特別なことだとわかってる。

 恋愛感情を翔平に抱くことが、お母さんを悲しませることだと、理人ですら思っているんだから……。

 それでも、現実は厳しくて。

 翌日も、翔平とは目も合わせることができず、姿を見れば逃げ続けるあたしがいた。

 それはもう、あからさまに。

顔を合わせられないというより、翔平の瞳の中にあたしが映るのが耐えられなかった。
　兄妹なのに、"そういう目"で見ていたのかと思われるのが耐えられなかったんだ。
　教室でも、もちろん会話もない。
　避ける理由がはっきりしているだけあって、翔平もそれを当然のようにかわしていた。

　そのまま３日が経って……。
　いよいよお母さんも口をはさんできた。
　お通夜みたいな朝の食卓に、お母さんがあきれて言う。
「ずいぶんと長いケンカね」
「…………」
　ケンカだと思われているのがまだ救い。
　色恋沙汰なんて知ったら、失神しちゃうかな……。
「兄妹なんだからたまにはケンカも仕方ないけど、ほどほどにしなさいね」
"兄妹"
　その言葉にビクッと反応した。今、一番敏感に感じる言葉だから。
　それは翔平も同じだったようで、思わず顔をあげて飛びこんできた翔平の目は、ギョッとしたようにお母さんを見ていた。
　あたしが翔平を好きになったせいで……。
　好きだと言ったせいで、家族の雰囲気が悪くなっている。

今まで平穏だった、この家族が……。
「……べつに……ケンカじゃねえし……」
　この話題にピリオドを打つように席を立った翔平に、あたしは相づちすら打てなかった。

親友のぬくもり

　翔平に告白した余波は家の中だけじゃ収まらなかった。
　理人とケンカすることはあっても、翔平とのケンカなんて思い出そうとしても難しい。
　カンのいい莉子が黙っているわけなんかなく、夕方、莉子の家に呼ばれたあたしは、とうとう打ち明けてしまった。
「実は……ね……」
　屋上で翔平が告白の返事をしているのを盗み見して咎められて、勢いで告白しちゃったことまで。
「ほんとにほんとにほんとにほんとなの!?」
　……やっぱり、気づかない人は気づかないよね。
　理人は特別として、家族のように接してきた莉子にだって、あたしはうまく隠せていたみたい。
　はじめはポカンとして、そのあと『また冗談言ってー！』なんて笑って、それでもいつまでも真顔のあたしに、ようやく事実だって理解したみたい。
「あ、えと……えと……ちょ、ちょっと待って？」
　動揺を隠しもしない莉子は、頭を整理するようにその辺を行ったり来たりする。
　これが当たり前の反応なんだ。
　それくらい、ウソみたいな話なんだよ。あたしが翔平を好きになるっていうのは。
　翔平の心の中もこんな感じなのかもしれない。

「……おかしいよね」
「いや……そうは思わないけどっ……。そっか……。つらい恋、ずっとしてたんだね……」
　ようやく落ち着いた莉子が、あたしの前に戻ってくる。
　おだやかにあたしを見つめる黒い瞳に、今までの重圧(じゅうあつ)が少しだけ解き放たれていくような気がした。
「……ほんとに？　おかしいって……思わない……？」
「思うわけないじゃない！」
　力強い声がした。
　ものすごく頼りになって、いつだって、あたしの味方でいてくれた莉子。
「……っ……親友……やめないでいてくれる？」
　心配していたのは、打ち明けて、莉子があたしから離れていってしまうこと……。
「バカッ！　どうして、親友やめなきゃいけないのよ。……気づいてあげられなかったあたしの方が、親友失格なのに……」
　そう言う莉子の鼻と目は、みるみるうちにまっ赤になっていく。
「もうっ……いつもひとりでかかえこまないでよっ……」
　完全に涙声の莉子は、あたしをキツく抱きしめた。
「……莉子っ……」
　ふっとよぎったのは、昔のこと。
　小学生だった頃、生(お)い立ちの真実を受け止めきれず、なにもかもやる気がなくなって、ご飯も食べられず、学校に

も行けなくなったあたし。
　そのとき、莉子はとっても大人で、今みたいにこうやってあたしを包みこんでくれたんだ。『美桜は美桜だよ。なにも変わらないよ』って。
　その言葉に、どれだけあたしが救われたか……。
「気づいてあげられなくて……ほんとくやしい」
　言わなかったあたしを責めるんじゃなくて、気づけなかったくやしさをにじませる莉子に、あたしの目からも涙があとからあとから、あふれだしていく。
　莉子を信じて、打ち明けていればよかったという後悔とともに。
「莉子っ……っ……っ」
　癒されて流れる涙が、薬のように優しく心にしみわたっていく。
　緊張の中で日々を過ごしている今、莉子の存在はどれほど救いになるだろう。
　きっと、こんなに思ってくれる親友、世界中のどこを探したっていないよ……。
　ひとしきり泣きじゃくったあと、莉子は難しい顔をした。
「……ほんとに、翔平と彩乃は、付き合いはじめたのかな。ウワサばっかり先行して、それっぽい事実は全然見えてこないじゃない」
「……だって、キスしてたもん」
　夕日が邪魔してよく見えなかったけど、きっと触れてた。しかも翔平から、だ。

「信じらんないな。あの翔平が……」
　そう言って莉子が首を傾げるくらい、今までは簡単に告白に応じるような翔平じゃなかった。
　なのに、どうして……？
　普通に、翔平は彼女のことを好きになったのかな……？
　そのまま、あのあとのことまで思い出す。
　どうして、あんなことになっちゃったんだろう。
　キスする現場まで見ちゃって。翔平にもバレて。
　心に秘めておくはずの想いまで、ぶちまけちゃって……。
「なんで……なんでっ……」
　そして、あたしは軽蔑された。
「美桜……」
「ううっ……イヤだよぉぉぉぉっ……!!!!」
　あたしは、小さい子どもみたいに声をあげて泣いた。
　翔平が彩乃ちゃんと付き合っちゃったことも。
　翔平とあたしの今の関係も。
　この現実が、たまらなく悲しいんだ。
「うん……つらいよね……」
　優しく背中をさすり続けながら、莉子も一緒になって泣いてくれた。
　自分のために泣いてくれると、涙を半分請け負ってくれているような気がして少しだけ心が軽くなった。
　あのときも、たしかこんな気持ちだったな……。
　莉子の胸で泣くのは何年ぶりだろう。
　なつかしさと優しさに抱かれるように、あたしはその温

かい胸の中に体を預けていた。

「……あ、起きた？」
　莉子の声で気づくと、全開にした窓の向こうに見えたのは、まっ暗な景色。
　涼しい風が部屋の中に吹きすさんでいた。
「ごめんっ……あたし、寝ちゃった？」
　莉子の胸で泣いていたところから、今までの記憶がない。
　あたしはベッドの上に移動していて、体にはタオルケットがかけられていた。
　いったい今、何時なんだろう!?
「しばらく、ちゃんと眠れてなかったんでしょ？」
「……うん」
　それは図星で、コクンとうなずいた。
「美桜、帰るぞ」
　すると、莉子じゃない別の声が聞こえた。
　顔をあげると、そこには、さっきまではいなかった理人の姿。
　やっと起きたか、というように腰をあげた。
　……迎えにきてくれたんだ。
　今、板ばさみになっているのは理人。
　食事のときにも、口を利かないあたしと翔平を心配するお母さんを、ひとりで明るく楽しませてくれている。
　あたしのせいで、理人にはすごく迷惑をかけている。
　ほんとの家族のように仲よしで平和だったあたしたち。

他の家庭とはちがって特殊だからこそ、平和を乱しちゃいけなかったのに……。
　事後処理もできないくせに、軽率に告白したりして。
　自分の子どもっぽさに、いい加減、腹が立った。
「……理人……ごめん……」
　泣いたりして、きっと騒々しかったはず。
　小さい頃から顔なじみの、おじさんとおばさんにもあいさつをしてから家を出た。

　莉子の家から自宅までは徒歩３分。
　夜道には、靴を引きずるような、ふたつの足音だけが響いていた。理人は、ただ黙って、あたしに歩幅を合わせてくれている。
　大泣きしたこと、莉子から聞いたのかな……。
　話したいことはいっぱいあるのに、３分なんてあっという間で、なにから口にしようかと考えているうちに家についてしまった。
　無言のまま、理人が玄関に手をかける。
　そのドアが開く寸前、あたしはひと言だけ告げた。
「ありがとう、理人。あたし、もう大丈夫だから……」
　莉子の胸で泣いたことで、収拾不可能だと思っていた心の中にも、ほんの少しだけ光が射した。
　あんなに心の中は土砂降りだったのに……。
　明けない夜はないように、やまない雨だってない。
　少しずつでも、毎日確実に、なにかは変わっている。

あたしだって変われるはず。
だから、きっと大丈夫……。
明日こそは……あたしから、翔平に話しかけよう。

翌朝、水沢家の食卓は久しぶりに明るさが戻っていた。
「はい！　お父さんコーヒー」
しばらく電源を入れていなかったコーヒーメーカーは、朝からフル稼働。
1週間も淹れていないとカンが鈍って、手順をまちがえてしまった。
「あら、今日はまた、ずいぶんと機嫌がいいのね」
お母さんは驚いたように言うけど、あたしはフフフンと鼻で笑ってかわす。
「ふたりも座ってー」
やがて、2階からおりてきた理人と翔平の席にもコーヒーを置く。
「お、美桜のコーヒー久しぶりだ」
理人は少し唇をすぼめながら、インスタントじゃないコーヒーをうれしそうにすすった。
少し間を置くように席に座った翔平。
当然、あたしの態度が変わったことへの違和感は否めないのだろう。
でも、あたしは臆さなかった。
「翔平、醤油取って」
ひと仕事終え席に着いたあたしは、ハムエッグにかける

ために、翔平のそばにあった醬油に手を伸ばした。
　そんな自然すぎる行為に、翔平があたしを見て一瞬、固まる。
「醬油」
「あ、ああ……」
　あたしがもう一度言うと、ぎこちなさの残る手で醬油を差しだした。
　……自然に、言えたよね……？
　うん、きっと大丈夫。

三日月と十字架

　あたしが普通に戻ったことによって、家では何事もなかったように、今までの日常を取り戻しつつあった。
　学校では相変わらず休み時間のたびに、彩乃ちゃんが翔平のとなりをキープしているのを見せつけられた。
　……彼女、なんだもんね。
　そんなふたりを見るのはつらいけど、現実から目を背けていたって、なにかが変わるわけじゃない。
　だったら、あたしがそれを受け入れて、慣れるだけの話。
　家の中では極力、翔平とふたりきりの空間をつくらないようにとか、まだ自分でも無理があるのは、わかるけど。
　それでも、この一歩が大事だから。
　今日より明日、明日より明後日。
　できるだけ、今までのあたしと翔平に戻れるように、リハビリを続けている……。

　夕飯のあと、お母さんと一緒に後片づけを済ませ、自分の部屋へ戻ろうとしたとき。
　ちょうど階段からおりてきた理人が、おもむろにあたしの手のひらに小銭をのせた。
「アイスコーヒー、買ってきてくんねえ？」
「アイスコーヒー？」
「ちょっと頼むわ」

「えー、あたしやっと、くつろげると思ったのに」
　夕飯直後からくつろいでた理人とはちがって、あたしは今までお皿洗いで立ちっぱなしだった。
　部屋に戻ってベッドでゴロゴロしようと思っていた矢先のお願いに、素直に「うん」とは言い難い。
「今日は、代表戦があんだよ」
「代表戦？」
「サッカーの日本代表」
　ああ。一応サッカー部の理人は、日本代表の試合くらいは見ているみたい。
「見逃せないから、もう風呂入んないといけないし。だから」
　そこで、どうして"だから"に結びつくのかはわからないけど。
　理人は当然のように、早くも脱衣所の扉を開けている。
「え〜」
　だったら、コーヒーをあきらめるべきじゃ？
　やっぱり「うん」とは言い難い。
「この間、莉子んちまで迎えにいってあげただろ？」
「…………」
　……頼んでない、とは言えず。
「美桜も、自分の好きなの買ってきていいからさ」
　小銭にフタをするように手を握られてしまったら、
「……うん」
　力なく、そう言うしかなかった。
　あたしも喉が渇いてるし、自分のも買ってきていいって

いうならいいか。
　けれど。
「ええっ!?」
　靴を履いて外へ出て、手のひらを開けて、思わず叫んでしまった。
　150円しかないんですけど!?
　……もうっ、完全にハメられた!
「……理人めっ」
　でも、中に入ってお金を取ってくるのも面倒くさいし、あきらめて自販機まで向かった。
　大声で叫んだからか、近所の犬が吠えている。
　それ以外は、とても静かな夜。
　夜の散歩も案外悪くないかも。
　空にはキレイな三日月がぽっかり浮かんでいるし、ほどよく風が吹いている不快指数０の夜道は、なんだかくせになりそう。
　家から少し歩いたところにある公園脇の自販機に到着して、たくさん種類のある中、まちがえないように砂糖とミルク入りのコーヒーのボタンを押す。
　──チャリーン。
　おつりは30円。
「これじゃあね……」
　到底、買える飲み物はない。
　自販機の中で光るジュースを恨めしく見ながら家へ戻ろうとすると。

「……美桜」
　突然、闇の中からあたしを呼ぶ声が聞こえ、ぎょっとしてコーヒーを落としてしまった。
　コロコロと転がるそれは、誰かの靴先で止まった。
　声の主が缶を拾い、そのまま缶を目で追うと……。
「……!!!!」
　翔平の顔が現れた。
「へこんだな」
　落とした衝撃で、缶の側面がべっこりへこんでいた。
「まあ、味は変わらないし、問題ないか」
　修復を試みる翔平だったけれど、スチール缶はそう簡単には戻らない。
　……そんなのは、どうでもよくて。
　頭の中は完全にパニック。
「あの……」
　どうして、ここに!?
　そう聞きたいのに口がうまく回らなくて、ただ目の前の翔平に呆然とする。
　まだ、リハビリ中。
　こんな不意打ちのふたりきりなんて、どうしたらいいかわからなくて、数日前のあたしに戻ってしまう。
　……逃げだしたい。
　微妙に体が動いたとき、翔平の口が開いた。
「座らないか？」
　翔平は公園の中のベンチを指し、あたしの返事も待たず

に歩いていった。
「…………」
　もしかして、理人は。
　わざと、あたしを外に行くように仕向けたの？
　翔平と話をさせるために？
　異様に落ち着いた翔平の背中を見ていると、そう思えて仕方ない。
　……ふたりで、なにかを企んでいたんだ。
　そこまでされたら、あきらめてついていくしかなかった。

　ひとり分ほどの間を開けて、翔平が座ったベンチに腰かけた。
　木が生い茂った公園。
　見あげた夜空には、さっきキレイに見えた月が、雲の間で見え隠れしていた。
　木々の間から我が家である、教会の十字架も見える。
　翔平は、あたしになにを話すんだろう。
　せっかくここまで進めたのに、またこの前の話を蒸し返されたらスタート地点に戻っちゃう……。
　右側に張りつめた緊張を感じながら、視界に入る十字架を見て、心を落ち着けようとがんばっていると。
「和馬いるだろ？」
「えっ、和馬くん？　……あ、うん……」
　いきなり、なんだろう？
　和馬くんというのは中学時代、翔平と同じバスケ部で、

仲がよかった友達だ。

古い名前を出されて、思わず右側に顔を振る。

思ってもいなかった話題に拍子抜けした。

「和馬、1年に妹いたじゃん。加奈とかいう。その彼氏の二股騒動、覚えてるか?」

「……うん」

加奈ちゃんはとってもかわいい子で、当時中1ながら、いっちょ前に彼氏がいた。

でも、その彼氏が別の女の子とキスしている所を見たとかで、お兄ちゃんの和馬くんに、それはもうすごい勢いで泣きついて。

その彼氏は結局、そっちの子とも付き合っていたらしく、加奈ちゃんは別れたんだ。

すごいインパクトがある騒動だったから、今でもよく覚えている。

和馬くんは、『そんな男を選んだ加奈が悪い。加奈も男を見る目ないな』なんて、加奈ちゃんに同情しながらも、あきれたように言ってたっけ。

「兄貴って、普通ああなのか?」

「"ああ"……って?」

関連性の見えない話に、首を傾げた。

「笑ってただろ、和馬。ロクでもない男に引っかかったバカな妹って」

「ああ、うん……」

でも……『バカだなバカだな』って言いながらも、泣き

じゃくる加奈ちゃんの頭を撫でてあげていた。
　その姿を見て、ああ、お兄ちゃんっていいなって、なんとなく思ったんだ。
「ケンカっ早い和馬のことだから、相手の男に文句のひとつでも言いにいくかと思ったのに。結局、笑ってすましただろ」
　……あ。
　翔平は、兄は妹の恋愛に無関心だと思っているんだ。
　ようやく翔平の言いたいことがわかり、和馬くんの心情を察した、あたしなりの意見を言った。
「それは表向きだと思うよ？　もし心のままに動いたら、逆に加奈ちゃんが、かわいそうだからじゃないかな」
「かわいそう？」
「兄妹だからって、当事者じゃないお兄ちゃんが入っていったらダメだと思うの」
「そうなのか？」
「そんなの、子どものケンカに親が入っていくようなものじゃない？　恋愛は、ふたりの問題なのに」
　きっと和馬くんも口ではあんな風に言いながら、ほんとは、心の中では、かわいそうでかわいそうで仕方なかったはず。
　妹を悲しませた相手を、一発くらい殴りにいきたかったかもしれない。
　それでも、一歩引いて見守る。
　それも、兄の務めなんじゃないかな。

「ふうん……兄貴って、そういうもんなのか」
　手に持った缶コーヒーをもてあそびながら、客観的になろうとして深くうなずく翔平。
　それっきり、膝に腕をのせるように前かがみになったまま、沈黙する。
　まるで、ここへ座ったときに戻ってきてしまったような状態。
「……あ……あたしも……よく……わかんないけど……」
　ペラペラと会話をこなしていたことに今さら気づき、この間の悪さに、語尾が小さくなった。
　今しゃべったことは、すべてあたしの憶測なんだし。
　……結局、翔平は、なにが言いたかったんだろう？
　今の話であたしたちに共通するのは、和馬くんと加奈ちゃん同様〝兄妹〟というキーワード。
　これだけで翔平の意図を探るのは難しい。
　ふいに、翔平が顔をあげた。
「……俺は……ちがうから」
「…………」
　ちがうっていうのは、あたしと翔平がほんとの兄妹じゃないってことを意味してるの……？
　それとも……翔平なら相手に文句を言いにいくっていうこと？
「俺だったら、美桜がそんなことされたら、相手が誰だろうと、ぶっ飛ばしにいく」
　まっすぐに放った翔平の言葉が、闇に溶けていく。

風が、やわらかく頬を撫でていった。
うれしかった。純粋に。
普段、感情をあまり表に出さない翔平からの熱い想いに、心がふるえる。
……もう……十分だよ。
翔平は、あたしと"兄妹"という関係を強く望み、あたしのまちがいを聞かなかったことにしようとしてくれているんだ。
あたしも、それに応えなきゃ……。
空を見あげるキレイな横顔を見つめながら、必死に言葉を探していると。
また、翔平に口を割られてしまう。
「なあ……この気持ちって、なんだと思う？」
その目はきっと、月を映している。
この気持ち……？
翔平が放った意味を考えるように、あたしも夜空を仰ぐ。
金色に浮かぶ月は、あたしたちを優しく見おろしていた。
「……兄妹愛？」
「…………」
「……美桜……教えてくれよ……」
月を映していたはずの翔平の瞳が、あたしをまっすぐ捉えた。
いつものような、兄としての凛々しい瞳じゃなく。
どこか切なげに揺れる瞳に、胸がトクンと鳴る。
「俺……自分がバカなんじゃないかって本気で思ってた」

「…………」

「どうやったら、この気持ちを確かめられるのか、それすらわからなくて」

「…………」

「自分の気持ちすら曖昧で、他の誰かを好きになったら消えてくのか、どうしたらいいのか、ただ時間だけが過ぎていった」

　なかなか明確にならない翔平の真意に、それでもなにかを予感させるような瞳。

　でも、まだ言わんとすることは、不確かなまま。

「でも、俺がバカじゃないって教えてくれたのは……美桜……お前だ」

　言い切った翔平は、その表情を少しやわらげた。

「この気持ちって、なんだと思う？」

　今度は決して問いかけじゃなく。

　これから始まる物語のプロローグみたいに。

　トクン……トクン……。

　あたしの胸が高鳴っていく。

「美桜が、好きだ」

「……えっ……」

「本宮とはなんでもない。ただ……本宮と付き合ったら、美桜を忘れられると思った。……でも、そんなこと、できるわけないんだ……」

　彩乃ちゃんとは、付き合って……なかった……？

「……しょうへィ……」

いつの間にか近づいていた顔は、あたしと翔平の距離を完全になくした。
「ずっと、美桜が好きだった」
　瞼をおろしたのは反射的だった。
「……ッ」
　唇に一瞬触れたのは、夜風なんかじゃない。
　ほんの少し熱を帯びた、翔平の唇……。
　そして、すぐにもう一度、唇が重なる。
　これ、夢じゃないよね……？
　耳で聞いた言葉と、唇の感触。
　あたしの背中に回った、翔平の手。
　翔平……。
　翔平……。あたしも、好き。
　他のことなんてなにも目に入らないくらい、大好きだよ。
　あたしのすべては翔平で埋めつくされた。
　これが許されない恋だとしても、かまわない。
　なにもかも手放したって、目の前のぬくもりだけは離したくない。
　翔平の気持ちに応えるように、その広い背中にあたしも手を添える。
　ベンチからコーヒーが転がり落ちたことも気づかないくらい、あたしたちは夢中で唇を重ね合わせていた。
　三日月と十字架だけが、あたしたちを見ていた……。

第3章

翔平の"彼女"

「翔平くんっ……」

教室には、朝から甘ったるい声が響いていた。

フワフワとやわらかそうな髪を揺らしながら翔平の腕をつかむ、彩乃ちゃん。

そのまま腕を絡ませ、体を密着させる。

そんな彩乃ちゃんの言動は、完全にふたりは付き合っていると、今日も周囲に公言していた。

それでも、なにも言えずにじっとそれを見つめるあたしの気持ちは、昨日までとはちがう。

だって、今のあたしには、確かなものがあるから。

それは……翔平の、気持ち……。

翔平の本心を知った昨夜。

まるで夢でも見ているかのように受けた告白は、今でもウソじゃないかと思う。

あたしを想ってくれていたなんて、気づきもしなかった。

いったい、いつから……？

ほんとの兄妹じゃないって知ったあと？

好きな人が自分を好きでいてくれたなんて、奇跡みたいで、うれしくてたまらない。

『自分がバカなんじゃないかって本気で思ってた』

そんなことを言った翔平の素直な気持ちは、痛いほどわ

かった。
　兄妹に想いを寄せるという特異な感情は、あたしだけじゃなく、翔平をも苦しめていたんだね。
　だけど、あたしがその壁を破ったとき、翔平の想いも確かなものになった。あたしが伝えたのは、決してまちがいじゃなかったんだ……。
　16年前、同じカゴに入れられていたときから、あたしたちの運命の赤い糸は、結ばれていたのかもしれないね。
　そんな迷信じみたことですら、今のあたしは信じられる。
　なんだって、できそうな気になるの……。
『よかったな、美桜』
　夢見心地で帰ったあたしを迎えてくれたのは、理人のやわらかな笑顔。
　コーヒーを買いにいかされたこととか、あたしの分のお金が足りなかったとか、そんなこと、すべて吹っ飛んで。
　その笑顔を見た瞬間、あたしの顔はクシャクシャになったんだ。
　やっぱりすべては理人の策略で。
『美桜が勇気出して告白したのに、なにもなかったように振る舞うお前らを、見てらんなかったんだよ。それじゃあ、美桜の勇気が無駄になるだろ？　どうなるにせよ、翔平なりの返事してこいって、俺が強引に仕掛けたんだ。翔平がなんて言うかは、俺は知らなかったけどな』
　理人はそう言ったけど。
　もしかしたら、理人は知っていたのかもしれない。

お節介で、情に厚い理人のことだ。あたしの気持ちを知っていたように、翔平の気持ちも……。

　その日の夜。
　お風呂からあがって部屋で髪の毛を乾かしていると、携帯のメールが鳴った。
　相手は莉子。
　今から外に出てこれないかというものだった。
　莉子には、翔平に告白されたその夜に、興奮さめやらないまま電話で報告した。
　すると、自分のことのように喜んでくれた莉子はすぐにすっ飛んできて、玄関先でギュッて抱きしめてくれた。
　ちょうどそのとき、リビングからは理人の『ゴォォォォォォル!!』なんて声が響いてたっけ。
　今日も学校で、莉子はさんざん翔平を冷やかしていたから、またなにを言われるのか、そわそわしちゃう。
　部屋着のまま外に出ると、莉子はもう門の前にいた。
「どうしたの？」
　言いながら、門を開けて莉子を庭へ促す。
「あ、お風呂あがりだった？」
「うん。でも大丈夫」
　乾ききっていない髪が風に吹かれて、首もとをひんやり撫でた。
「ちょっと話があってね」
　事情を知っているだけに、話があると言われて緊張する。

八等身なんじゃないかと思うほどモデル体型の莉子は、サンダルに短パンという軽装(けいそう)でも、すごく似合っている。
　美人だし、頭もいいし、性格も最高にいい。
　彼氏がいないのが不思議だけど、さっぱりした性格の莉子に言わせると、同級生の男はみんなガキなんだとか。
　大学生になったらがんばるよ、なんて言ってる。
「なんだよ、こんな時間に」
　……ん？
　横から聞こえたもうひとつの声に振り向くと、携帯を手にした翔平が立っていた。
「翔平も、莉子が呼び出したの……？」
　問いかけると、「まあ座ろうよ」って、莉子はまるで自分の家みたいに教会の前のガーデンチェアに腰かけた。
　あたしたちもテーブルを囲んで座り、ドキドキしながら次の言葉を待つ。
「考えたんだけどさ。あたしが翔平の彼女になるわ」
「「ええっ!?」」
　翔平とあたしの声が重なった。
　莉子が、翔平の彼女って……。
　予想もしていなかった唐突すぎる発言に、あたしは固まった。
　……まさか、翔平を好きってこと……？
「悪い、俺が好きなのは美桜なんだけど」
　そこへ、ずいっと身を乗りだした翔平が真顔で宣言する。
　ドクンッと心臓が高鳴った。

……うれしくて。
「もーやだ、そんなの知ってるって。ごめんごめん、ほんとの彼女じゃなくて、彼女"役"ね」
　大事なところを言い忘れたと苦笑いする莉子。
　ふと冷静になると、二度目の翔平からの告白に、全身から汗が吹きだした。
　ちょ、ちょっと翔平……。
　改めて宣言されて、くすぐったさで体中がむずがゆい。
　お風呂あがりのサラサラした肌が、台無しだ。
「なんだよソレ……」
　翔平も莉子にからかわれて、まっ赤になっている。
「り、莉子、どういうこと？」
　だけど、頭がハテナなのは継続中。
　彼女"役"だとしても、どういうことなのか、さっぱりわからない。
　このままじゃ翔平がかわいそうで、サラッと本題に戻したあたしに、莉子は平然と言った。
「いい？　翔平がフリーなかぎり、彩乃は翔平から離れないのよ？」
「あ、う……ん」
　突然出された彩乃ちゃんの名前。
　あたしが彩乃ちゃんにヤキモチを焼いてるのがバレてしまうと、翔平を気にしながらうなずいた。
「翔平だって、ウザイって思ってるんでしょ？」
「ちょ、莉子っ!!」

ズバッと聞くなあ、莉子も。
　チラリと翔平を見ると、バツが悪そうにあたしを見て、すぐ目を逸らした。
「まあ……俺のせいだし」
　仕方なさそうに言う翔平は、自分のせいだと思っているから強くは言えないし、彩乃ちゃんを邪険にもできないんだと思う。
　あたしの登場で曖昧になってしまった告白の返事は、彩乃ちゃん的にはOKだったと捉えられているんだ。
　唇は……触れてないと翔平は言ってた……。
　でも、あたしへの想いを断ち切るためとはいえ、彩乃ちゃんと付き合おうと、キスまでしようとしたのは確かなんだから。
　そこまで苦しんでいた翔平に、嫉妬を口にするわけにもいかず、今もまだ誤解したままの彩乃ちゃんの行動を、あたしが咎めるわけにもいかなかった。
「仕方ないよ……時間が経てば、そのうち……」
「ったくもう。ふたりとも、しっかりしなさいよ！」
　翔平をフォローしたあたしに、莉子はイライラした様子で檄をとばす。
　あたしと翔平はもう一度、目を合わせて。
「「…………」」
　それでも、どうすることもできずに、ぎこちなく視線を外した。
「だから、あたしが翔平の彼女役になるって言ってんの」

「えと、それは具体的にどういう……」
「"俺の好きな人は美桜です"なんて言えないわけじゃん」
　言葉を振られた翔平は、素直にうなずいた。
「だから、誰かを仕立てあげてでも、彼女がいるのを事実にしないとって思ったのよ」
　そういう……ことか。
　たしかに……そうだけど……。
「……彼女がいるってわかって、手をゆるめるような彩乃ちゃんには見えないような……」
　あの強引さ。自分に自信があるからこそ成せる業なんだと思う。あたしには絶対に真似できない。
「それでも、いつまでも翔平をフリーの状態にしておくのは得策じゃないと思うけど？　女の子は彩乃だけじゃないのよ？　今まであれだけモテてきた翔平が、今後どうなるかなんて想像つくでしょ？」
「莉子、そんな心配いらねえって」
　なに言ってるんだと笑い飛ばすように、翔平は手と首を振った。
　……モテる自覚がないんだろうな。
　平然と言った翔平に、はぁ……と隠れて、ため息を吐きだす。
「そう？　そうじゃないって思ってる人もいるみたいだけど？」
　それに気づいた莉子が、あたしをチラ見する。
「……っ」

「まあ……あんたたちが想いあってるって、みんなの前で公言できるなら、なにも言わないけど」
「「…………」」
　到底できっこない現実に、あたしも翔平も押し黙る。
　世間的に"兄妹"で通っているあたしたちが想いあっているなんて、誰も夢にも思ってないだろう。
　そんな事実、さらけ出せるはずもない。
　ましてや、血のつながった兄妹じゃない、と生い立ちを暴露するつもりもない。
「……美桜も。いつまでも彩乃に彼女面されていいの？」
　今日も翔平の腕に手を絡ませていた彩乃ちゃん。
　あたしなんかよりも何十倍も女子力の高い彩乃ちゃんにあんなアプローチされたら、翔平の心変わりだって、ありえなくない。そんなの……。
「……イヤ」
　自分でもびっくりするくらい、はっきり声に出していた。
　今までは、翔平に群がる女の子をただ、うらやましいとしか思っていなかった。
　だけど、今はちがう。
　一瞬にして自分の立場が"妹"から"彼女"に変わったとき、見えていた世界もすべて変わった。
　今は、知っちゃったから。……失う恐怖を。
　それは手に入れなければ知りえないことで、贅沢な悩みなのかもしれないけれど。
　両想いになれたって、それはゴールなんかじゃなくて。

いつだって、試練と、となり合わせなのかもしれない。

ただ黙って見守っているだけじゃ、ほんとの幸せなんてつかめないんじゃないか……って。そんな気がして。

「……美桜……？」

翔平も驚いていた。

平気な顔をしているけど、あの笑顔を翔平の前で振りまかれるのも、腕に触れられるのも。

ほんとは……イヤでイヤで、たまらないの。

「翔平が、美桜を不安にさせない自信があるなら、それでいいのよ。ただ、あたしができるのは、これくらいだと思ったからさ」

そう言って口をキュッと結ぶ莉子は、決して押しつけがましいわけでもなく、最後は翔平に委ねた。

「……じゃあ……そうしてくれよ……」

膝の上で握りしめたあたしの手の上に、翔平の手がそっと重なる。

「周りがどうしようが、俺の気持ちが揺らぐわけじゃない。だから、美桜も不安になる必要なんてない。けど、美桜自身がそれで不安なら……」

さっきのあたしの強い拒絶が翔平を突き動かしたのか、

「な、美桜、いいよな？」

「……う、うん……」

あたしのために、この提案を受けると言ってくれた。

「それで？　具体的に策はあるのか？」

「理人にウワサを流してもらえば、あっという間に広まる

でしょ」
「ああ、そうか」
　うなずいた翔平に、あたしも納得。
　理人の交友関係はハンパなく広いもんね。
「あとは、周りの反応を見ながら、必要に応じて対処していけばいいんじゃない？」
「じゃあ……」
　ふたりが真剣に進めていく会話を、あたしはただ聞いていた。
　まだ夢の中にいるみたい。
　幸せの絶頂って、こういうことなんだ。
　もう、苦しんだり泣いたりしなくていい。きっと、これから幸せな日々が始まっていく……。
　翔平の横顔を見つめるあたしは、とてもおだやかな気持ちだった。

存在理由

それから１週間ほど経って。
「どう？　莉子が彼女になった気分は？」
　あたしの部屋にやって来た翔平に、わざと尋ねてみた。
　おどけて言ったのに、翔平は不機嫌そう。
　何年も兄妹として暮らしていれば、部屋でふたりきりになったからって、ドキドキしたり意識したりばかりなわけじゃない。
　いつだって、"兄妹"になれる。
　今日もそうやって、いつものように翔平はあたしの部屋でくつろいでいる。
「……なんか腹立つ」
　茶化したあたしに、翔平はあからさまに苦い顔をした。
　ポーカーフェイスな翔平の、こんな顔が見られるのも幸せだったりして。
　事情を聞いて全面協力してくれた理人が、どこかで落としてきた"翔平は莉子と付き合いはじめたらしい"という例の情報。
　それがめぐりめぐって、今日あたしのクラスにも回ってきたんだ。
　みんなは『えーウソ、ほんとー？』なんて驚いていて、そのときの彩乃ちゃんの顔は……。
　少しだけかわいそうだった。

あれだけ気を持たせたんだもん。結果的に利用されてしまった彩乃ちゃんの気持ちを考えると、胸が痛んだ。

喜んでばっかりいられないよね……。

「あれ、まだ取ってあったんだ」

翔平が指さすのは、誕生日にもらった鉢植えの上のクマ。"I LOVE YOU"の文字が、可愛らしく胸もとで踊っている。

「あ、うん……」

あのときは、妹に"I LOVE YOU"なんて贈ってしまった翔平の面目を保つために結局、外したんだっけ。

お花はしばらく飾っておきたいけど、翔平が部屋に入ってくるたびに、『うわあああー、これ捨てろよー』って言って、ちょっと傷ついたから。

でも捨てられなくて、机の引き出しにしまっておいたものを、両想いになったときから、また鉢に戻したのだ。

捨てなくてほんとによかった。

「へえー」

翔平は、それをどこか満足そうに見て微笑んだ。

ううっ……。

本人を前に、ものすごくはずかしい。

秘めておきたい翔平からの「好き」を、見せびらかしているようで。

普通は、こういうプレゼントは彼氏に見られることなくひとりで堪能するだろうに、あたしの場合は一緒に暮らしているから、こういうのも全部バレバレ。

いいんだか悪いんだか……。
　……あ、そうだ。
「ねえ、翔平はいつからあたしを好きでいてくれたの？」
「そういうこと聞く？」
「お、女の子は、そういうの知りたいって思うものなのっ！」
　照れくさくてそんな風に言い、クッションをかかえた。
　……だって、気になるんだもん。
　翔平は軽く笑って口を開く。
「美桜って、人とうまくやれなかったり、不器用なところがあるだろ？　兄としてはハラハラしてばっかりで、昔から、俺が守ってやらないとって思ってた」
「……それは……ありがと……」
「けど、そう思えば思うほど、頭ん中が美桜でいっぱいになって、高校生になっても、気づいたら美桜のことばっかり考えてた」
「…………」
「血がつながってないなんて聞いてなくても、結局、俺は美桜を好きになったはずだ」
　……そんな風に思ってくれてたんだ。
　……うれしすぎて倒れそう。
　自分で聞いたくせに、悶絶寸前で顔をあげられないでいると、
「美桜は、産みの親のこと、知りたいと思うか？」
　問いかけられたのは、あたしたちの中ではタブーな話題だった。

え？　急になに？
　翔平がそんなこと言うなんて。
　一気にあたしは真顔になる。
　この前のテレビの影響かな……。
「……えっと……」
　あのとき、理人にたしなめられた手前、素直な気持ちは口にしにくい。でも、同じ境遇の翔平だったら、まちがうかもしれない。
「……どんな人かは……興味あるかな」
　それでも遠慮して、そう答える。
「俺は知りたくないな」
「…………」
　……意見は合わなかった。
　やっぱりあたしは、まちがっていたのかと思う。
　捨てられて、なんの懺悔もしにこない親に、会ってみたいと思う気持ちは、普通じゃないのかな。
「だって、すげえ金持ちで、今頃、海外で優雅な生活でも送ってたらムカつかねえ？」
「え？」
「逆に……ちゃんとした職にもついてなくて、金せびられても困るだろ」
「…………」
「だから俺は、知らない方がいいって思うんだ」
　自分に言い聞かせるように口にする言葉は、決して負け惜しみなんかじゃなかった。

大人だ、翔平は。

あたしだって実のところ会いたいというのは、子どもを捨てるなんてどんな親なのか見てみたい、という反発心から生まれたものだと思うから。

「……今までは、そうだった……」

「今……まで？」

言い切ったはずなのに、急に力を弱めた翔平に、あたしは首を傾げる。

「最近、少しだけ考えるようになってきた」

言葉のとおり、なにかを考えるように一点を見つめた翔平は、噛みしめるようにゆっくり言葉を紡いだ。

「守りたいものができたから。……美桜を、ひとりの女として守りたい……って」

まるで、体に刻みこむように。

「俺が生まれてこなければ、美桜にも会えなかっただろ？」

そして、おだやかな視線をあたしに投げた。

「……うん」

同感、だった。

改めて考えたことなんてなかったけど、あたしたちがここに存在するのは、産みの親がいたから、なわけで。

同じ時代に生を受け、ともにこうして幸せを感じられるのも、すべて、あたしたちを生んでくれた人がいるから。

「そう思ったときに、はじめて自分の存在理由を明確にできた気がした。俺は、生まれてきてよかった人間なんだって。美桜に出会うために、生まれてきたんだって……」

生まれてすぐに、親の愛に見放されたと知ったあたしたち。きっと、心のどこかで自分の存在理由を問いかけ続けていた。
　だけど、翔平にとって、それがあたしだというなら、それだけで、あたしだって存在理由を持てる。
「俺が生まれてきたのだって……どこかに愛があったからだと思うから……」
　ベッドに無防備（むぼうび）に置かれたあたしの手に、翔平が指を絡ませた。
「……そう、信じたい……」
「……翔平……」
　今まで頑（かたく）なに実親から目を背けていた翔平の想いに、心が揺さぶられる。
　恋心って、価値観（かちかん）をここまで変えちゃうんだ。
「……だけど俺は、べつに会いたいわけじゃない……」
　そう言うのは、ほんの少しだけ意地（いじ）を張った、16歳の素直な気持ち。
　持てあますようにしたあたしの指先を絡めとるその指は、翔平の気持ちを、さらにまっすぐ伝えてきた。
「まあ……自分自身を知るためにも、必要だとは思うけどな……」
「……自分自身？」
「遺伝子（いでんし）学的なこと。将来どんな病気のリスクがあるとか、ハゲるのかとか、いろいろあるだろ？」
　ハ、ハゲッ……!?

「プッ」
　平然と言ってのける翔平がおかしくて、思わず吹きだしちゃう。
「あ、想像したな?」
「ううん。たしかに、そうかもね」
　ハゲた翔平なんて想像したくないけど、親を見ればわかるっていうもんね。
　そんな手がかりすら、あたしたちにはない。
「ただ……幸せでいればいいな、とは思う」
　笑いのあとにポツリと言ったのは、口ベタな翔平の、目いっぱいの実親への感謝の言葉。
　幸せな今だからこそ願える、顔も知らない実親の幸福。
　指先から伝わるぬくもりが、翔平の優しさのすべてを象徴していた。
　……どちらともなく目が合って。
「愛してる……」
　いつかドラマで見た、スーツ姿の男性が口にするのに似合う、そんな言葉も。
　今の翔平には、なんの違和感もなくて。
　二度目のキスは、自然な形だった。
　甘い、刺激。
　触れては離れ……を優しく繰り返す動作に、大切にされているんだと強く感じる。
　お互いにまだ慣れなくて、なんとなく不器用だけど。
　ふたり、手探りで重ねあう唇に、心が温かくなっていく。

このまま甘くとろけてしまいそうなキスに、酔いしれていたとき……。
　——バタンッ！
「母さんが、桃むいた……あ」
　ドアが開くのと、そんな声が聞こえたのは同時だった。
　えっ……。
　パチンと弾かれたゴムのように、あたしたちは不自然に体を離した。
　り、理人っ!!!!
　明るくなった視界に飛びこんだのは、手に桃のお皿を持った理人の姿。
　このタイミングで、理人が入ってくるなんて……間が悪すぎる。
「あ、あああの……」
　言い訳すら浮かばなくて、もはや声にならない。
　おどけて返す余裕もない。
　翔平もなにも言えず、絨毯に目線を落としている。
　見られたかなぁ……。
　見られたよね……。
「あ、わりー。取りこみ中？」
　理人はそう言うと、ドアを、そのまま戻してしまった。
「理人も一緒に食べようよ！」
　あわてて言うけど。
　——バタンッ！
　目の前で閉まるドア。

「俺はいらないから〜」
　くぐもった声だけが、さびしく耳に残った。
「…………」
　ノックなしで、あたしの部屋に入ってくる理人。
　こんなこと普通に予測できたのに、無警戒だったあたしたちが悪い。
　もちろん、理人も一緒にここで食べようとしていたはずなのに。
「……悪いことしちゃったね」
「ああ」
　ドアを開けると、廊下には、残された桃の大皿と３本のフォーク。
　フォークは、それぞれバラバラな方向に倒れていた。
「……理人……」
　それを見て、ふとさびしさが襲った。
　あたしが翔平と両想いになるってことは、理人との間にもなんらかの変化が生まれちゃうのかな……。
「……理人、ごめんね」
　あたしは、ドアが閉められた理人の部屋に向かって、つぶやいた。

背徳(はいとく)の夜

　それから間もなく、両親は沖縄旅行へ行くこととなった。結婚25周年を祝う、子どもたちからのプレゼントだ。
　マメな理人が北海道から沖縄までのパンフレットを調達してきて、お父さんたちに決めてもらった。
　沖縄本島じゃなくてもっと南、石垣島(いしがきじま)の方へ行くんだって。新婚旅行が石垣島だったらしく、同じ地を25年ぶりに訪ねてみようということになったみたい。
　どうせなら3泊くらいしなきゃもったいないと言って延(の)ばした旅行だけど、あたしたちがかき集めて出せたのは1泊分くらいの予算。
　結局ほとんどが、お父さんたちの負担(ふたん)になってしまった。
　その気持ちだけでうれしいんだよ、なんてお父さんは目を細めていたけれど。
『遠出の旅行なんて、何年ぶり？　スーツケースどこにあったかしら』
『国内旅行だろ？　スーツケースで行く気かよ』
『帰りはおみやげがあるじゃない。そうそう、たしか裏の倉庫だわ』
　理人のあきれた声にも、まったく動じず。
　お母さんはいそいそとスーツケースを取りにいき、ほんとに楽しそうに準備をしていた。
　そして今朝、お父さんとお母さんは沖縄へ旅立った。

夕方6時頃、部活を終えた翔平と理人が同時に帰ってきた。疲れたのか、リビングのソファに体を投げだすふたりに、あたしは問いかけた。
「ねーねー、夕飯なに食べたい？」
　女の子はあたしひとりだから、お母さんが留守の間は、あたしがお母さん替わり。
　食費もあたしが預かっていて、食事の用意や、掃除に洗濯を、それなりにがんばろうと張りきっていた。
　ある程度、冷蔵庫の中身はいっぱいにして行ってくれたから、リクエストがなければ今日はカレーでも作ろうかな。
「ハンバーガー屋でも行くか？」
「ハンバーガーかー、部活後だと、おやつみたいなもんだからな。もっと腹に溜まるもん食いたい」
「じゃあ、ファミレス？」
「イマイチなあ……今はガッツリ米な気分なんだよ。あ、回転寿司は？」
「おう！　よしっ決まりっ！」
　翔平の意見に乗る理人。
　……あのぅ……。
「「……ん？」」
　ふたりで意見をまとめてから、ようやくあたしの存在に気づいたみたいに、同時に顔を向けた。
「ああ、悪い。美桜は、なに食いたい？」
　今さら回答権を与えた翔平に、ブスッとして答えた。
「そこに、あたしの手料理っていう選択肢はないの？」

てっきり、これは食材を買うために渡されたお金だと思ってた。なのに、外食!?
「あー……俺、もう腹減って死にそうなんだよなー。今から作ったらさあ……」
　ねえ？と翔平に同意を求める理人。
　なっ……!!　それって、あたしが今から作ったら今日中に食べれないとでも心配してる？
「俺も……」
　翔平もっ!?　翔平くらいはあたしの手料理に1票入れてくれると思ったのに……。
　あたしにロクな料理が作れないと知っているふたりは、よっぽど自分の胃袋が大事らしい。
　意地でもあたしの手料理を回避しようとするふたりに、ふつふつと湧きあがる怒り。
「もーいいっ!　頼まれたって絶対に作らないんだから」
　あたしはお財布を投げるようにバッグに放りこみ、外食に出かける準備をした。

　……そして。
　作ってくれと言われることもなく、結局3日間とも外食になってしまった。
　翔平にはウソでもいいから「美桜の手料理が食べたい」とか言ってほしかったのに。
　薄情なんだから!!
　初日は回転寿司、昨日はラーメン屋。

そして最終日の今日、やってきたのはファミレス。
　平日だからか、わりと空いていた。
「あたし、エビのクリームパスタ」
　メニュー表を見て、ひと目で決めた。
「俺はカットステーキ」
　理人がそう言えば、翔平は全然ちがうページを開く。
「俺はマグロ御膳」
　あたしたちは笑えるほど、好みも別なんだ。
　注文を終え、ドリンクバーで喉を潤していると、今日も、どこからともなく視線を感じた。
　３日間、あたしたちのグループは、どのお店でも視線を集めていたと思う。
　ウエイトレスさんだって頬を染めてモジモジしているし、女子高生は翔平と理人を見て、興奮したように声をあげる。
　ふたりにとっては日常的なんだろうけど、普段ふたりと外で行動をともにしないあたしにとっては、稀な経験。
　突き刺さる視線がほんとに痛くて、居心地が悪かった。
　たしかに、顔はふたりとも相当整っているけど……そんなに騒ぐほどかなぁ……。
「なあ、ひと口くれよ」
「俺も味見」
「あーエビは食べちゃダメー」
「３つあるんだから、ひとつずつだろ」
「え～、一応あたしが頼んだんですけどー？」

料理が運ばれてくれば、誰がどれを頼んだかなんて関係ないのは、昔から変わらない。
　好みは異なっても、シェアしあうように、それぞれのお皿をつつきあう。
　それも、兄妹弟という気の置けない関係のあたしたちだからこそ、できること。
　この光景は、周りからすれば、どんなグループに見えているのかな……。
　食事が終わっても、くだらない会話をしながらドリンクバーで粘って、9時を過ぎた頃。
　ようやくレジに向かった。
　お財布係のあたしがひと足遅れてファミレスを出ると、ふたりは並んで外の段差に腰をおろしていた。
　理人が翔平の肩に手を回しながら、なにかを耳打ちしている。
　……秘密の話？
「お待たせっ」
　わっ、と脅かすように間に割って入る。
「じゃあ、俺はここで」
　急に立ちあがった理人が、あたしに手を振った。
「ん？　どこか寄っていくの？」
　家とは反対方向に行こうとする理人に、思わず手にしていたお釣りの小銭を自分のポケットに突っこんだ。
「父さんたちがいないなんて、そうないだろ？　たまには夜遊びしよっかな〜なんて」

「不良〜。明日も学校なんだから、あんまり遅くならないでよ?」
　笑いながら理人の胸をチョンと押すと、もっと、とんでもない言葉が返ってきた。
「今日は帰らないから」
「え?　どこに泊まるの?」
　笑いごとじゃなくて、真顔で聞き返す。
「美桜ちゃん、そーゆーことは聞かないの」
　理人はニヤニヤしながら、チッチッと人さし指を横に振った。
「えっ……」
　もしかして、女の子の家!?
　いくら遊び人の理人だって、今までこういう外泊はなかったから驚く。
「……ねえ、おうちの人もいるんでしょ?　大丈夫なの?」
　相手は、きっと彼女になった、となりのクラスの子。
　恩田さんといって、結構派手な子だ。
　でもさすがに、泊まりはまずいんじゃないかと眉をひそめた。
「大丈夫、窓から忍びこむから」
「……っ」
「理人、美桜の前で変なこと言うな」
　絶対真似のできない大胆発言に呆気にとられていると、翔平が理人に足蹴りした。
　それって不法侵入でしょ。……親にバレたら警察に突き

だされちゃうんじゃない？　それに、泊まりなんて……。
「いろいろと……気をつけてね」
　まるで親みたいなセリフだけど、心配だったから。
　少し口ごもりながら言うと、
「気をつけてって、なにをかなー」
「……っ、それはっ……」
　とニヤニヤ笑う理人。
　あれだけ彼女がいたんだから今さら、エッチもしたことないなんて思わない。
　実際、『昨日の理人超よかったー』なんて、学校で聞きたくもない話を耳にしたりしてるもん……。
「なにかな、なにかなー」
　顔が熱くなったあたしに、理人は角を向けて突進してくるイノシシのように、頭を振りながら迫ってくる。
「…………」
　言えないのがわかっていて言わせようとするなんて、ほんとタチが悪い。
「大丈夫だって。ちゃんと避妊するからさ～。わはは」
「……っ……!!」
「美桜をいじめんな」
　今度こそ、頭から湯気が出たかもしれないあたしの肩を抱きよせるように、翔平が理人から離した。
「んじゃ、また明日な～」
　それを見てフッと意味深に笑った理人は、手を振りながら闇夜にまぎれていく。

まったく。理人の女好きは、もう病気の域に達している。
「困ったね、理人も」
　将来マトモな恋愛できるのかな。
　軽やかな足取りで去っていく理人を見ながら、ため息をついた。
「じゃあ、俺たちは帰るか」
「うん」
　あたしたちは逆の方向に歩きだす。
　9時を過ぎた今、ファミレスのあるにぎやかな通りから一歩入ると、とたんにあたりはさびしくなった。平日だし、こんな時間にフラフラしている人もいないよね。
　地面には、ぽわんと灯りを放つ街灯の下に伸びる、ふたつの影。
　ふたつの……。
「…………」
　理人が帰ってこないってことは。
　……あ。
　それって、今晩、あたしと翔平はふたりきり……？
　十字架が見える距離になった頃、とんでもないことに気づいてしまい、とたんに足の動きが鈍くなった。
　ちょっと、この状況って、どうなの!?
　翔平は……もちろん、それをわかって理人の泊まりを許したの？
　あたしは全然気づいていなかったのに、まさか翔平は、あたしもそれを理解してると思ってた？

理人の心配なんかしてて、美桜は余裕なヤツだなあ、なんて思ってた？
　ファミレスの外で、理人が翔平に耳打ちしていた光景が頭の中によみがえる。
　あれは、もしかしたら……そういうことだったのかもしれない。
　理人本人が、ほんとに恩田さんの家に泊まりにいきたかったのか。
　それとも……気を利かせてくれたの……？
「翔平……先に帰ってて……」
「なんで？　……あれ？」
　足取りが重くなってきたあたしの数歩先を行っていた翔平。歩幅がゆるんでいたことに気づかなかったのか、距離の空いたあたしを見て、目を見開いた。
　その瞳から逃げるように、あたしは自販機に向かう。
「あ……あたし、喉渇いたから、これ飲んでから帰るねっ」
　とっさに、ポケットからさっきのお釣りの小銭を取りだして、投入口にお金を入れた。
　適当に押したスポーツドリンク。
　ペットボトルのキャップを開けて、勢いよく口をつけた。
「あれだけ飲んで、まだ飲むのか？」
　そう言って笑う翔平を無視して、一心不乱にそれを喉へ流しこむ。
　あたし今、絶対、挙動不審だよ。
　だけど、平常心を保てるわけなんかない。

心臓なんかバクバクして……飲んだヤツが逆流しそう。
「……喉、渇いてるんだもん……」
　勢いあまって、口の横からこぼれたそれを腕でぬぐった。
　ドリンクバーで散々ジュースを飲んだ。
　ほんとはお腹なんてタプタプで、もう一滴も水分なんて取りたくないのに。
「じゃあ、俺も」
「……え」
　筋肉質な腕があたしの目の前を横切り、スポーツドリンクのボタンが再び、押された。
　――ガッコン。
　闇夜に響くその音は、まるであたしの鼓動みたい。
　しゃがんだ翔平は、取り出し口に手を伸ばしながらポツリと言った。
「俺とふたりきりになるの、そんなに怖い……？」
「…………」
　核心を突かれて、ますます心拍数が跳ねあがる。すべてを見透かされていたことに。
「俺は……怖いよ……」
　答えられないあたしを待たずに、翔平は握りしめたペットボトルに視線を落としたまま、自答した。
「えっ……」
　声が、かすれた。
「同じ屋根の下に住んでたって、他に家族がいれば制御がきく。昨日も一昨日も理人がいたから」

「…………」
「でも、今夜は……」
「…………」
「自分を抑える自信がない」

　翔平は一度瞳を閉じてから、ゆっくりと顔をあげ、あたしを見つめた。

　ドクンドクン。

　潔すぎる宣言は、誰かに体中をたたかれているような鼓動を誘発する。

「だから、美桜がそうしてほしいって言うなら、俺は和馬の家にでも泊めてもらう」

　そう言いきって、翔平はスポーツドリンクに口をつけた。

「…………」

　決定権は、あたしに委ねられた……ってこと？

　翔平は下心をすべてさらけだした。

　つまり、今夜あたしと……"する"ってこと……？

　そして、それをあたしが拒めば、自分は和馬くんの家に泊まると言った……ってことだ……。

　そんな男らしい翔平の決意は、さっきまで抱いていたあたしの警戒心を、いつの間にか溶かしていた。

　大事に想ってくれているのが、手に取るようにわかったから……。

　あたしは……どうしたい……？

　そんなの、決まってる。

　翔平と一緒にいたい。

翔平となら、どうなってもかまわない……。
「ひとりに……しないで……」
　たとえ、今夜なにが起こったとしても。
　他に言葉なんて見つからなかった。
「わかった」
　翔平はあたしの手を握りしめると、そのまま静かに家路についた。

　帰ってからは、それぞれいつもどおりの夜を過ごした。
　お風呂からあがって、つけたテレビから流れてきたスポーツニュースに耳を傾けて。
　理人が夕方使ったカップを洗って……。
　……あとは、ベッドに入るだけ。
　翔平は、自分の部屋にいる様子だった。
　音を立てないで階段をのぼろうとすればするほど、年季の入った木造の階段は、ミシミシとイヤな音を立てた。
　いつもは足音の方がうるさすぎて、階段の老朽化なんて気がつきもしなかったのに。
　部屋は階段をあがってすぐが翔平、奥が理人。まん中が、あたし。
　小学校にあがったときに割り当てられたひとり部屋。
　あたしは迷わず、まん中を選んだ。両側にふたりがいると、安心できると思ったから。
　だけど、今日ほどまん中を選んだのを後悔したことはない。あがってすぐが、あたしの部屋だったらよかったのに。

翔平の部屋の前を通って自分の部屋へ行くだけで、こんなに緊張するなんて。
『自分を抑える自信がない』
　そう言われたけど、具体的に、なにか約束したわけじゃないし。
　このまま素通りしたところで、なにか問題なわけじゃないよね？　でも、おやすみって、声くらいかけるべき？
　いつもは息をするのと同じくらい自然にできる行為が、綱渡りでもしているように手に汗をかいてしまう。
　ゆっくり進めていた足が、翔平の部屋の前に差しかかったとき。
　——ガチャリ。
　目の前のドアが開いて、翔平が姿を現した。
「もう、寝るだけ？」
「うっ、うん……」
　ドキドキが最高潮に達して、声が裏返る。
　きっと、テレビが消えたのがわかったんだ。
　気配を消して階段をのぼってきたことなんて、まるで無意味だった。
「顔」
「え？」
「すごいこわばってる」
「あっ……」
　自分でも感じていただけに、頬に手を当てた。
　おまけに熱いし、火照りもあったんだろうな。なんだか

やる気満々の人みたいで、はずかしいよ……。

翔平は軽く笑ってあたしの手を握ると、部屋の中へ誘導した。

しばらく他愛もない話をして……会話が途切れたときに、そのままゆっくり唇を奪われて、優しくベッドに倒された。

その上から、少し遠慮がちに体重をのせる翔平。

ど、どうしよう……。

緊張で、こわばる顔。

それでも、優しい翔平の瞳が目に入り、すぐに安心感を覚えた。目の前にいるのは、大好きな翔平なんだから。

そして翔平の手が、パジャマのボタンにかかった。

「……っ」

ふと浮かんだのは今頃、沖縄の夜を満喫している、お母さん。

「お母さん……悲しむかな」

"兄妹"として育てたはずのふたりが、一線を越えようとしている。

こんなこと知ったら、どう思うかな……。

想像すらしてないよね……。

心なしか体がふるえているのは、"はじめて"を経験することへの恐怖心なのか。……背徳感なのか。

「ごめん。世間に認めてもらおうなんて、はじめから思ってない」

そう口にした翔平の覚悟は、親だけじゃなく、世の中す

べてを敵に回すものだった。
　……そんなこと、考えてたなんて。
　思いもよらない言葉に、耳鳴りがした。
　それほどの衝撃を受けた翔平の言葉は、自分の考えの甘さを浮き彫りにした。
　あたしたちがしようとしていることは、そのくらいの覚悟が必要なんだ。
　認めてもらおうなんて思うのがまちがってる……。
「…………」
　ギュッと口をつぐんだあたしの髪を、翔平が優しく撫でてくれる。
「大丈夫。俺が守るから」
「…………」
「今夜は、俺だけを信じて……感じて……？」
　これから、世界一愛している人と結ばれる。
　きっと、一生忘れられない、幸せな夜になる。
　あたしだって。
　なにを捨ててでも、翔平だけを愛しぬきたい。
　……愛しぬく自信があるから……。
「……うん」
　そっと目を閉じて、すべてを翔平に預けた。

一夜明けて

　やがて……太陽があたしの顔を照らして、朝を告げた。
　瞼に刺激を受けて目を開けると、やわらかな光が部屋を白く染めていた。
「……う……ん……」
　首の下の、いつにないやわらかな感触に、顔を動かすと……目に飛びこんできたのは翔平のドアップ。
「……っ！」
　ぼうっとしていた頭が一気に覚醒した。
　あのまま、あたし……。
　温かな昨夜の感触を思い出し、はじらう心。
　翔平の左腕は、しっかりとあたしの首の下に入れられていた。
　甘い夜を過ごし、そのまま寝ちゃって。
　……翔平、ずっと腕枕してくれていたんだ。
　守られてるって実感。
　幸せすぎて、どうにかなっちゃいそうだよ。
　このまま時間が止まってほしいな……。
　となりの寝顔を眺めながら、腕に顔をくっつける。
「かわいい……」
　涼しげな切れ長の目が印象的な翔平も、目をつぶって少し口が開いた寝顔は、どこかあどけなくて。
　翔平の寝顔を見るのなんて、きっと小学生以来だ。

どこか可愛らしいその顔を、ひとり占めした。
　キレイな唇……。
　昨夜、何度となくあたしの体に触れた形のいい唇は、無防備にあたしの前にさらけだされている。
　……触れたい。
　そんな欲求に駆られ、人さし指で軽く触れる。
　寝てるし、気づかないよね？
　その感触をもっとリアルに感じたくて、翔平を起こさないように少しだけ体を浮かせて、翔平の顔に唇を近づけた。
　唇と唇を重ね合わせた瞬間。
　パチ。
「……!!」
　翔平の目が開いた。
　あたしは飛びあがるように上半身を起こして、急いで背を向ける。
　な、なんで!?
　眠ってたんじゃないの!?
　バクバクと暴れだす心臓を抑えるように、タオルケットを胸にかかえる。
「美桜ってば、朝から大胆」
「…………」
　背後からはイジワルな声。
「そんな、背中丸出しで。誘ってる？」
「ひゃあっ……」
　背中にチュッとキスを落とされて、変な声が出ちゃう。

「お、起きてたんだ」
　だったら、言ってくれればいいのに。
　赤面必至のこの顔をさらけださず、背中を向けたまま焦りを口にする。
「我慢してたのに……」
「……しょ、翔平……？」
「やば……、抑えきかねえ……」
　背後から抱きすくめられて、あたしの体はまたベッドへ倒された。
「責任、取ってくれよな」
「やっ……」
　神聖に感じた夜とはちがい、朝の光の中では、はずかしさの方が勝つ。
　それでも、このまま流されたいと思うのは、翔平に溺れているから……。
　──カチャン。
　唇にキスを落とされて首すじに顔をうずめたとき、かすかに耳に届いた金属音。
　それは翔平にも聞こえていたようで、動きがピタリと止まった。
　むくりと起きあがり、体を窓辺に近づける。
「まずい、理人だ」
「ええっ!?」
　あたしもあわてて、翔平のとなりから目だけを外に走らせた。

たしかに門をくぐって入ってきたのは、理人。
「やばっ！」
　タオルケットで全身をくるむようにしながら、あたしは自分の部屋に飛びこんだ。

　制服に着替えて下におりると、ちょうど理人がリビングに入ってくるところだった。
　ふう……。
　間に合ってよかった。
「これがほんとの朝帰り〜」
　おかしなメロディーに乗せて、カギをテーブルに放り投げる姿に笑ってしまう。
「コーヒー」
「ん、待ってて」
　髪を耳にかけながら、手際よくコーヒーの準備に取りかかる、あたし。
　それからパンをトーストして、ハムエッグを作る。料理が苦手でも、このくらいはしようと、3日間がんばった。
　なんだか今日は、いつもとはちがう自分。"経験"ひとつで、急に大人になったみたいな気がして。
　自分の動作の一つひとつが、昨日までとは全然ちがう風に感じるんだ。
「ずいぶん機嫌いいんじゃね？」
「そ、そうかな。それにしても、早かったね」
　なにかを見破るように視線を注ぐ理人をかわす。

……絶対わかってるはずだから。

あたしと翔平になにもなかったなんて、カンのいい理人が思ってるわけない。

「学校あるしな」

「えー? 理人のセリフには思えないけど?」

まだ6時になったばかり。

女の子の家になんか泊まって、いつものサボりコースかと思ってたのに、学校があるから早く帰ってくるなんて。

理人って、こんなにマジメだっけ?

「翔平、はよっ!」

「…………」

引きずるようにスリッパの音を立てながら現れた翔平が、煙たそうな顔で理人を見た。

「ん? 美桜とちがって、こっちは機嫌わりぃなー」

クスッと笑い、きっとその理由に変な想像をしてるんじゃないかと、あたしが赤面する。

「……ったく、早すぎなんだよ……」

「んー、なんか言った?」

「なんでもねえっ」

「ふたりともっ、コーヒー入ったから座って!」

そんなふたりを見るのが耐えられなくて、急かすように言ってコーヒーをふたつ並べた。

ふわあ、と理人があくびを繰り返す。

「理人、朝っぱらから、何回あくびしてんだよ」

翔平が相変わらず不機嫌そうに理人を注意し、あたしも

あわてて連鎖反応で出そうになったあくびを噛み殺す。
「彼女が朝まで寝かしてくんなくって……シーッ……」
　翔平に口をふさがれ、言葉の続きを飲みこまされた理人は、苦しそうな声をあげた。
「朝から理人の卑猥な話聞くと、メシがまずくなる」
　淡々と阻止した翔平は、やっぱり不機嫌そうで。
　日頃、機嫌に起伏のない翔平が今朝はずっとこんな調子なのは、さっきの甘い時間を阻止されたから……？
　そう思うと、なんだか可愛らしい。
　あたしだって……ちょっと残念だったな。普段イチャイチャできない分、こういうときくらい……。
「苦っ」
「甘っ」
　同時にカップに口をつけたふたりが顔をしかめ、あたしの妄想がぶった切られた。
　えっ、なに！
「美桜ちゃーん、これ逆なんすけどー」
　理人が、コーヒーカップを突きだした。
「ほんとに!?　ご、ごめんっ……」
　どうやら、翔平と理人のカップをまちがえちゃったみたい。うわあ……こんな初歩的なミス。
　動揺してるのがバレバレだよ……。
　理人はニヤニヤ、翔平は苦笑いしながら、カップを入れ替える。
「わかりやす」

ボソッと言って、砂糖入りのコーヒーに口をつけ直す理人に、ますますあたしの体温は上昇した。

　あたしより少し遅れて登校してきた理人が、教室に入ってくるなり莉子を捕まえた。
「莉子、今日の美桜、刺激すんなよ」
　え？　ちょっと！
　なに言っちゃってるの!?
　そんな理人の言葉がすでに刺激的で、あたしはあわてた。
「えっ？　なに？　どういうこと？」
　目を白黒させた莉子を放って、あたしに目配せだけを残した理人は、シレッと自分の席へ向かってしまう。
　言い逃げっ!?
「り、理人っ」
　追いかけようとした、その刹那。
　黒い影があたしの目の前を覆った。
「あ、翔平、おはよ！」
「……っす」
　短い朝の会話を交わす莉子と翔平に体が反応して、思わず顔を向けてしまったあたし。
　翔平と目が合った。
「……っ」
　きっと、目を逸らしたタイミングは一緒。
　ガタガタッと大きな音を立てて、翔平は自分の席に着く。
　席に着いたきり、翔平のうしろ姿はピクリとも動かない。

「…………」
　他人行儀な白いシャツの背中を見ていると、昨夜のことがまるで夢のように思えてきた。
　あれは現実だった……？
　つい数時間前までこの体に抱かれていたなんて幻だったように思えるほど、クールな態度。
　はずかしいのは、わかるけど……。
「はは～ん、なるほどね」
　微妙な変化を敏感に察した莉子は、翔平の背中とあたしとを交互に見た。
　放っておいたら翔平に事実確認しそうな勢いだ。
　あたしはたまらず莉子を廊下へ連れだし、登校中の人波を気にしつつ、小声で耳打ちした。
「も～、聞こえちゃうからカンベンしてよ……」
　翔平がどんな反応を示すか見る勇気なんてない。
「おばさんたち、今、沖縄だもんね？」
「うん……今夜、帰ってくるけど」
「なるほどね。……で、理人は？」
「多分……恩田さんち……かな」
「……ふぅん。気を利かせてくれたんだ。いいとこあるじゃん、理人も」
　仕方なくすべてを話したあたしの肩に、莉子はニヤニヤしながら手をのせた。
　素直に喜んでいいのかな。……いいん……だよね……？
「う……ん……」

なんだか照れくさい。
だって、シましたっていうのがバレバレなんだもん。
どんな顔していいか、わかんない。
　女の子同士で初体験の報告をするのは、ありがちだろうけど、あたしには遠い未来だと思っていたし。
　相手が翔平だなんて、ついこの間までは夢にも思っていなかったわけで。
「で、どうだった？」
「へ？」
　それって、率直な感想求めてる？
　ずいぶんと突っこんだことを聞いてくる莉子に、マヌケな声が出た。
　多分、声だけじゃなくて、顔も相当マヌケだったかも。
　わはは、と大声で笑った莉子は、「ちがう、ちがう」と片手を顔の前で振った。
「なんていうんだろ。ちゃんと恋人同士って実感できたかな？って」
　恋人同士……。
　……あたしと……翔平が？
　あまりピンとこなくて少し戸惑う。
「ずっと想ってきた相手と、ひとつになれたんでしょ？」
　そう言って、莉子はあたしの手をギュッと握りしめた。
「あたしたち……恋人同士って呼んでもいいの……？」
　想いが通じあっただけで満足で、この形にどんな名前がつくかなんて、考えなかった。

彼氏とか彼女とか、そんな風に呼び合えるなんて思ってなかった……。
「当たり前じゃん！　美桜と翔平は、恋人同士に決まってるでしょ！」
「恋人……」
　その響きに、くすぐったさを覚えたと同時に、昨夜のことがよみがえった。
　優しく、ゆっくりと温かくなっていく心が教えてくれる。
　それは決して夢じゃなかった……と。
「すっごい……幸せだった……」
　自分で言って、込みあげてくるものが抑えられなかった。涙が頬を伝う。
　親友に本音を吐露したことで、ようやく翔平との出来事が現実味を帯びて。
　ほんとに翔平と想いが通じあったんだ、と心の底から実感できた。
「莉子っ……」
「うん、ほんとよかったよ……よかった、よかった……」
　莉子は言葉の出てこないあたしに、"よかった"を繰り返しながら、ずっと背中をさすってくれていた。

　この日の体育の授業のとき、恩田さんは昨日から風邪で欠席していることを知った。
　じゃあ……恩田さんの家に泊まりにいったはずない。
　……ツメが甘いな、理人。

あたしと翔平のために、きっとウソをついてくれたんだ。
『彼女が寝かしてくれなかった』なんて、もっともらしいことまで言って。
　結局、どこでひと晩過ごしたのかはわからないけど。
　午後の授業中。
　あたしの延長線上に見える窓際の特等席で、机に突っ伏しながらすやすや眠っている理人を見て、よく寝られなかったのだけは確かなんだと思った。
　ときに困った弟だけど、情に厚くて、どこか憎めない。
　ふふふ、可愛い顔して。
　その寝顔に『ありがとう』と心の中でつぶやいた。

　その夜、旅行から帰ってきた両親を、あたしたち３人はそろって出迎えた。
「旅行中、変わったことはなかった？」
　お母さんは上機嫌で、おみやげを机いっぱいに並べる。
「うん、なかったよ」
　そう答えながらも、内心ドキドキしてたまらない。
　お母さんにウソをつくなんて、はじめてで。
　ウソって、胸が痛いな……。
「それより、どうだった？　楽しめた？」
　こっちの詮索より、みやげ話が聞きたいと、両親を座らせてお茶を淹れる。
　沖縄の強い日差しのせいか、すこし日焼けもしている。
「お前たちのおかげで、これ以上ない思い出ができたよ」

お父さんも満足そう。
　旅行を計画したことは大成功だったみたいで、あたしたちも、とてもうれしい。
「こんなに、みやげいっぱい買ってきて。やっぱりスーツケースで正解だったな」
　スーツケースなんてバカにしていた理人も、そんなことを言っている。
「写真見る？」
「うわ〜海がキレイ〜！」
　旅の余韻が伝わってきそうなデジカメの画像１枚１枚に、あたしたちは歓声をあげた。
　あたしもいつか、行きたいな。
「じゃ、俺これ片づけてくるわ」
　理人がスーツケースを片づける傍らで、あたしはお母さんの話に耳を傾けていた。

第4章

変わっていく世界

「今日は理人、休みなの?」
「えっ、そんなはずは……」
　1時間目のあと。
　莉子にそう言われて理人の席に目を向けると、そこは空席。休みなんだと、はじめて知る。
「理人、どうしたの?」
　翔平の席に行って問いかけた。
「どうしたって?」
「来てないみたいだから」
　理人の机を指すと、翔平も気づいていなかったみたいで目をぱちくりさせた。
「なんだよ……またサボりか?」
　そして、翔平はあきれたように言った。
　いつものように今朝、食卓には着いていた理人。
　ブスッとした顔が記憶にあるけど、もともと寝起きが悪くて、そんなときもたまにあるし、大して気にも留めていなかった。
　寝坊したならともかく、起きてたのに来てないなんて。
　遅刻してくるのかと思った理人は、結局その日、姿を現さなかった。

　学校から帰っても理人はいなくて、帰ってきたのは日付

が変わる少し前だった。
「理人っ、どこに行ってたの？」
　気になって眠れずにリビングで待っていたあたしは、玄関へ飛びだした。
　ひと目見て、機嫌が悪いとわかる理人。
　質問に答えるどころか、あたしの顔も見ずに横を素通りして階段をのぼっていく。
「待ってよ」
　追いかけるように、うしろから声をかける。
　こんな風に無視されるのなんてはじめてで、変な胸騒ぎが襲う。
「……ご飯は？」
「食ってきた」
　恐るおそる声をかけると、ぶっきらぼうにひと言だけ。
　それでも、返事が返ってきたことに少し安心する。
「じゃあ……お風呂は……？」
「いい」
　──バタン。
　そこで部屋の前に着いてしまい、あたしと理人の会話は強制的に終了した。
「…………」
　ひとり取り残されて、閉ざされたドアをしばらく呆然と眺める。
　……いったい、どうしちゃったんだろう。
　周りの友達が親をウザッたいと思うようになった中学生

時代だって、理人は家の中でムードメーカー的な存在で。

いつだって、家族の和を大切にしてきた。

あたしと翔平のことだって、家族のためになんとかしようとしていた。

そんな理人が。

昨日の夜まで、いつもと変わらなかった理人が、どうして急に……？

お母さんたちが帰ってきた昨日の夜に記憶を巻き戻しても、こうなる理由が見つからない。

その夜、あたしはまったく眠れなかった。

「理人から、なにか聞いてない？」

学校には来ている理人だけど、あれから数日間、帰りは深夜という日が続き、ついに昨夜は帰ってこなかった。

でも、学校へ来てるってことは、どこか泊まった場所から来ているんだろうけど。

「……さあ」

首を傾げる莉子にも、思い当たる節はないみたい。

「そっかあ……」

あたしや翔平には言えなくても、莉子になら何か話しているかと思ったのに。

ひと握りの希望も消え、あたしは肩を落とした。

お母さんは不良への第一歩かもしれないと、理人には怒りながらも、あたしたちの前では心配そうだ。

お母さんのためにも、家族が平和でいることを願ってい

る理人の不可解な行動は、あたしの頭を悩ませるばかり。
「こうして見てる限り、変わった様子はないけどね」
　たしかに……。
「理人〜見てよ。この写真、やばくなぁ〜い？」
「うわ。まじウケるし」
　莉子の言うとおり、今もギャルっぽい子たちと話している。学校での理人は女の子に囲まれているし、お茶目な笑顔も健在。
　今日も相変わらず話題の中心にいて、楽しそうに過ごしている。
　なのに……どうして？
　最近はこんな顔を家ですることはないし、家族にだけ、そっけないのは気のせいじゃない。
　思い当たる節は、ひとつ。
「やっぱり、あたしのせいかな……」
　3つ子として育った3人のうち、ふたりが、特別な関係になって……残るひとりがどんな気持ちになるのかなんて、はっきり言って想像できない。
　ヤキモチを焼くとかいうレベルじゃないのはわかってるけど、きっとあたしたちの行動に腹を立てているんだ。
　自分では、気をつけているつもりだった。
　キスを見られて以来、お互いの部屋を行き来しないようにもしていた。
　でも……それと同時に、理人もあたしの部屋には入ってこなくなった。

突然起きたように思ってしまうけど、今回の理人の事態には、ちゃんと過程があったのかもしれない。
"当たり前"という麻酔から醒めて、それが突然のように感じただけ……。
「バカ美桜っ！」
　地に落ちるようにつぶやいた、あたしの気持ちをすべて汲み取った莉子。
　気持ちごと引きあげるように檄をとばした。
「変な想像をするのだけは、やめな」
　両肩をしっかりと抱く莉子には、あたしの考えはすべてお見通しのようだ。
「理人はそんな、ちっさい男じゃないでしょ？」
「う、うん」
「美桜と翔平がこうなって一番、喜んでるのは理人だよ？」
　してもらった数々のことを思い返せば、そうだって、うなずける。
　だけど、理人と最後に会話をしたのはいつだっけ……？
　もう、ずいぶんと前にも思えるそれですら、会話と呼べるものじゃなかった。
　翔平と一緒に朝を迎えた日にかけられた、赤面必至の言葉ですら、今は恋しい。
　翔平を愛したいと強く思うのに、理人も失いたくないと思うあたしは贅沢なのかな。
　笑顔で、頭に手をのせてくれた理人を思い出す。
『……よかったな、美桜』

もう向けてくれなくなった笑顔を思い出せば出すほど、心に隙間風が吹き抜けていく気がした。

莉子が突拍子もない提案をしたのは、それからほんの1時間後のことだった。
「今日さあ、翔平と一緒にお昼食べてもいい？」
「えっ？　翔平と？」
あたしは、キョトンとして莉子を眺めた。
翔平を見ても頬ひとつ染めない莉子は、正真正銘の幼なじみ。そこに恋愛感情など、あるわけもない。
「うん。彩乃の行動、目に余るんだよね。これは彼女として、見せつけないとって思うとこでしょ？」
あるとすれば、あたしへの気遣い。
ここで言う彼女というのはあくまでも、あたし。
あたしを指さし、莉子は同意を求めた。
理人がウワサをバラまいたおかげで、翔平の彼女が莉子だということは、一時期、話題になったけど。
それでも莉子と翔平の間に、目に見えてカップルだとわかる事実がないのをいいことに、一時期おとなしかった彩乃ちゃんも、またアプローチを続けていた。
『翔平くんっ……』
毎日甘ったるい声をあげて、翔平にべったり寄り添っている。
それも、あたしから見える席でやられるから結構キツい。
彩乃ちゃんのアピールはかなり積極的で、莉子が彼女だ

と知っても、もはや全然、痛くもかゆくもないって顔。
　よっぽど自分に自信があるからなんだろうけど。
『あなたたち、ほんとに付き合ってるの？』
　あげくには、莉子に直接そんな疑いすら、かけてきたという。
「やっぱりウワサだけじゃ、あの子全然、真(ま)に受けてない感あるじゃない？　そろそろ次のステップへ入る時期だと思って」
　チラッと目を動かすと、相変わらず翔平にべったりの彩乃ちゃん。
　気持ちを揺さぶるための実力行使なのか、胸を押しつけているようにも見える。
　この強引さ、見習いたいくらい。
　翔平も多少、拒否はしているものの、あれじゃ、彩乃ちゃんには伝わらないだろうな。
　翔平は、普段から感情を表に出さないタイプだから、長年付き合っているあたしたちにはわかっても、傍目(はため)にはわからないんだ。
　それでも他人事(ひとごと)じゃないし、あたしはうなずいた。
「ごめんね……」
　翔平ファンの子ならともかく、莉子は今さら翔平とふたりでお昼ご飯なんて食べたくないだろうに。
「なに謝ってんの。あたしはこんなの全然平気だし」
　そう言って笑う莉子に、あたしも笑い返した。

そして、お昼。

莉子と翔平は作戦どおり、お弁当を持ってふたりで中庭に移動した。

とても日当たりがよく、昼食をとるのに一番人気の場所。

そんな場所に、連れ立って現れたふたりに、周りは驚きの目を向けていた。

スラッとした長身の莉子は、翔平と並ぶとすごくバランスが取れている。

こうして見ると、ほんとにお似合いだった。誰が見ても、本物のカップルだと疑わないはず。

中庭が見渡せる１階の渡り廊下から、あたしはその様子を眺めていた。

ガラス越しにその光景を目にしていたあたしでさえ、ふたりがほんとに付き合っていると錯覚してしまうくらい。

やがてベンチに腰かけたふたりは、お弁当を広げはじめた。他にもカップルはいたけど、そこだけ、まるで長く付き合っているカップルのような、他人が簡単に踏みこめないオーラが出ている。

彩乃ちゃんがとなりにいるときとは雲泥の差。

理由は、ふたりがそろって大人びているからだろう。

「改めて見ると、翔平くんと彼女って、すっごいお似合いだよね」

翔平のファンの子……？

あたしに気づかないふたり組の女の子が、同じようにガラス越しに莉子へ羨望の眼差しを向けていた。

「あの子なら、仕方ないって感じがする」
「うんうん。まるで勝ち目なんかないよ」
　ふたりは軽く肩を落とし、その場から去っていった。
　……もともと、これが目的なのに。
　お似合いすぎるふたりに、あたしなんかが彼女でいいのかと軽くへコんだ。
　もし、あたしと翔平が兄妹じゃなく普通にカップルでいたとしても、「なんであの子が？」って批難を浴びるんだろうな。
　いいなぁ、莉子……。
「…………」
　あれ？　これって、莉子にヤキモチ焼いてる？
　やだ、なに変なこと考えてるんだろう。
　莉子は、あたしのために彼女役をやってくれたんだもん。ありがたく思わないと。
　そう自分自身を納得させたとき。目の前の窓ガラスを通して、背後に見知った人物が映った。
　──ドクン。
　……理人だ。
　そうわかった瞬間、体に緊張が走り、振り向くこともできずにガラス越しに理人を見つめる。
　久しぶりに、こんな近くに理人を感じた。
　そして、絶対にあたしに気づいているということが、さらに緊張を高めた。
　理人の視線も、翔平と莉子を捉えているはず。

ふたりが付き合っているとウワサを流した張本人は、今どんな気持ちで、その姿を眺めているんだろう……。
　いつもはカッコよく長い足を組んでいる莉子は、当然のように足を組んでいる翔平の横で、今日は足をそろえていた。口もとを押さえて笑うのも、普段見せない仕草だ。
　徹底（てってい）してるな……。
「あれっ……」
　外に気を取られていると、ガラスにはもう理人の姿はなく……。あわててキョロキョロすると、この場を去っていく理人の背中がずいぶん小さくなっていた。
「理人っ！」
　思わず追いかけて声をかける。
　今となっては無視されるだけだし、そっとしておこうと、最近は声をかけないでいたけど。
　今日のあたしはどうしてか、そう叫んでいた。
「……っ」
　それでも。
　絶対に聞こえているのに、あきらかに無視されたとわかり、それ以上の言葉をかけるのをやめた。
　やっぱり、無視は悲しいよ……。
　追いかけるのもやめて、そのまま理人の背中を見送る。
　理人、どうしちゃったの……？
　ちゃんと、口で言ってくれないと、わからないよ。
　そのとき、理人のものだと思われる残り香（が）があたしの鼻をフワッとかすめた。

理人がいつもつけている香水とは別の物だ。
　この匂い……知っているような。
　誰がつけてたっけ……。
　思い出そうとしても、意識が散漫な今、たどった記憶は途切れてしまった。
　そして、彩乃ちゃんが完全に白旗をあげたのは、それからすぐのことだった——。

胸騒ぎ

　今日は朝から土砂降りだった。
　梅雨本番に入った今日の雨は、放課後になっても落ち着く気配がない。
「すごい降ってきたねー。傘なんて役に立たないだろうなー」
　帰り支度を終えた莉子は、窓の外を見ながらうんざり顔。
　風で煽られる雨粒は、まるで吹きつけるように窓を強くたたいている。
　帰るまでに全身シャワー決定かな……。
　そのとき莉子の目がなにかを捉え、窓辺に歩みよった。
「また、こんなの描いてー」
　そして、曇った窓ガラスに誰かが書いた落書きを手のひらで消す。
　……翔平と莉子の相合傘を……。
「……ほんとだ」
　とっさに声の調子を合わせたけど、表情を作るのは間に合わなかった。
　ぎこちないのがバレないように、なんとなく莉子の視界から逃れた。
　クラスの誰かが冷やかしで書いたんだろうけど。
　自分でもごまかせない、胸の痛みを感じる。
　こんなの、笑ってすまさなくちゃいけないのに……。

あの昼休みのおかげで、ふたりが付き合っているというウソは、事実として、ほぼ全校生徒にまで広まっていた。
　今、校内で旬のウワサは、このふたり。
　視聴覚室でキスしているのを見たとか、保健室で抱き合っていたとか、散々なものばかり。
　莉子は『バカバカしい』と、根も葉もないウワサだと笑って一蹴していたけど。
　……あたしは笑えなかった。
　だって、火のない所に煙は立たないはず。
　しかも、せまい校内での出来事に、いったい、どこからそんなウワサが流れるの？……って、真剣に考えちゃうの。
　あたしのために、いろいろしてくれている莉子に、そんなことを思うなんて、ほんとに悪いと思ってる。
　だから、莉子にも翔平にも聞けるはずもなく……。
　ウワサの出所があたしたちのことをよく思っていない理人だったらどうしよう、という黒い考えまで湧き起こっていた。
　莉子がぬぐった痕から流れ落ちるしずく。
　窓の向こうでは、また新たな雨粒がたたきつけられて、何事もなかったように周りと同化した。
　……あたしの不安も。そうやって何事もなかったように消え去ればいいのに。
「……っ」
　あたしは頭に手を当てた。最近よく頭痛がするんだ。
　相変わらずな理人に、翔平と莉子のウワサ……。

いろいろなことで頭を悩ませるあたしは、もう何日も寝不足だった。
「水沢ー」
　教室の前のドアがガラリと開いて、呼び声が聞こえた。
　振り返ると、翔平と理人もあたしと同じ動作をしていた。
　呼んでいたのは担任。
　こういう風に名字で呼ばれると、もちろん3人とも反応するわけで……。
「あー……美桜の方」
　そう言って苦笑いする担任は、あたしに目を向けると手招きした。

「悪かったな、帰り際に」
「いえ、すみませんでした」
　提出書類に不備があったとかで職員室に呼ばれたあたしは、用事を終えると足早に教室へ戻る。
　夕方から夜にかけて、さらに雨足が強くなると天気予報で言っていたし、早めに帰らないと。
「……あれ……？」
　すると、バスケ部の男子たちがそろって帰っていくのが見えた。
　その中に、翔平の姿は見えない。
　水曜日の今日は外コートでの練習だから、この天気だし、部活も休みになったのかもしれない。
　だったら時間もあるし、今日こそは、ウワサの真相を翔

平に確かめてみようかな……。

カバンを手に、昇降口へ向かう。

それにしても、すごい雨。

空から滝のように落ちてくる雨粒を目の当たりにして、靴を履くのもためらってしまうほど。

それでもここに留まるわけにはいかないし、帰らないと。

朝ついた水滴がまだ滴り落ちる傘を、ひと振りしてから開こうとしたとき。

「翔平……？」

遠くに目を走らせていたあたしの視界を、その姿が横切った。

さほど遠くない渡り廊下の向こうを、小走りで消えていく方向は……体育館……？

もしかして、自主練でもするのかな。

傘を開くのをやめ、そのまま翔平の消えた渡り廊下を追った。

渡り廊下が完全に視界に映ると、さっきまで見えていないものが見えた。

それは、思いもよらなかった光景で。

「莉子……？」

口にしてもまだ信じられない人物は、どう見ても莉子。

思いつめたような表情で、口をキュッと閉ざしてうつむいていた。

どうして、莉子が……？

莉子の前で足を止めた翔平は、なにか言いながら、その

肩に手を置いた。
　……なんの、話……？
　声をかけるのすら、ためらってしまうほどの異様な雰囲気は、あたしの足を前へ進ませない。
　数メートルほどの距離で、あたしはただ、それを眺めていることしかできなかった。
　そのうち、そんな翔平から逃げるように、莉子が踵を返したかと思ったら。
「あっ……」
　翔平もあとを追うように消えて……裏庭に回ったふたり。思わず、それを追ってしまったあたしの足。
「……え」
　次にふたりの姿を目にしたときは、翔平は莉子の腕をつかんでいた。
　……ドクンッ。
『視聴覚室でキスしているのを見た』
『保健室で抱き合っていた』
　前に聞いたウワサが、頭をよぎる。
　……やっぱり、あれはほんとなの……？
　さっきまでの、雨にうんざりしていた莉子と同一人物とは思えないほど、苦しくて切なげな表情。
　今にも泣きだしそうなその顔は、あたしにすら見せたことがない……女の子の、顔だった。
　莉子に、こんな表情があったことにも驚くけど。
　それを見せている相手が翔平ということに、不安が煽ら

れた。
　……ねえ……。
　……なんの話をしているの？
　あたしは莉子に全部話したのに、莉子はあたしには言えない、なにかがあるの……？
　知りたいのに、雨音がふたりの会話をかき消して、耳には届かない。
　建物の屋根から、ほんの少しだけ迫りでた雨除け。
　雨から逃れるようにそこへ身を押しやるふたりの距離に、隙間なんてない。
　壁を背にする莉子を、雨から守るように立つ翔平の背中には雨が強く吹きつけ、素肌が透けていた。
　莉子の頬が濡れているように見えるのは雨なのか、それとも……。
「あっ……」
　思わず、声を漏らしてしまったのは。
　その頬に翔平の手が伸びて、親指でぬぐったから。
　それは雨なんかじゃない。
　莉子の目からこぼれ落ちる……涙だ。
『あたしが翔平の彼女になるわ』
　ハッとして身を翻し、ふたりから見えない位置に隠れ、壁に背をつけた。
　狂ったように、大きく乱れ打つ鼓動。
　あのときの、あの言葉。
　まさか……莉子は。

……翔平が、好きだった……？
　とんでもないことに気づいてしまったかもしれない自分に、落ち着け落ち着けと、大きく深呼吸する。
　それでも、息苦しさからは解放されない。
　……まさか。……まさかね……？　莉子が翔平を好きだなんて、そんなこと、あるわけない……。
　気になって仕方ないのに。
　それ以上ふたりを見ることに耐えられなくて、雨の中あたしは駆けだしていた。

　あたしが帰宅して１時間後、何事もなかったような顔をして帰ってきた翔平は、ずぶ濡れだった。
「すげえ大雨だな。マジ風邪引きそう」
「…………」
　びしょびしょに濡れたその背中は、帰りに濡れたんじゃないのに。
　あふれそうになる涙を必死で押し戻しながら、無言でタオルを差しだした。
「あー冷てぇ」
　それでも、やっぱり何事もなかったように、普通にガシガシと頭を拭く翔平。
　あぁ……。
　あたしが気づかなかっただけで、今までもきっと、こんなことがあったんだと思い知らされる。
　帰りも、莉子と一緒だったのかな。学校では公認のカッ

プルなんだから、堂々と一緒に帰れるもんね。
　莉子に、好きだとか言われたの？
　学校内で蔓延(まんえん)しているウワサは、どこまでほんとなの？
　翔平の気持ちは……今でも、あたしにある……？
　莉子とふたりの時間を過ごすうちに、心が傾いちゃったりしたの……？
　ニセの彼女として莉子を仕立てた結果がこれなら、そんなこと、しない方がよかった。
　彩乃ちゃんに言いよられている姿を見ていた方が、まだ我慢できたよ……。
「サンキュ」
　肌についた水分を拭き取ると、翔平はタオルをあたしの手に戻した。
「シャワー浴びてくるわ」
　ニコッと笑うその顔は、悲しいほどいつもの翔平で。
　あんなことがあったあとに、そんな笑顔をあたしへ向けられることへの理解に苦しむ。
　雨水を含んだタオルは、さっきよりも重みを増していて。
　その水分に馴染ませるように、こらえきれなくなった涙を押さえた。

「理人、今日も帰ってこないつもりかしら……」
　窓の外を心配そうに見つめながら言うお母さんのセリフは、もう日課になっていた。
　こんな雨の夜。理人の居所(いどころ)を心配しているんだと思う。

「あんな勝手なヤツの心配なんかしなくていい。まったく、毎晩毎晩、どこで、なにをやってるんだか」
　そう言うお父さんの言葉の端々にも、なんとも煮えきらない理人への想いが汲み取れた。
「ねえ美桜、本当にわからない？」
　……もう……何度、聞かれたかな……。
　分け隔てなく３人を育ててくれたお母さんだけど、理人はお母さんの妹の忘れ形見。実の甥っこだ。
　あたしや翔平がこうなったとしても、同じように心配してくれるかどうかはわからないけど、気を揉んでいる姿が見ていてとても苦しくなる。
「ごめん……わかんない」
　なのに、お母さんにとって頼みの綱のあたしですら、理人のことを理解できなくて……。
　ほんとに、どこでなにをしているの？
　理人に頼っちゃいけないのはわかってるのに、理人がいないのが、とても心細いなんて。
　理人……お願いだから、帰ってきてよ……。
　早く、以前の理人に戻ってよ……。

　……なんだか頭がぼうっとする。
　普段お風呂に浸かればスッキリするのに、今日は気分が重たいままだった。
　帰り道、たくさん雨に打たれたせいかな。
「くしゅんっ！」

あげくにくしゃみまで出はじめて、今日は早くベッドに入ろうと思いながら脱衣所を出る。
「美桜、なにかあった？」
　と、そこに待ちかまえていた翔平に腕を取られた。
「今日の美桜、なんか変」
　のぞきこむようにあたしの表情を確認するその姿が、夕方見た光景と重なる。
　……莉子の腕をつかんでいた翔平と。
「……っ」
　泣いていた莉子が、フラッシュバックした。
　翔平も、こんな顔をして莉子をのぞきこんでいたのかな。
　それを知りたくなくて、顔を逸らした。
「なにも……ないよ……」
　そう言うのが精いっぱいで、気持ちを読み取られないように腕をすり抜ける。
「なんだよ、美桜も……理人も……」
　だけど。
　そんなひと言に足が止まった。
　ついでのように放った"理人"の名前を、どうしても無視できなくて。
　理人の不可解な行動は、あたしたちのせいかもしれないのに、軽々しくそんな言い方をする翔平に、少しだけカチンと来たんだ。
「……莉子……泣いてたね……」
　さっき、見ていたことは秘密にしようとしていたのに。

翔平の態度が、あたしにそんな言葉を言わせていた。
「えっ……」
　あきらかに意表を突かれたとわかる翔平の表情に、あたしの不安はますます加速した。
　それは、隠し通そうとしていたことが手に取るようにわかる反応だったから。
　翔平は、あたしを不安にさせたくないからと、莉子の提案に賛同したはずなのに。それが原因で、あたしが不安な夜を過ごしてるって知ってる……？
「莉子、泣いてたよねっ……」
　そんな思いがあたしを後押しして。
　一度は飲みこもうとした言葉を振り向きざまに、また、ぶつけてしまった。
「……それは……」
　言葉に詰まり視線を泳がすその姿は、あたしに秘密があります、と言っているようなものだった。
「どうして……莉子が泣くの……？」
　ぬぐってあげてたくらいだ。
　涙の理由だって知っているはず。
　ショックと絶望でふるえる体を押さえながら、もう一度。
「ねえ……どうして？」
　嫉妬って、みにくい感情だよね。
　わかってるのに、止められないの。
　翔平が……好きで……好きでたまらないから……。
　翔平は変わっちゃったかもしれないけど、あたしの気持

ちは1ミリだって変わってないの。
「……今は……言えない」
　すると翔平は、あたしの尋問に観念したように重い口を開いた。
　だけど。
「言えないって……」
　まだ、その秘密を死守しようとする翔平に愕然とした。
　誤解なら、説明してくれればいいのに。
　でないと、胸につかえたままの黒い気持ちは行き場をなくしちゃうんだよ？
「ああやって、あたしの知らないところで、いつも莉子とこっそり会ってたの？」
　あのウワサ話も、ウワサなんかじゃないのかもしれない。
「それは……」
「視聴覚室でキスしたの？」
「美桜……」
「保健室で抱き合ってたの……っ!?」
　それは、もう勢いだった。
　翔平も知っているだろうウワサを言うと、ついに翔平も顔つきを変えた。
「あんなくだらないウワサを真に受けてんのか？」
　そのあきれたような言い方が、余計に癇にさわった。
　くだらない……？　あたしはそのウワサがずっと耳にこびりついて、眠れない夜が続いてるのに。
「くだらなくなんかないよ……大事なことだよ……」

我慢してきた想いをぶつける。
弁解でもいいの。真実を言ってほしい。
いつかの言葉がほしい。
『俺が好きなのは美桜』
それだけで強くなれるのに。
そうじゃないと、あたし……。
「……もういいよ、おやすみっ……」
　これ以上、翔平と向き合っていたら、また自分が抑えられなくなりそうで。
　あたしは階段を駆けあがった。
　……だけど、少しは期待してたの。追いかけてきてくれるって。
　……でも。
　最後は涙声だったあたしを、翔平は追いかけてきてくれさえしなかった。
　莉子には、手を差し伸べていたのに……。
　ベッドに入り、翔平の部屋側の壁をじっと見つめる。
　あたしと翔平を遮る部屋の壁が、埋められない心の壁のように思えた。
　近いのに、ものすごく遠い。
　翔平は眠れるの……？
　あたしは……全然、眠れないよ……。

真夜中のキス

　ようやく1時頃に眠りにつけたのに、なんだかスッキリしない夢を見て、目が覚めると夜中の2時だった。
「水でも飲もう……」
　朝までは、まだ遠い。
　布団に入ってからまだ1時間しか経っていなかったことに、ガックリと肩を落としながら階段をおりる。
　リビングから、わずかな明かりが漏れていた。
　でもそれは電気の明かりじゃなく、オレンジ色の、不気味な光。
「……？」
　どこかの電気を消し忘れたのかと、ゆっくりドアを押し開けて、あたしの目に飛びこんできたのは驚愕の光景。
「……ッ、なにしてるの!?」
　冷蔵庫を開けっ放しにして、戸棚にもたれかかるようにしゃがみながらビールを口にしていたのは、理人だった。
　その前に滑りこむようにしゃがみ、缶を奪い取る。
　床には、すでに空の缶が2本転がっていた。
「どうしてビールなんかっ……!?」
　そりゃ、理人はマジメな高校生じゃないから、ビールの一度や二度、飲んでいたって驚きはしないけど。
　こんな夜中に、家でビールを飲むなんて普通じゃない。
「全然酔えねえし」

３本も空けたのに、まどろむどころか、その目はいつも以上に覚醒しているように見える。
　そして酔えない自分を嘲笑するように、ぐしゃりと片手で缶をつぶした。
「なに!?　いったい、どうしたの!?」
　酔いたい、なんて。
　よっぽど忘れたい出来事か、なにかがあった……？
　さすがに、あたしと翔平に腹を立てたとか、そんな幼稚な理由だとは思えない。
　ここのところ、おかしかった理人の行動を思い返し、手がかりがなかったかと記憶をたどる。
　それよりも早く。
　──ゴクリ。
　最後のひと口だったのか、飲み干すように上を向きながら喉を鳴らしたあと。
　理人は一気に言った。
「……俺、一家心中の生き残りらしい……」
　一家心中の……。
　生き残り……？
　冷蔵庫のモーター音が、うなり声のように鳴っている。
　耳につく、うるさい重低音。
　その音を頭の中に響かせながら言葉の意味を考えるには、時間が足りなかった。
「……つまり俺、実の両親に殺される予定だったってわけ」
　視線を投げられたあたしは、なにも返すことができない

まま、先にその瞳を逸らさせてしまう。
　両親に、殺される……。
「なに、言って……」
　理人の実の両親は、不運な事故で亡くなったと聞かされている。
　部屋の一角には写真も飾られていて、命日には毎年お参りも欠かさない。
　理人がポケットから、なにかを取り出した。
「旅行のスーツケースをしまいに、倉庫に行ったんだ……」
「倉庫……」
　口にして、その存在を久々に思い出した。
『倉庫には魔物が住んでるから絶対に入るなよ』
　小さい頃から、あたしたちに決して立ち入らせなかった、教会の裏手にある古びた倉庫。
　脅すようなお父さんの口調から、子どもながらにそれはほんとに怖い場所なのだと感じ、あたしたちは言いつけどおり、寄りつくこともなかった。
　もはや高校生になったあたしたちは、そんな迷信を信じているはずもなく、倉庫が怖い理由もなにもなかったけれど。そもそも、倉庫の存在なんて忘れていた。
「……ほんとに、魔物が住んでた」
　理人が見せてくれたのは、変色している新聞の切り抜き。
　握りしめて、ぐちゃぐちゃになっていた。それに目を落とすと、見出しの太い文字が飛びこんでくる。
【20代夫婦、借金苦に自殺か】

文字を追うと、借金を理由に自殺を図った夫婦が死亡、生後半年の赤ちゃんは軽傷、という記事が記載されていた。
「……これを倉庫に、隠してたんだよ……」
「そんなっ……」
　お父さんが言ってた魔物って……。
　あぶないから、あたしたちに入らせないようにするための脅し文句だったんじゃなかったの？
　倉庫は、知られちゃいけないものを隠しておく、秘密の場所だったの……？
「なにかの……まちがいだよ……」
　そう信じたいあまり、なんとか口にするけれど。
「どう見たって、これ、俺の親の名前だろ」
　怒りに狂うどころか、ただ苦しそうな理人から、そのショックが痛いほど伝わってくる。
「……理人」
　あたしは、ただ小さくふるえる肩に手をのせた。
　たしかに、理人の様子がおかしくなったのは、お母さんたちが旅行から帰ってきてすぐ。
　スーツケースを片づけに行ったときに、これを見つけてしまって……ずっとずっと、ひとりで苦しんでいたんだ。
　あたし、なにも知らなかった。
「多分、俺、翔平と美桜の気持ちなんて、全然わかってなかったんだと思う」
「…………」
「それどころか、どっかで、親に捨てられてかわいそうと

か思ってたのかもな」

　理人は、なにかを思い返すように目を細めた。

　リビングに置かれた小さな十字架と写真には、物心ついたときから毎日お祈りをさせられていた。

　まだ理人の両親だと知るずっと前、お母さんの妹夫婦で事故で他界したと教えられて、あたしたちにとっても叔母（おば）と叔父（おじ）という身近な存在だった。

　そして、11歳でほんとの生い立ちが告げられた日。

　お父さんとお母さんがほんとの両親でないことや、ほんとの３つ子じゃないとショックを受ける中、最大のショックは親に捨てられたという事実だった。

　それに引き替え、家族も同然に感じていた写真の中のふたりが、理人の実の両親で、うらやましいと思った。

　お母さんと、血のつながりがあることも。

　……理人だって、つらいのは変わらないのに。

　捨て子のあたしたちに、理人は遠慮していたのかもしれない。

『どっかで、親に捨てられてかわいそうとか思ってたのかもな』

　それが、理人の本音なのは仕方ないこと。

　口にはしなくても、あたしたちにはあったから。捨てられたのか、そうじゃないのかという、"生い立ちの格差"が。

「理人……」

　だからこそ突きつけられた事実は、理人のピュアな心を黒く塗（ぬ）りつぶしてしまったんだ。

「笑えるだろ……俺、毎日祈ってたヤツに、殺されかけてたんだぜ……」

　瞬きを忘れた理人の目から、大粒の涙がこぼれ落ちた。
「理人っ！」
　瞬間、その体を抱きしめていた。
　お願いだから、そんなこと言わないで。
「……っ……」
　理人が、泣いていた。
　小刻みに揺れる肩も、漏れる嗚咽も。まるで、理人のものとは思えないほど弱々しく見えた。
「…………」
　酔ってすべてを忘れられたら、どんなにいいんだろうね。
　あたしだってできるなら、捨てられたという事実を忘れ去りたい。
　消せないなら、せめて忘れるだけでも……。
　理人の気持ちは……痛いほどわかる……。
　つらさを自分に重ね合わせ、無言で、そのやわらかい髪の毛を撫でた。
「……美桜……俺を、なぐさめてよ……」
「……っ」
　そう言われて、はじめて気づいた。
　他人には上手に甘えるのに、あたしに甘えてきたことはなかったよね。
　親に捨てられたあたしと翔平を気遣って、家ではムードメーカーに徹して。

そうやって、調和を取ってくれていたんだね……。
そんな理人が、たまらなく愛おしい。
「……どうすれば、いい……？」
あたしにできることなら、なんだって……。
「もっと強く……抱きしめて……」
あたしにできることは、理人を受け止めること。あたしだって、そうしてもらって乗り越えられたんだから……。
あたしよりもひと回りも大きくなった理人の体は、抱きしめても、まだまだ足りないけれど……。
崩れるように戸棚にもたれかかった理人を、膝をついて包みこむように抱きしめる。
「もっと強くっ……」
乱暴に放つ言葉は、まるで自分を壊してほしいと言っているようで。
それでも優しく、気持ちだけはすべて理人に捧げて抱きしめる。
「うああッ……!!!!」
どうにもならない衝動を吐きだすように、理人は短い叫びを放った。
……こんなになるまで傷ついて……。
「うっ……」
今日はあたしが支えないといけないのに、泣いてしまいそう。
様子がおかしいのはわかっていたのに、なんで、「どうしたの？」って理由を聞かなかったんだろう。

無視されても、理人とまっすぐ向き合えばよかった。
　今になって後悔する。
　姉弟なんだから、もっと踏みこめばよかった。
　そうすればこんなに思い悩むことも、ここまで理人が苦しむこともなかったかもしれない。
　無視されるのをおそれて、様子をうかがっていただけの自分を恨む。
「理人は理人だよ……なにも変わらないよ……あたしがずっと、そばにいるから……。だから、理人は理人のままでいていいの」
　血がつながっていなくたって。
　似ているところがなくたって。
　目に見えない絆は生まれていて、それだけであたしたちは、ずっと姉弟でいられた。
「……ほんとに……そばにいてくれる……？」
「いるよっ」
　だって、理人はあたしにとって、大切な大切な弟。
　それは、これから先も一生変わらない。
　……と、力が、ふっと抜けた。
「……ッ、り……ひと……？」
　腕がゆるみ、あたしがそう声を漏らしたのは。
　……理人の唇が、あたしの唇に触れたから。
　今の、なに……？
　突然のことに驚き、あたしの体は固まった。
「……っ」

そのわずかな隙に、今度は逆に抱きしめられる。

あたしの体は自由が利かなくなり、再び唇を奪われた。

……!?!?

ビールの力もあったかもしれないけれど、キスなんていっぱい経験してきた理人のキスは、強引さを持ち合わせていて。

とてもじゃないけど、あたしの力じゃ逃れられない。

「りひっ……」

合間に声を漏らし、シャツをつかんでみるけど、離される気配はなくて。

いよいよ、これは抵抗(ていこう)するべきだと思った。

今の理人は理性を失っている。

これでも、立派に成長した高校生のあたしたち。

いくら姉弟でも、親が子どものケガの痕にキスをするのとは訳(わけ)がちがう。

「ダメッ……ダメだよっ……」

あとで絶対、理人が後悔するから。

これはいけない行為だと伝え、優しく理人の体を押し戻そうとするけれど。

「りひっ……ンッ……」

体をよじればよじるほど安定が取れなくなって、斜めに傾(かたむ)くだけ。

のしかかった理人の体重を、上半身だけで支えられるわけもなく。

気づけば、あたしの背はフローリングの床につき、押し

倒されていた。
　クモの巣にとらわれたチョウのように両手を固定され、動けない。
「……そばに……いてくれるんだろ……？」
　……理人……？
　肩で息をしながらあたしを見おろすその瞳が、ただ、怖かった。
　目の前にいるのは、弟の理人じゃなくて。まるで、知らない人のようで……。
　今起きている現実に、あたしの頭は整理もつかないまま身動きひとつ取れない。
　理人の体が、ゆっくりと近づいてくる。
　このままじゃ、ほんとに……襲われる!?
　思わず目を閉じたとき。
　フッと体が軽くなったのを感じた。
　理人の体が、なにかの力によって引き離されている。
「美桜に、なにしたっ……」
　怒りを鎮めたような低い声が響く。
「……っ、翔平っ……!?」
　いつの間に現れたのか。
　理人の胸ぐらをつかみ、引きあげた姿勢で睨みを利かせているのは翔平だった。
　理人は、長い髪を邪魔そうに軽く振りながら、
「あー、翔平」
　と、翔平の剣幕とは対照的に淡々と答える。

さっきまでの弱々しい理人の姿は欠片もない。
「あの……理人……ちょっと酔ってるみたいで……」
「酔ってなんかねえし」
「…………」

　フォローしたつもりがきっぱりと言い切られてしまい、もう口なんか、はさめない。
「美桜に、なにをした」
　同じ言葉を繰り返す翔平は、理人だけを見据えていた。
「これはどっちバージョン？　彼女にちょっかい出されて怒り狂う彼氏？　それとも、可愛い妹に手を出されて弟を戒める兄貴？」
「ふざけるなっ……!!」
　──ガッ。
　あきらかに挑発している理人を、翔平は有無を言わさず殴り飛ばした。
　すかさず、理人も翔平を殴り返す。
「きゃあっ!!」
　殴りあいのケンカを見るのははじめてで、ただただ怖い。
「翔平っ！　やめて……」
　理人は今、自分を失っている。
　翔平が素でいけば、理人はそれに乗るだけ。
「お願いっ！」
　ふたりの間に割って入り、理人を守るように、翔平の前で手を広げた。
「美桜……？」

理人を擁護するあたしに目を丸くする翔平を見ないようにしながら、その腕を押さえた。
　虚勢を張っていた固い腕が、だんだんと力を失っていく。
「美桜を守るために莉子に彼女のフリしてもらって、そんで美桜を泣かしてたら世話ないよな」
　……っ。
「……んだとっ!?」
　翔平は、再び理人の頬を殴りとばした。
　理人は……こんな状況でも、あたしの微妙な気持ちに気づいてくれてたの？
　あたしが、どんな思いで中庭のふたりを見ていたか、わかってくれてたの……？
　なんとも言えない気持ちが、胸の中を渦まいた。
「わかったような口利いてんじゃねえっ……」
　翔平とは思えない罵声がとぶ。
「わかってねえのはオマエだろ!!」
　理人もすぐに起きあがると、殴り返した。
　……目の前では、もうあたしでは抑えることもできないくらいの殴りあいが続いていた。
　このままじゃ、死んじゃうよ……っ。

「こんな時間になにやってる！」
　あたしは、必死でお父さんに助けを求めにいき……。
　なんとか引き離してもらい、ようやくケンカは終息した。
　電気がついた部屋の中。

ふたりともいつものキレイな顔が、見るのも痛々しいほどに変化していた。
　……こんなになるまで殴りあうなんて。
　キッチンに転がる３本のビールの空き缶。
　これは、あたしたちがそれぞれ１本ずつ飲んだと思われ、あたしも翔平もそれを否定しなかった。
　理人は無表情のまま家を出ていき、翔平は髪をかきむしりながら階段を駆けあがっていく。
　あたしは階段に足を出しかけて、
「……っ」
　……逆戻りさせ、玄関に向かう。
　理人を追いかけなきゃ。
　でも、行く先のあてもなく。
「……理人、どこに行ったの……？」
　ひとりにしちゃいけないと思いながらも、捜す術(すべ)が見つからなかった。
　ねぇ……。あたしは理人のために、なにができる……？
　あたしは理人を……救いたいよ。
　名残惜(なごりお)しげに外を見ると、雨はやみ強い風だけが吹いていた。

交差する想い

　派手に散らかったリビングを片づけてから、翔平の部屋に向かう。
「……翔平……入るよ」
　ベッドの上に、翔平はいた。
　キレイなその顔には、似合わない傷痕の数々。
「……血……すごいよ」
　殴られた回数は圧倒的に理人の方が多いけれど、翔平は理人のようにケンカ慣れしていない。
　ダメージは相当ひどかったようで、フラフラするのか何度も目をつぶって頭を振っている。
「手当てしないと」
「さわるなっ……」
　触れようとしたら、思いきり跳ねのけられた。
「……っ」
　たしかに……あのときのあたしと理人は、姉弟の姿じゃなかった。
「……ごめん……」
　翔平が、そんな態度を取るのも無理ない。
　理人を殴った理由だってわかる。
　それでも……さっき聞いたばかりの理人の事情を説明していいかもわからず、その手をゆっくり戻した。
　痛々しい口もとが苦しそうに開く。

「もっと警戒しろよ……」

　まるで、理人に嫉妬を覚えたように。

「俺たちは……兄妹弟じゃねえんだぞ……」

　強く、でもなにかを秘めたような口調は、翔平の本音だったのかもしれない。だけど。

「……兄妹弟……だよ……」

　翔平と特別な関係のくせに、どうしても、それは否定したくなかった。

　あたしたちから兄妹弟という言葉を取ってしまったら、ほんとに他人になっちゃう気がして。

　この家族は壊したくない……。

　翔平を好きになった時点で、もう半分壊しているくせに、この関係を保ちたいと思うあたしは、ワガママなのかな。

「……あれでも、まだ姉弟だっていうのかよ」

　あの光景を打ち消すかのように、翔平はキツく目をつぶった。

　ふるえる声は、怒りを鎮めるように響く。

「あれは……事故だよ……」

　あのときの理人に、おかしな気持ちなんてなかったはず。

　理性を失っていた理人の行動は事故みたいなもので、嫉妬になんて値しない。

　それでも唇が重なったのは事実で、誤解されたくないからそう言ったのに。

「じゃあ……俺とのことも事故……？」

「……っ」

……ほんとに、そんな風に思う?
あんなに愛し合ったのに……。悲しすぎる……。
「俺は……できることなら……兄妹をやめたいよ……」
苦しそうにつぶやいた翔平のひと言を最後に、この部屋はしばらく沈黙に包まれた。

窓の向こうの空は、もう白くなりはじめている。
……兄妹をやめたい……。
翔平の切実な願いが、さっきから何度も頭の中で繰り返されていた。
あたしが男にもてあそばれるようなことがあったら、相手をぶっ飛ばしにいくと言った翔平。
それは、あたしを大事に想ってくれているから。
さっき理人を殴りとばした翔平は、その気持ちにウソがない証拠。
……そうだった。
翔平は、あたしだけを見ていてくれたよね?
昼間の光景と、莉子をかばう翔平の言動も。
莉子の涙の理由だって、あたしの臆測。
ほんとになにか特別理由があって、幼なじみへの、翔平なりの優しさだったかもしれないのに。
……あたしは翔平を信じきれなかった。勢いに任せて翔平に気持ちをぶつけたりして、ほんとにバカだよ……。
膝をかかえて丸くなったあたしの目から、静かに涙がこぼれ落ちた。

「……理人が……」
　会話が再開されたのは、それから十数分後。
　重たそうに出た理人という名前に、あたしはピクリと眉をあげた。
　頬に流れていた涙を、知られないようにそっとぬぐう。
　翔平の顔を盗み見ると、このわずかな時間で顔の腫れがまた、ひどくなったような気がした。
　赤かったその色は、青みを帯びて、さらに痛々しい。
「……理人……が……？」
　待っていても、一向にその続きが始まらない。
　もしかして……翔平も理人から"あのこと"を聞いたの？
　それとなく聞こうと口を開きかけたけど。
「理人が、毎晩どこにいるか知ってるか……？」
「え？」
　毎晩、どこに……？
　見当ちがいな話題は、一瞬あたしの頭をまっ白にした。
　そのまっ白な中、ふっ……と漂った、匂いの記憶。
　それは翔平と莉子の姿を眺めていたお昼休みに、鼻をかすめた残り香だった。
　……そして、その香りの持ち主と、結びつく。
「…………」
　どうして、こんなときに気づいちゃったんだろう。
　理人の残り香が……莉子のものだったことに。
「……ま……まさか……」
　目を見開いて翔平を凝視する。

理人が、莉子の……相手？
　そんなこと、あるはずが……。
　まだ、あたしの心の準備もできていないのに、翔平はうなずいて言った。
「……莉子の家だ」
　……!!!!
　確信と確証を同時に得てしまい、あたしは立ちあがる。
「ちょっと……待って……それって……」
「理人に、その気なんかない。だけど莉子は、それでもかまわねえって言うんだ」
　翔平の苦しそうな表情が、今日、莉子へ向けていた表情とかぶる。
　真剣に、なにかを口にしていたあのときの……。
"その気"とか。
"それでもかまわない"とか。
　ダメ。頭が混乱する……。
「莉子はもう、理人しか見えてねえから……」
　……翔平じゃなくて、莉子は理人を？
　翔平の前で泣いていた莉子。
　それを見て、あたしは莉子が翔平を好きかもしれないと思った。
　でも、それはとんでもない思いちがいで。
　莉子は……理人を……好き、なの？
「ウ、ウソでしょ!?　そんなわけっ……」
　どっちにしても、あたしは冷静じゃいられない。

「俺がいくら言っても聞かない。こんなこと、早くやめさせたいのに」
　こんなこと……。
「理人は、ただ泊まりにいってるだけじゃない。……そのくらい、美桜でもわかるだろ」
　そう言って、翔平は目を伏せた。
「……それって……」
「……ああ」
　ふたりは……もう、ただの幼なじみだけの関係じゃないってこと……？
「……っ……、ウソ……ウソって言ってよ！！」
　翔平がケガを負っていることも忘れて、その体を揺さぶった。
　傷に響くのか歯を食いしばった翔平だけど、かまっていられなかった。
　だって。そんなことがあっていいわけない。理人には、ちゃんと彼女もいて……。
　なのに、翔平はウソだと言ってくれない。あたしが揺さぶるままに、振られているだけ。
　それは事実だと言われているようで、あたしはくやしくて、何度も何度も翔平の体を揺さぶり続けた。
「お願いっ……ウソって言って……！」
　ダメだよ、そんな。
　莉子には、素敵な恋をして、誰よりも幸せになってもらいたいのに。

こんな……こんな……。
「俺だって何度も言ったんだ、こんなこと、莉子が傷つくだけだって……」
「……っ……」
　みんながウワサしていた翔平と莉子の目撃談。
　今日の……あれも。
　莉子の泣き顔を思い出す。翔平は、理人との関係をやめさせようとしていたの……？
「……いつから……なの……？」
　いったい、莉子と理人は……。
　そこまで言われたら、もう認めるしかなくて、あたしはガックリと床に手をつきながら言葉を落とす。
　思い返しても、学校でのふたりに変わった様子なんて見られなかった。今と昔を比べたって、ふたりはいつだって幼なじみだった。
　盲点って、身の回りのすぐそばにあるというけど、こんなのってないよ……。
　そんなあたしに、信じがたい翔平の答え。
「俺と美桜が、ふたりきりになった夜……」
「えっ……」
　言われて、はっとする。
　気を利かせて家を空けてくれた理人の行先は……莉子のもとだったの？
「莉子は、理人をなぐさめたつもりだったんだろう」
「なぐさめる……？」

翔平は納得するように言ったけど、あたしは意味がわからなかった。
　どうして、莉子が理人をなぐさめるの……？
　理人が生い立ちの真実を知ったのは、もう少しあとだったよね……？
　翔平は、切なげな瞳をあたしに向けた。
「……理人は……美桜が好きだから」
　好き……？
　好きって……なに……ヘンなこと言ってるの？
「や……やめてよ……そんな冗談……」
　この期に及んで笑えない冗談に、思わず顔を背ける。
　どういうつもりで言ってるの？　理人があたしを好きだなんてありえない。
「冗談じゃねえよっ！」
　ベッドから勢いよく立ちあがった翔平は、その顔を戻させるほどの勢いで声を荒げた。
　拳がキツく握られていた。
「……っ」
　思わず、ゆがむ顔。
　もう……なにがどうなってるのかわからない。
　理人が、あたしを好きって、どういうこと？
「理人が、女を取っかえひっかえしてる理由」
「……え」
「美桜を好きな気持ちを、押し殺しての行為だ」
「…………」

『理人には理人の事情があんだよ』
　以前、翔平が言っていた言葉を思い出す。
　……まさか、そんな。
「理人が荒れてんのだって、俺らのせいなんだろ……」
　黙っているあたしに、翔平は憶測で続ける。
「ちがっ……」
　それだけは、ちがうから。
　あたしもそう思っていたけど、ちがったの。
　でも、言ってからすぐに口をつぐんだ。
　……翔平は……まだ知らないんだ。理人に今、なにが起きてるのかを……。
「美桜、なにか知ってるのか？」
　案の定、首を傾げる翔平。
　だけど、"一家心中の生き残りだった"なんて、安易に口にできることじゃない。
　詮索してくる翔平に、ただ首を横に振った。
「じゃあ……理人とさっき、なにがあった」
「…………」
「どうして、理人はあんなことした」
　あたしの肩をしっかりつかみ、探るようにグイッと迫る。
　そんなの……理人は、ショックが強すぎて、ただ理性を失って……。
「美桜を好きな気持ちが抑えきれなかったからだろ！」
「……ちがうよ」
　絶対ちがう。

瞳を背けながら、そうじゃないと口にする。
「ちがわない。ずっと前から理人は美桜だけを見てたんだよっ……！」
「やめてよっ！」
　そんなの聞きたくないっ。
　耳をふさぐとゴーッという音がして、過去を巻き戻すように想いを巡らせていった。
　……あたしが翔平を好きだったこと。
　……翔平と莉子の関係に、胸を痛めていたこと。
　それを敏感に察していたのは、周りをよく見ている理人だからだと思っていた。
　だけど、ほんとはそうじゃなかったの？　翔平が言うように、あたしへ特別な想いがあったからなの……？
「アイツ、俺に遠慮してんだよ……」
　理人からの遠慮。翔平も感じてたの……？
　理由は……多分、あたしと一緒。
「けど……やっぱり抑えらんなかったんだな」
　目をつぶり、落胆したように首を横に振る。
　だとしたら……。
　親に捨てられたあたしたちと同じ境遇だったと知った理人は、翔平に遠慮する必要がなくなったから……？
　じゃあ、さっき理人は正気であたしにキスしたの……？
　全身の力が抜けるように、その場に崩れ落ちる。
「……ウソでしょ……」
　理人があたしを……。

あたしは翔平を。
翔平はあたしを。
莉子は理人を。
……そして理人は……。
今も、莉子のもとへ……？
家の電話のベルが鳴ったのは、世の中が完全に目を覚ます頃だった。

第5章

傷の深さ

　明け方の病院の廊下に、あたし、翔平、お父さん、お母さんの足音が響く。走りたい衝動の中、それでも目にする現実が怖くて……。

　──ガラッ。
　開いた扉の向こう、目に飛びこんできたのは……。
「ああっ……!!」
　倒れそうになったお母さんを翔平が支えた。
　そこにいたのは、口に酸素マスクを当てられ、顔と頭部を包帯でぐるぐる巻きにされた……理人。
　明け方に鳴ったのは、警察からの電話だった。
　あのまま家を飛び出した理人は、夜の国道をふらつき、バイクと接触したらしい。
　酔ってないように見えた理人の体には、実際大量のアルコールが摂取されていたわけで。
　遅れて酔いが回った理人の足取りはおぼつかず、バイクの運転手もよけきれなかったのだという。
「理人っ！」
　翔平が呼びかけても反応がない。ただ、そこに横たわっているだけ。
「理人！　やだっ……理人っ！　目ぇあけてよっ……！」
　まるで死んでしまったかのように、ピクリとも動かない。

あたしは狂ったように叫ぶ。
到底、信じられるわけない。ついさっきまで言葉を交わしていた理人が、こんな姿になるなんて。
……信じたくない……。
「理人っ！　起きろよっ‼」
叫べば反応するんじゃないかと、翔平が何度も何度も名前を呼ぶけど、返事はなくて。
「手術は成功し、一命は取り留めました。しかし、頭を強く打っています。……意識がいつ戻るか……また、その保証も、残念ながらできません」
執刀医はそう言い、今後の説明などをすると集中治療室を出ていった。
ウソでしょ……。
じゃあ、このまま目を覚まさない可能性も……？
「やだ……よっ……理人っ……」
あたしはふるえる足を、また一歩、理人へ近づけた。
酸素マスクが当てられた口もとには、たくさんの傷があった。
それは……翔平と殴りあったときのものだと、一発でわかる。
顔に人為的外傷があったことから、なにかの事件に巻きこまれた可能性があると、警察の方では思っていた様子。
病室へ入る前に待機していた警官にそう告げられ、あたしたちは事実を証言した。
家を出るときに見た傷の状態を告げると一致する点が多

く、事件性はないと処理された。
　でも、それ以上に、事故での外傷の方がひどいに決まってる。
「……こんなに……傷ついて……」
　包帯で覆われた箇所の多さが、事故の悲惨さを物語っていた。
「……っうあ……」
　耐えきれないように声にならない声をあげたのは翔平。
　翔平の気持ちを想うと、あたしだってやりきれない。
　事故で負った傷に加え、さらに自分が負わせた傷があるんだから……。
　あのときは、本気で殺しあいでもしているように見えたのに、瀕死状態の理人を前に、今は、そのすべてを後悔している翔平。
　低くうなり声をあげて、さっきよりも痛ましい姿になってしまった理人のベッド脇に崩れ落ちた。
　そんな翔平を見ているのがつらくて……。
　痛ましい理人を見ているのがつらくて……。
　あたしは、ふたりから目を逸らした。

「これは理人さんの所持品になります」
　病室の隅にいたあたしに、看護師さんがなにかを差しだした。
「あ……」
　血のついた、理人の衣服や携帯。

身元を調べるために衣服を隅々まで漁ったのか、ポケットの中の物まで。
　その中には、あの新聞の切り抜きもあった。
「これは、あたしが預かりますっ……」
　お母さんたちに見られる前に、それらを受け取った。
　これだけは隠さなきゃ……。
　切り抜きだけを、ひそかに自分のバッグへ忍ばせ、他の物は紙袋に入れた。
「なにがあったんだ？」
　お母さんのむせび泣く声が響く中、お父さんの低い声が落ちた。
　あんなことがあって家を飛び出した理人が、事故に遭った。もう今回は、ただの兄弟ゲンカですまされるわけない。
　あのとき終わったはずの修羅場を蒸し返すように、お父さんは深く追及してきた。
「翔平、なんとか言わないか」
「…………」
　けれど翔平は、手を理人の体に添えたまま固く口をつぐむ。まるで答える気がないように。
　……あたしをめぐるトラブルだなんて、言えるわけないよね。
　あたしは、どうすればいいか迷っていた。
　万が一、翔平の言うように理人があたしを想っていてくれたとしても、あたしと翔平を応援してくれた理人にきっとウソはない。

ただ、今回のことは……すべて、自分の生い立ちを知ってしまったことで招いた事態。
　それが理人を壊した原因だとわかっているから。
　今はあたしにしか、理人の気持ちは代弁(だいべん)できない。
　あたしはある決心をして、立ちあがった。
「お父さん、ちょっといい？」
　憔悴(しょうすい)しているお母さんを翔平に任せ、あたしはお父さんを病室の外へ連れだした。
「……これ」
　待合所のロビーまでやってきて、新聞の切り抜きを差しだす。それを目にしたお父さんの顔色は、みるみる変わっていく。
　隠してたのは一目瞭然(いちもくりょうぜん)。
　やがて、それをつかんだ手は、とてもふるえていた。
「これを……理人が……」
　ガックリうなだれるようにつぶやいたあと、壁に手と頭をつけた。
　それを見て、鼻の奥がツンと痛くなった。
　この事実は、あまりにもつらすぎる。今まで必死に隠してきたお父さんの気持ちも、わからなくはない。
　でも。
「……隠し通せないウソなら、つかないで」
　切実な願いだった。
「あたしと翔平にはほんとのことを言ったのに、どうして理人にだけ……」

一度で済む痛みなら、どんなにつらい現実でも、一度で終わらせてほしかった。あのときに。

やっと……みんな乗り越えたのに。

あのとき、あたしがうらやましいとさえ思った理人の両親の存在。

でもそれは、自分が捨てられたという悲惨な目に遭ったから、そう思えただけで。

理人にとっては、毎日祈りを捧げていた叔父、叔母が実親だったことは、やっぱりショックだったはず。

理人は理人なりに、その現実を受け止めてきたと思うのに。それが、今になって"一家心中の生き残り"という、より残酷な事実を知るなんて。

理人は二度も、裏切られたんだよ？

お父さんは重い口を開く。

「美桜も翔平も"捨てられた"という形にはなってしまったが、それは、お前らを生かすための、きっとつらい決断だったんだろう……」

……うん。乳飲み子を捨てた実親を、憎んで恨んだけど。

いらなかったのか、育てられなかったのかわからないけど、第三者に預ける形であたしたちは生かされた。

それは、両親が繰り返し言ってくれた言葉。

わかってる……。

「けど、理人は……っ」

「…………」

その先の言葉を、お父さんは言わなかったけど、痛いほ

どわかった。
　理人も言っていた言葉。
"一家心中の生き残り"
"毎日祈ってたヤツに殺されかけた"
　あたしや翔平とは、真逆なんだ……。
「理人がおかしくなった原因は、それだったの」
　目線を切り抜きに投げると、お父さんはくやしそうにクシャリと握りつぶした。
「事実を知ってから、ずっと理人はひとりで苦しんでたの！」
　誰にも言えずに、ひとりで。
　その気持ち、お父さんにはわからないでしょ？　あたしだって、わかりたくたってわからない。
「……すまないっ」
　そう言って、お父さんはあたしの前ではじめて、涙をこぼした。
　泣きたいのは、理人だよ。
　それでも、うなだれるお父さんを、あたしはそれ以上、責めることもできなかった。
「謝るなら、理人に言ってよ……」
　いつ目を覚ますかわからない理人に、その言葉を伝えられる日は、来るの……？

　その日は一日、病院で過ごした。
　面会時間終了の夜７時を過ぎても、理人が心配で病院か

ら離れられずにいた。
　病室前の廊下の椅子に座っていると、莉子が血相を変えて現れた。
「美桜っ！」
　その姿を見て、鈍く音を立てる胸。
　莉子は、理人と……。
「お父さんから聞いたのっ……アンタたちがそろって学校休んだから、なにかあったのかとは思ったんだけど、携帯にかけても誰も出ないしっ……」
「ごめん」
　携帯なんて見る余裕もなかったし、莉子に、なんて連絡すればいいのかわからなかった。
　だって、莉子は……。
「理人はっ!?　バイクにはねられて意識不明なんてウソよね!?」
　取り乱す体を押さえるように、その腕に手を伸ばした。
　いつも落ち着いている莉子がこんなに取り乱すなんて、ますます翔平の話が現実味を帯びて、目を伏せたくなる。
　昨日までのあたしだったら、よっぽど幼なじみが心配なのだと疑わないけど。
　知ってしまった今、そんな莉子を見ているだけで涙が出そう。
「ん……とりあえず……命に別状はないから安心して」
　莉子は、とにかく理人の姿を、一目でも確認したいはず。
　その気持ちが痛いほどわかるから、そのまま莉子を理人

のもとへ連れていった。
「理人っ……」
　姿を見るやいなや、おぼつかない足取りで枕もとへ駆けよる。
「……ほんとに……理人なの？」
　確認するように問われ、あたしは黙ってうなずいた。
　振り返った莉子の頬に、静かに涙が伝っていく。
　現実を受け入れられないまま、本能が涙をこぼさせているように。
　その涙が、ただの幼なじみに向けられたものじゃないと知ってしまった今、気安く言葉なんて、かけられなかった。
「理人っ……理人っ……」
　名前を呼び続けるその声は、愛しい人を呼ぶそれで。
「……うぅっ……」
　流す涙は、愛しい人へ落ちるもの。
　どこに、こんな気持ちを隠していたんだろう……？
　あたしは胸が張り裂けそうで、あふれる涙を抑えられなかった。
　ほんとに、気づかなかった。莉子は、こんなにまっすぐ理人を想っていたのに……。

「莉子、外出よっか……」
　しばらくして莉子が泣きやんでから、あたしはそう声をかけた。この空間に長くいるのも、気が滅入るんじゃないかと思って。

「……うん」

たったこれだけの時間で、憔悴しきってしまった莉子をかかえるようにして、廊下の椅子に座らせた。

「あたしの……せいだ……」

ふるえる声で莉子は言う。

「どうして、莉子のせいなの？」

「…………」

口をつぐんでしまったのは、あたしが理人との関係を知らないと思っているからだと思う。

「……ごめん……翔平から聞いちゃったの」

正直に打ち明けると、莉子はハッとしたように顔をこわばらせた。

「実は……昨日、体育館の裏で翔平と莉子が話してるの見ちゃって……。ふたりの仲を疑って、翔平を問いつめたの。……翔平は全然口を割らなかったんだけど、言わないならもう別れるって啖呵までできって……」

別れ話をしたなんてウソだけど。

最後まで秘密にしようとしていた翔平の気持ちを汲みながら、そう言った。

「そっか……」

莉子は消え入りそうな声でつぶやいて、

「……昨日も……12時過ぎまで、理人と一緒だったの……」

膝の上にそろえた手をギュッと握りしめた。

「…………」

莉子の口から聞かされると、もう知っているくせに、な

んとも言えないショックが襲った。
「あたし、眠くて……もう寝ようよって言ったら、もうちょっと起きてるって理人が……。だったら帰ってよ、なんて冗談で言ったの。ほんとに帰す気なんてなかった。家に帰りたくないの、わかってたから……あっ……」
 言った直後、莉子は気まずそうに指を口に当てた。
「……莉子?」
 理人が家に帰りたくない理由。
 莉子はなんだと思ってる……?
「……ごめんね……あたし知ってたのに。美桜に、ほんとのことが言えなくて。美桜が悩んでるの知ってたくせに。でも、美桜には翔平がいるけど、理人にはあたししかいない……そう思ったら、理人の味方をするしかなくて……」
 莉子は申し訳なさそうに言った。
 きっと、翔平と同じ誤解をしているんだ。理人はあたしが好きで、その想いに悩んでいたんだ……って。
 だから、理人の行動をあたしにも秘密にしていたんだ。
「だけど理人、ほんとに怒って帰っちゃって……それで……事故に遭ったんでしょ?」
 ふるえるその声は、自分を責めているよう。
 ……そのあと、あたしが見た光景につながるんだ。
 昨日、やりきれずビールを飲んでいた理人を思い出した。
 ……そっか。莉子は、哀(かな)しみと同じくらい責任も背負っているんだ。
「莉子のせいじゃないよ……理人はちゃんと家に帰ってき

たの」
　莉子を、楽にしてあげなきゃ。
「えっ……？」
　受け止め方をまちがったのは、あたしたち、家族だから。
「そう……なの？」
「うん……だから、絶対に莉子のせいなんかじゃない」
　莉子の手をキツく握りしめて、キッパリ断言した。
　こわばっていた顔が、少しだけゆるむ。
　それぞれが、誰にも言えずに抱いた恋心。
　結局、わかりあえていたはずの４人は、それぞれ、内に想いを秘めていた。
　このせまい世界で。
　なんて……皮肉な運命なんだろう……。
　莉子も、理人があたしを好きだと思っていて。
　叶うことのない矢印を、体のつながりだけでもいいから埋めたいという莉子の想いは、どれほどのものだったんだろう。
「……ねえ。莉子はいつから理人が好きだったの……？」
　あたしが翔平を好きなのを気づかなかったように、莉子も隠した恋心。
　あたしとはちがい、隠さなくてよかったのに、誰にも気づかせずに、恋してたんだね……。
　あたしの問いに、ゆっくりと、昔を思い出すように莉子は話しだした。
「あたしね……理人に引っぱたかれたことがあるの」

「えっ！？　理人に？」

　はじめて聞く話に、目を丸くした。

「中１のときだったかな……。お父さんとケンカして、もうあんな家にいたくないって理人に愚痴こぼしてさ。いっそ理人や美桜たちと兄弟だったら、どれだけよかったんだろうって思って……」

　そのあと、下唇を噛みしめて黙りこんだ莉子の横顔に、言いにくい、その先の言葉を察した。

「……言って……いいよ？」

　もう、包み隠さず、なんでも話してほしいから。

「……あたしも……教会に捨ててくれればよかったのにって。そしたら４つ子になれて、楽しかっただろうなって」

「…………」

「ごめん、冗談でも口にする言葉じゃないってわかってた。けどっ……そのときは、勢いで……」

「うん。大丈夫……」

「理人に思いっきり、引っぱたかれたよ」

「……そうだったんだ」

「それで、美桜と翔平に謝れ……って。怒られたくせに、そんな正義感にあふれた理人に惚れちゃったんだよね」

「あ……」

　おぼろげに思い出した。

　意味もなく、莉子がマジメな顔をして、あたしと翔平に謝ってきた日があったのを。

　なんのことだか、わからなくて、ぽかんとしたあたしに、

理人が「これでおしまい!」と言って、それっきりだった。
　理人……。理人はどれだけ、あたしと翔平を想ってくれていたんだろう。
　口には出さないけど、親に捨てられたあたしたちを、心の底から気遣ってくれていたんだ。
　いじらしいほどの家族への愛に、なにもかも壊したくなる衝動に駆られた。
　……どうしてっ……?
　家族を一番想っていたのは、いつだって理人だった。
　その想いをすべて無駄にしてしまうような、今回のこと。
　なんで理人がこんな目に遭わなきゃいけないの?
　やり場のない怒りと悲しみで、ふるえが止まらない。
　静かなロビーに、キュッキュッと、こすれるような足音が響いた。
「美桜」
　呼ばれて顔をあげると、紙コップに入った飲み物をふたつ差しだしている翔平がいた。
「美桜、昨日から一睡もしてないだろ?　それ飲んだら莉子と一緒に帰って休め」
　……自分だって、一睡もしてないのに。
「あたしは帰らないよ」
　今は寝なくたっていい。
　理人のそばにいたい。
　理人がこんな状態のときに、あたしだけ休めない。強い口調で言い放つと、少し困ったように耳打ちしてきた。

「ひとりで帰せないだろう」

あたしのとなりには、すっかり気落ちした莉子。

……そういうことなら仕方ないか……。

「……わかったよ……莉子、これ飲んで」

翔平から受け取ったカップを莉子に渡す。

「……ありがとう。……っ!?」

コップの中身が波打った。

莉子は、翔平の顔を見て、あきらかに動揺していた。

「そ、その顔どうしたの!?」

……驚くのも無理ない。

あたしでこそ、もう見慣れた翔平の顔は、理人との殴り合いから丸一日近くたった今、ボクサーのように腫れていたから。

生々しい傷痕に、見かねた看護師さんが手当てをしてくれて、少しはマシになったけど……。

「こっ、これはねっ……」

今の莉子に、理人の顔にも同じ傷があるなんてこと、言えないし。

「ちょっと、不良に絡まれたらしいの……」

顔を逸らした翔平を気遣いながらも、それっぽい理由をつけた。

「不良に……?」

まず、不良と接点なんてなさそうな翔平。

我ながらヘタなウソ。

「ふぅん……」

到底信じた様子には見えなかったけど、それ以上なにも突っこんでくることなく、莉子はカップに口をつけた。
　ウソだって見抜かれちゃったかな……。
　そのあと、翔平がタクシーを呼んでくれて、あたしと莉子は階下へおりた。
　お父さんもお母さんも、今夜は理人に付き添うみたい。
「大丈夫……だよね……？」
　いつになく、弱々しい莉子の声。
「絶対、大丈夫。理人は強いって信じてるから」
　強い気持ちを口にしないと、とても不安だった。
　あたしと莉子はしっかりと手を握りあい、病院をあとにした。

涙と引き換えに

 朝が来た。
 休んでなんかいられないと思っていたのに、昨日寝てなかったせいか、久しぶりに朝までぐっすり眠ってしまった。
 そんな自分に腹が立つ。
「ああ……喉が痛い……」
 鼻も重たい感じがする。
 一昨日の雨や寝不足が祟(たた)って、風邪引いたのかも……。
 だけど、こんなときに風邪だなんて言っていられない。
 早く治すためにリビングで風邪薬を飲み、ひと息つく。
「…………」
 がらんとした風景を見て、とてつもないさびしさに襲われた。
 誰の声も聞こえない。
 笑い声も聞こえない。
 お父さんも、お母さんも、翔平も、理人も。
 誰も……いない……。
「理人……」
 怒涛の2日間を、はじめてゆっくり振り返る。
 一夜にして変わってしまったこの現実に、言い知れない涙がこぼれた。
 翔平の電話がつながらなくてお母さんに電話をかけると、理人の容態に変化はないと、教えてくれた。

変わりがないのは、それはそれで、いいことなのかもしれないけど……。
　意識、戻らなかったら、どうしよう……。
　ひとりで朝食なんて食べる気にもならなくて、あたしはその足で外に出て、となりの教会へ入った。
　色とりどりのステンドグラスが朝日に反射して、キレイに光を放っている。
　やわらかいその光に包まれながらまっすぐ歩き、十字架を前に膝をついた。
　悩みやお願いごとがあると、こうやって祈るのが、あたしたち家族の習慣だった。
　……理人を、どうかお助けください。
　……理人の意識が一日も早く戻りますように。
　……理人が目を覚ますのなら、今後あたしに幸せが訪れなくてもかまいません。
　……どうか……どうか。理人を……助けて。
　祈りを捧げる。これまでの、どの祈りよりも強く。
　あんなに優しい、なんの罪もない理人が、どうしてあんな目に遭うの……？
　こんなときに限って、楽しい思い出ばかりがよみがえる。
　まだ幼い、あたしたち。昔、よくここに勝手に忍びこんで、4人でかくれんぼをしたっけ。
　お父さんに叱られても、4人だと心強かった。
　恋心もなにも持ちあわせていなくて、ただ単純に、みんなのことが好きだったあの頃。

あの頃にはもう戻れないけど……また、みんなで笑いあいたい。
　それだけで、いいの。多くは、望まないから。
　せめて……。

　教会を出て、いつもは行かない方向に足を向けた。
　それは教会の裏手にある、古びた倉庫の前。
　……例の、理人が新聞を発見した場所だ。
　あたしたちが生活をしているこんな近くに、理人の秘密は隠されていた。
「…………」
　ふと、冷静になって考える。
　理人がこの中で、生い立ちに関する証拠を手に入れたってことは。
　この扉の向こうに……あたしの親の手がかりになるものも……ある……？
　ドクンッ……ドクンッ……。
　そう思ったら心臓は大きく鼓動を打ち、手足はガクガクふるえだした。
　翔平が言ったとおり、産みの親がいて、あたしがいる。
　決して、否定的な存在じゃない。
　あたしの親がどういう人なのか、知る権利はある。
　理人の意志には背くけど。
　実親に想いを馳せるのは、お父さんやお母さんへの裏切りかもしれないけど。

ここにあるかもしれないと思ったら、その欲求には逆らえなくて。
　今はただ、目の前のこの扉を開きたくてたまらなかった。だって、あたし自身のことだから……。
　頭がまっ白の状態で、引き戸に手を伸ばしたときだった。
　──パシッ。
　伸ばした腕が、誰かの手に阻止された。
「……っ」
「なにしてんの？」
　ビクッと肩をふるわせたあたしの真横には、翔平の姿。
「翔平っ……」
　どうして……翔平が……？
　バツの悪いところを見られてしまい、自分がなにをしようとしていたのかを弁解するように、その手を振り払い、うしろへ隠した。
「帰って……たんだ」
「……ああ、たった今。父さんに一度帰るように言われた」
「……うん……お疲れ様。理人、どう？」
「まだ意識は戻らないけど、状態は安定してるから、とりあえず心配すんな」
「……よかった……」
　倉庫のことには触れず、理人を案じる会話だけを続けながら家の中へ戻る。
「コーヒーくれる？」
　そう言う翔平の表情は、かなり疲れきっていた。

「うん、今、用意するね」
　……仮眠……あまり取れなかったのかな。
　あたしも倉庫のことはいったん忘れ、気持ちを切り替えるようにコーヒーの準備に取りかかる。
「少しは休めたか？」
　対面キッチン越しに、翔平が気遣ってくれる。
「うん。あたしだけ休んじゃってごめんね」
「いや、全員で倒れたら、どうしようもないし。それに美桜、鼻声だったろ。風邪か？」
　気づいてて……くれたんだ……。
「ありがとう。薬飲んだから、もう大丈夫だと思う」
「無理すんなよ」
　かぎ慣れたコーヒーの香りが、ほんの少しだけ心に余裕を生む。
　これが、水沢家の朝の象徴。
　昨日のことが……夢だったらいいのに……。
「……あ」
　無意識のうちに、翔平と理人、ふたつのカップを用意していた。
　ふふっ。慣れって、こういうもんのかな。
　口もとが軽くゆるみ、大事に理人のカップを持ちあげた。
　……じゃあ、このカップであたしも少しだけ飲もうかな。
　コーヒーを翔平の前に置いて、あたしも向かい合わせに座った。
「サンキュ」

翔平はそれをゆっくり口へ運ぶと、口を開いた。
「さっき、倉庫の扉……開けようとしてた？」
「あ……」
　イヤな話題に戻されて、思わずカップを両手で包んだ。
「探りたい気持ちはわかるけど。やめとけ」
　そして、まっすぐにあたしに視線を注いだ。
　気持ちはわかる……って……。もしかして……っ。
「お父さんから……聞いたの……？」
「……ああ……これで……全部、理解できたよ」
　翔平は髪をクシャッとかきあげると、思いつめた様子でテーブルの上に肘をついた。
　それはきっと、理人の変化の原因から、あたしにキスをしたことや翔平を挑発したことまで、すべてだと思う。
「そう」
　……お父さん、翔平に言ったんだ。
「つうか、まだ信じらんねえよ……」
　翔平が目を向けたのは、とある一角。
　理人のお父さんとお母さんの写真が、十字架とともに飾られている場所。
「倉庫に、そんなものが隠されてたなんて」
　写真の中のふたりは、いつもあたしたちに優しく微笑みかけている。
「うん……だから……」
　あたしは、自分の手をギュッと握りしめて言った。
「……理人の生い立ちの手がかりがあったんだもん……あ

たしたちのだって、なにかあると思わない？」
　賛同を求めるように、翔平の黒目を見つめた。
「わざわざ、あんなとこに隠してるんだ。俺たちが知って得するようなことは、なにもないだろ」
　なんの興味もなさそうな声。
　ズキンッ。
　鋭いなにかに突き刺されたような痛みが、胸を走る。
　翔平……。いつも頑なに実親の話を拒んでいたけど、この間、あたしに言ってくれたよね……？
　あたしを好きになって、実親のことも考えるようになってきたって……。
　理解してもらえると思っていただけに、翔平の言葉はショックが大きかった。
「でもっ……あたしたちには知る権利があるよね？」
「だけどだ」
「……っ」
　がんばって続けたけど、威圧的な声に、やっぱりひるむ。
「前にも言っただろ？　知らなくていいこともある。知って、今より不幸になったら？」
「どうして、マイナスなことばっかりしか考えられないの？」
「マイナスなことを考えずに、ただ知ろうとする方が理解できない」
　それが正論だと言うように、翔平は首を横に振る。
　翔平は頭がいいから、そう思うのかもしれない。

感情だけで突っ走るあたしとはちがう。
　でも。
「あたしたちには、他に手段がないの。プラスかマイナスかなんて考えてたら、なにも進まないじゃないっ……」
「それで、理人はどうなった？」
　翔平は、冷ややかな目であたしを見た。
「……っ」
　理人は……。
　理人は……。
　はっきりと瞼に映る、痛々しい理人の姿。
　昨日だけじゃない。事実を知ってから、ずっと苦しんでいた理人の姿を思い浮かべる。
　だけどっ……。
「あたしたちは……親に捨てられたんだよ!?」
　それを一度消して、ふるえる声を抑えて言った。
　口にすると悲しくなるから、あえてその事実を口にしてこなかったのに。
　今の翔平を見ていたら、現実を突きつけなきゃわかってもらえない気がして。
「…………」
　やっぱり、それはつらすぎるのか翔平も一瞬、口をつぐんだ。
「それ以上の不幸があると思う!?」
「…………」
「ないでしょ!?」

翔平なら、わかってくれるよね……？

この痛みや苦しみは、あたしと翔平にしか、わからない。

それでも、翔平とそういう背景が、"おそろい"というだけで強くいられた。

絶望の中の、唯一の光でもあった。

「…………」

翔平はなにも言わず、椅子の背に、深くもたれかかった。

怒っちゃった……？

あきれちゃった……？

それを見て、少しだけ冷静になる。

あたしだって、翔平と言い争いなんてしたくない。しかも、理人が大変なときに。

あがっていた息を、ゆっくりと整えた。

「ごめん……言いすぎた」

いろいろあって、自分を見失ってた。

それに……自分の生い立ちなんて考えてる場合じゃない。今は理人のことだけで、精いっぱいだよね。

自分のことは、理人が元気になってから……。

「……戻ろうか」

翔平が、ポツリとつぶやいた。

「えっ……もう？」

帰ってきてから、まだ20分しか経っていないのに。

そんなに急いで病院へ戻るの？

でも……あたしも理人が心配だし、一緒に行こう。

「じゃあ、せめてお風呂くらい……お湯……張るね……」

ここにいるときくらい、ゆっくり体を休めたってバチは当たらない……。
　翔平も言っていたとおり、みんなで倒れたら、どうしようもないし。
　苛立ってしまったことを後悔しながら席を立つ。
　その背中に、あたしの足を止める声が聞こえた。
「……兄妹に……」
　えっ……。
　一瞬、頭を殴られたかと思うような衝撃が走る。
　それって……。
　兄妹に……『……戻ろうか』!?!?
　振り返ったあたしを、翔平は立ちあがって真剣に見つめていた。
　そして、もう一度はっきりと口にした。
「俺たち、兄妹に戻ろう」
「どう……して……」
　兄妹に戻るってことは、恋人という関係を解消するってこと。
　そんなのって……。
　思いもかけない翔平の言葉は、あたしを一瞬で、奈落の底に突き落とした。
「ねぇっ……どうして、そんなこと言うの!?」
　体を逆戻りさせ、翔平にしがみつく。
　おかしなこと言わないでよっ！
「俺……考えたんだ……」

翔平は、ひとり冷静だった。
「なにを……!?」
「どうして、理人が目を覚まさないのか……って……」
「それは……事故で頭を強く打ったからでしょ!?」
　他に理由なんてない。
　なに言ってるの？　それと、あたしたちが兄妹に戻るのと、どういう関係があるの!?
「……目を覚ましたくないのかもしれない……」
「えっ……」
「もしかしたら理人は……こっちに、戻ってきたくないんじゃないか……？」
　翔平は、一点を見つめながら話す。
「なに……それ」
「自分の生い立ちに絶望したうえ、好きな女は別の男と付き合っている。そんな……俺と美桜のいる世界に……」
　翔平のリアルな言葉に、ゾクリと背筋に冷たいものが走った。
「よく言うだろ。人間見たくないものは目に入らない、聞きたくないものは聞こえてこないようにできてるって。今の理人には……そういう力が働いてるんじゃないか……」
「そんな……」
　――ズキンッ。
　そんなわけないと思うのに、とてつもなく胸が痛いのはどうして……？
『……理人は美桜が好きだから……』

ううんっ。

目をつぶって振り払う。

「そんな非科学的なこと、信じなっ……」

言い終わらないうちに、翔平はあたしを抱きしめた。

「美桜っ……」

絶対信じないっ……!!

「俺は美桜が大切だ……。だけど、同じように、理人も大切なんだ……」

「…………」

わかってるよ、そんなの。

赤ちゃんのときから、あたしたちは一緒にいたんだもん。

誰が大事かなんて順位はつけられない。たとえそれが、恋人でも。

わかってるけどっ……。

「俺だって、どうしていいか、わかんねぇんだよっ……!!!!」

痛いくらいに。

翔平はキツく、あたしを抱きしめた。

「理人が目覚めるなら、俺、どんなことだってしたい……」

翔平の胸を伝って、苦しそうな声が届く。

理人と本気の殴りあいをした翔平は、きっと、あたしより重いものを背負っている。

「理人の望む世界があるなら、作ってやりたい……」

昨日の夜のことを、後悔しているから。

「俺のワガママ……聞いてくれよっ……」

なんにでもすがりつきたい翔平の気持ちが、痛いほど伝わってくる。
「理人と……俺と……美桜のためだ……」
「…………」
あたしは、あれだけ一身同体を願っていた。
ほんとの3つ子なら、ひとりが苦しいときは全員苦しいはず。
不思議な力で、それを体感できないなら。あえてその状況を作ってでも、苦しみを分かちあいたいと思うのは、あたしたちの宿命なのかな。
理人が目を覚ますのなら、どんな困難に陥ってもかまわない。
理人が目を覚ますのなら、今後あたしに幸せが訪れなくてもかまわない。
あたしはさっき、十字架の前でそう誓った。
自分の幸せより理人の幸せを願ったばかり。
……あたしの、幸せ。
それは、翔平といること。
だったら、あたしは、この手を離さなきゃいけないのかもしれない……。
「……な……？」
答えを求める声が、胸越しに響いた。
ふるえる体で大きく息を吸う。
呼吸を、整えて。
流れる涙をそのままにして。

目を閉じたまま、あたしは、静かに……うなずいた。
「美桜……」
今日、はじめて、優しく名前を呼ばれた。
「ううっ……」
うれしくて、でも哀しくて。あふれる涙を止められない。
「……一度だけ……キスしたい」
輪郭を確かめるように、翔平の手があたしの頬を探る。
濡れる頬の涙を親指でぬぐったあと、そっと唇が触れた。
幸せなキスじゃない。
とっても哀しくて、切ないキス……。
でも、決して、最後じゃない。そう信じて。
このぬくもりは、また触れあえるときまで忘れないから。
ゆっくりと、翔平が離れていく。
……っ。
唇を噛みしめて、声をあげるのを我慢する。
スローモーションのように見えるこの瞬間を、忘れないように胸に刻みこんだ。
翔平はあたしを胸から離すと、なにも言わず脇を通りすぎていった。
2階へあがる翔平の足音が、だんだん遠くなっていく。
その音が完全に聞こえなくなると。
「……うっ……ああっ……」
我慢は限界を超えた。
涙腺が決壊して、とめどなく流れてくる涙。
口もとを押さえ、漏れる嗚咽を必死で抑えた。

「ううっ……ううっ……」
　どうして涙が出るのよ。
　理人のための決断なんだよ……？
　願掛けだって、なんだっていい。
　これできっと、理人は目覚める。
　幸せな……決断なんだから……。

唯一の願い

　それから10日後。
　理人は集中治療室を出て、一般病棟へ移った。
　容態は……依然として変わらない。
　目を覚まさないかぎりは今日明日どうなるわけでもなく、あたしたち家族も、以前の生活に戻りつつあった。
　翔平は毎日学校へ行っていたけど、あたしは精神的に病んでしまったこともあって、行ったり行かなかったりの日が続き、昨日あたりからやっと学校に行けるようになった。

「ジャジャーン！」
　莉子は大きな紙袋から、あるものを取り出した。
「わぁーすごい！」
　それは、理人のために折られた千羽鶴。
　あるときはLHRに、あるときは自習時間や自宅で。
　途方もない作業なのに、クラス全員が心をひとつにして作りあげてくれたんだとか。
　そんなことしてくれてたの、あたしは知らなかった。
　すごく……うれしい。
「ほ〜ら、みんなの想いが詰まってるんだから、早く目を覚まして、これを見なさいよね」
　瞳を閉じたままの理人に、莉子が語りかける。
　今、あたしと莉子は学校が終わったその足で、理人のと

ころへ来ていた。
　理人に会うのは２日ぶり。
「よい……しょ……っと……」
　理人の頭上に、莉子が千羽鶴を飾る。
「……キレイだね」
　センスよくグラデーションになっていて、10日で仕上げたとは思えないほど完成度の高いものだった。
　これに込められた祈りが届くといいな……。
「……ねえ……翔平とのことだけど」
　理人をはさんだ向こう側で、椅子に座った莉子が重そうに口を開く。
「えっ……」
「理人がどうして目覚めないのかって話だよ。それで翔平と別れたって……。まさか、あんなの、本気にしてるわけないでしょ？」
「その話は……もういいよ……」
　数日前からずっと、こんなやり取りをしているんだ。
　あたしと翔平の決断を知った莉子は、それはちがうと言った。
『やっとつかんだ手を、離していいの？』
『離した手を再びつかむのは、きっと難しい』
『あとで泣いても知らないんだから』
　そう言って、なんとかあたしたちの別れを阻止しようとしてくれている。
「あたしにはわかるよ。理人はそんなの望んでない」

「…………」
　あたしだって、なにが正しいのかわからない。
　ただ、わからないから、なんにでもすがりつきたいだけ。
「理人が望んでるとか望んでないとかじゃなくて、あたしたちが、そうしたいだけだから……」
　ギュッと唇を噛みしめた。
　最後は翔平の意見に乗るような形だったけど、今はこれでよかったんだと思ってる。
　理人の気持ちをあんな風に聞かされて、今後翔平と、どう付き合っていけばいいの？
　中途ハンパでいるより一度、兄妹に戻って、理人のことだけを考えた方が気持ちも楽だから。
「……それに……理人の気持ちだって実際のところ、わからないでしょ……」
　たしかに、告白されたわけでも、誰かが理人から聞いたわけでもない。
　もともとは憶測なのだ。
「……それでも、あたしたちは理人が大切だから」
　自分に言い聞かせるように言うと、持ってきたお茶のペットボトルのフタを開けて、グイッと喉に流しこんだ。
　翔平への想いを一緒に飲みこむように。
「翔平にはね……自分が傷つくだけだから理人とは終わらせろって、何度も言われたの」
「んっ……!?」
　突然、話題を変えた莉子に、お茶を喉に詰まらせそうに

なる。

　あれ以来、莉子も口にしなかったし、あたしもあんまり突っこんじゃいけないと思って、触れないでいたから。
「あの……それは……」
　核心に迫る話に、あたしがあたふたする。
　翔平からも、そんな話を聞いていたし……。
「あたしね、理人が誰を好きだろうが、そんなの、まったく問題じゃないの」
　莉子は、愛おしそうに理人を見つめた。
「たしかに……理人を受け入れちゃった自分にも弱い所はあったと思う。でも、愛がなくて他の女の子を抱くくらいなら、あたしにしてほしいって思ったのはほんと」
「…………」
　正面切ってそう言われ、なんて返したらいいのか、わからない。
　どこに視線を置いていいかわからなくて、同じように理人に向けた。
「ふふっ……バカみたいでしょ」
　頬がゆるんだのが気配でわかり、あたしは莉子に視線を戻した。とても優しくおだやかな表情。
"ううん"
　そう言ってあげたいのに、うまく言葉が出てこない。
「あの夜ね……突然、理人が家にきたの。こんな機会なかなかないから、美桜と翔平をふたりきりにしてやりたいんだ……って言って」

「……うん」
　やっと、相づちが打てた。
「おばさんたちが沖縄に行ってるの知ってたし。まあ、理人だし？　ひと晩くらい泊めてあげてもいいかなーって。ソファでいいでしょって、軽くあしらってさ。このときは全然、あたしたちの間に、そんな気なんてなかったの」
　じっと莉子の話に耳を傾ける。
「でも……眠れないんだよね……理人。ソファでゴロゴロ寝返りばっかり打って……。手に取るようにわかった、理人の気持ちが。美桜のこと考えて、ほんとは苦しくてたまらないんだって思ったら……ほっとけなくなって……」
　あたしたちが幸せだった夜に、さびしさを埋めるように抱きあっていたふたりがいたこと。
　その事実に、心がつぶされそうになった。
「それだけで終わらなかった……そのあとも、家にいたくないって言っては、たびたび、うちに来てたの」
　チラッとあたしを見た莉子も、その理由を、あたしと翔平との仲を見るのがつらかったからだと、カンちがいしている。でも、ちがう。
　そのときはきっと、生い立ちを知って苦しんでいたんだ。
「あたしだけが理人の弱い部分を知ってる。あたしだけに見せてくれてる。そう思ったら、うれしくて。……理人をなぐさめてる自分に満足してた。その瞬間だけでも、あたしは理人の特別でいられたんだから」
「……莉子」

「ただの、ひとりよがりだったね。ははっ」
　そう言って"ううーん"って伸びをしながら、莉子はペロッと舌を出した。
　だけど、あたしは笑えなかった。
　莉子にも……伝えなきゃいけないことがある。
「あのね、莉子」
　３兄妹弟の秘密を知っている莉子は、家族も同然なんだから。理人だって……理解してくれるよね……？
　心の中で理人に許可を取ってから、理人がほんとは、なにに悩んでいたのかを告げた。

「そんなっ……」
　事実を知った莉子は目を見開いて、驚いていた。
「……そう……それで……」
　冷静さを取り戻しながら、今までのことに想いを馳せるようにして、理人に目を向ける。
「ごめん。あたし……てっきり、美桜と翔平のことで荒れてるのかと……」
　この事実は、当然莉子にもショックを与えたようだ。
　あたしは、ううんと首を振る。
「こんなの……誰にも想像できないよ……」
　しばらくあたしたちは無言のまま、理人を見つめていた。
　──ピッ……ピッ……ピッ……。
　規則正しい機械音だけが、遠慮なしに響き続ける。
　それがまた悲しく聞こえて……。

「理人の痛みは、あたしたちの痛み。だから今は、理人のことだけを考える。やり直すのは、理人が目覚めてからでも遅くないから……」
　そう。これは戒めみたいなもので。
　いくら理人の気持ちから逃げようとしても、目を背けられない現実は変わらない。
　否定したくても、どこかでわかっていた。
　……理人からの……キス。
　理人の気持ちを知りながら、このまま翔平との関係を続けていくのは、やっぱり無理なんだ。
　みんながもとの生活を取り戻したら、きっとまた、一からちゃんと始められるはずだから……。
　あたしの決意を聞くと、莉子は笑って言った。
「そっ……か。アンタたちの決意は並大抵じゃないって、わかったよ。もう、なにも言わない。この話はおしまいね！　理人も聞いてるんだし」
　……そうだった。目を閉じている理人だって、この部屋の空気は感じてる。
　意識はなくても、耳から会話は伝わっているんだよね。
「うん、そうだね」
　目の縁に溜まった涙をぬぐうと、莉子がおもむろに布団の中から理人の腕を出した。
　そして、腕をさすりはじめる。
「なにしてるの？」
「マッサージ」

「マッサージ？」
「うん。こうして刺激を与えると、いいみたい。それに、使わないと筋力って衰えちゃうじゃない？　だから、筋肉の衰え防止にもいいと思って。ね、一石二鳥」
「…………」
　そんな莉子に胸が熱くなった。
　学校のノートだって、理人のために一生懸命取ってくれている。
　ほんとならあたしの役目だけど、あえて身を引いて莉子に任せている。
「まー全部、本の受け売りだけどね」
　そう言って、白い歯を見せて笑った。
　莉子は理人のために、医療の本をたくさん読んでいるみたいだ。
　事故当日以来、莉子の涙は見ていない。
　ねぇ……どうして、そんなに強くいられるの……？
　理人が苦しんでいた数週間、理人の支えはまちがいなく莉子だった。
　体を重ねあうという、決して他人に自慢できる方法じゃなかったとしても、安らぎとぬくもりを一瞬でも感じて。
　あのときの理人は、それに救われていたはずだから。
「……ありがとう……ね」
　理人を支えてくれて。
　ほんとなら、理人が目を覚ましたら告白しなよ……って言ってあげたい。

でも、あたしの口から、そんなこと言えっこない……。
「またみんなで、かくれんぼしたいね……」
　出した言葉は、ずいぶんとかけ離れていたけど。
　これもウソじゃないから。
「かくれんぼかぁ……いいね……」
　莉子も、なつかしそうに目を細めた。
　かくれんぼじゃなくたっていい。ただ、純粋に4人でいる頃が楽しくて仕方なかった、あの頃みたいに。
　また……みんなで……。
　誰が誰を好きだとしても、そんなことでこじれるあたしたちじゃない。
　4人の絆は……そんなに、もろいものじゃないから。
「できるよね……また、いつか……」
　理人が戻ってきてくれたら、それが絶対に叶う気がした。
　今はただ、じっと待つだけ。
「なんか……お腹空いちゃった。帰ろうか」
「……だねっ……」
　お互い涙声なのがわかって、その顔を見ないようにして笑いあった。

「ただいまー」
　家についた頃には、すっかり日は沈んでいた。
「おかえり。遅かったわね。理人のところ？」
　いつもより帰りが遅いあたしに、お母さんが心配そうな声で、玄関まで出てきた。

「うん、莉子と一緒に」
「なんだか悪いわね。莉子ちゃん、毎日行ってもらってるんだって？」

　あたしでさえ毎日行けていないのに、莉子はこの10日間、学校が終わると必ず、理人のもとへ行ってくれてたんだ。
「……うん」
　それでも、莉子に悪いと思う方が失礼だと思った。
　莉子は兄弟同然なんだし、頼んだわけでも行ってもらっているわけでもない。
　悪いと思うより、ありがとうって言ってほしいよ。
「美桜、もうメシできるよ」
　少しだけひねくれた気持ちに、ふいに降りかかった声。
　声の先を見ると、リビングから顔だけをのぞかせている翔平がいた。
「……うん。手洗ってくる」
　意識して口角をあげ、そのまま洗面所に直行したあたしは、鏡をのぞきこんだ。
　翔平に話しかけられると、ドキッとする。
　瞳が見れない。
　決意は固いくせに、正直、気持ちはまだ追いつけないあたしがいる。
　……全然ダメだよね。
　ほら、また。鏡の中の自分がぼやけていく。
　でもせめて。翔平の前では、うまく笑えてる……？
　ちゃんと、兄妹に戻れてる……？

さびしい距離

　……ああ、ダメだ。
　ぜんっぜん、わかんない。
　あたしは自分の部屋で頭をかかえていた。
　もうすぐ夏休み前の期末テストが始まる。
　さっきから、教科書や参考書をパラパラめくってはいるんだけど……。
　学校を休んだり気持ちが不安定だったりしたせいで、授業にはずいぶん遅れを取っていた。
　でも、テストは否応(いやおう)なしにやってくる。
「あー、やっぱダメッ……」
　わからないものはわからない。
　一回頭をリセットしようと、教科書をパタンと閉じた。
　……翔平も……今頃テスト勉強してるかな……？
　翔平は頭がいいだけじゃなくて、教え方も上手だった。
　どんな参考書を見るよりわかりやすくて、テストのたびに教えてもらっていたんだ。
　……聞きにいこうかな。
　……どうしようかな。

「よしっ！」
　30分悩んだ挙句(あげく)、気合いを入れてから教科書を胸にかかえて立ちあがった。

そっと薄暗い廊下へ出ると、翔平の部屋の隙間から灯りが漏れていた。

……あたしたちは、兄妹。

妹が兄の部屋に入ったって問題ない。変に意識するから、気まずくなるの。

あらゆることを理論づけて、自分を納得させる。

「……翔平、入っていい……？」

緊張しながらドア越しに声をかけた。

「ああ」

あっさり返事が返ってきてホッとした。

半分くらい、緊張が解けた状態で部屋へ入る。

思ったとおり、翔平もテスト勉強中のようだ。

「あのね、ぜんっぜん、わかんなくてさ。それ終わったらでいいから、教えてくれない？」

できるだけ明るく言う。

中央にあるローデスクに教科書を置いて、ペタンと床に腰をおろした。

「いいよ。あと５分待ってもらえる？」

そう言って、少し体を斜めうしろに向かせる翔平。

「もちろん」

……よかったぁ。

翔平も、特別意識している様子はない。

30分も悩んだことがバカみたいに思えて、笑えてくる。

「じゃあ、リビングで待ってて」

……えっ？　……リビング……って……。

シャーペンを走らせる翔平のうしろ姿を呆然と眺める。
　ここじゃ……ダメなの？
　今まで、こんなこと一度もなかった。
　わからないと訊ねれば、この部屋で勉強を教えてくれていた。
　もしかして、ふたりきりになるのを避けてるの……？
　あたしがまた、兄妹じゃない関係に戻りたいって言うかもしれないから……？
　また、泣くかもしれないって思ってるから……？
「…………」
　体の中がスッと冷たくなっていくのを感じながら、唇を噛みしめる。
　今置いたばかりの教科書を手に取り、音を立てないように翔平の部屋を出た。
　リビングでは、お父さんがテレビを見ていた。
　そんな中、おとなしく待っていると、しばらくして翔平が2階からおりてくる。
「お待たせ。で、どこ？」
「えっと……ここ……」
「んーっと……ああ、これはね……」
　教科書にシャーペンを走らせながら、一生懸命、説明してくれる翔平。
　きっと、わかりやすく教えてくれているんだろうけど……なにひとつ頭に入ってこない。
　頭の中は、過去にトリップしていた。

テスト前になると、3人でよく勉強したよね。
あたしと翔平が一緒に勉強していると、理人が乱入して邪魔してきたっけ。
お母さんは夜食も作ってくれた。
ひとつの部屋で、みんなでそれを食べて。
あの頃は……楽しかったな……。
最近、あたしは昔ばっかり思い出している。
「オッケー?」
「えっ!? ……ぁ、オッケー……です」
結局、なにも理解できなかったけど。
「他にはない?」
「うん」
「またわからない所があったら、いつでも聞けよ」
そう言うと、翔平はまた部屋へ戻っていった。
「…………」
恋人っていう関係を解消しただけだと思っていたのに。
冷たすぎるよ、翔平。
あたしが思っている以上に、溝ができていることを再確認してしまった夜だった。

「勉強……集中できないか?」
「……すみません」
あたしは今、担任に呼び出しをくらって職員室の中。
テストの結果は散々で、数学で赤点を取ってしまった。
その他の教科も、平均点に届かないものばっかり。

……自分でも、情けないと思う。
「理人があんなことになって……勉強が手につかないのもわかるが……」
　一学期の成績表を覚悟しておけ、という忠告と……。
「ちゃんと食べてるか？　表情は暗いし、なんだか美桜まで倒れそうで、先生は心配だぞ」
　担任が、つらいのはわかるけどがんばれって肩に手を置いた。
「はい……ありがとうございます」
　優しい気遣いに目頭が熱くなる。
　でも、ほんとの理由はそれだけじゃない。なんだか理人を言い訳にしているみたいで申し訳ない……。
「あのっ……」
「なんだ？」
「翔平の方は……できてましたか？」
「翔平か……。アイツはぁ……っと」
　そう言って担任は、試験結果一覧に目を通す。
「相変わらず優秀だ。とくに変化はないな」
「そうですか……」
　……強いんだね、翔平は。
　なにも動じず、いつもと同じ集中力を発揮して。
　あたしと翔平の間にある温度差を、またひとつ痛感する。
　さすがだと、うなずく担任に、あたしはうつむくしかなかった。

そのまま夏休みに入り……いまだ理人の容態に明るい兆しが見えてこない状況で、夏の予定なんてひとつも作る気になれなかった。

そのかわり、あたしには補習課題がたくさん出ていた。

翔平は部活で、日中はほとんど家にいない。

それがあたしにとっては都合がよかったんだ。翔平がいない分、集中して勉強ができたから。

お母さんは昼間は病院へ行ってしまうし、もし翔平と家でふたりきりだったら、息が詰まって勉強どころじゃなかったと思う。

毎年、女の子との予定がびっしりだった理人。

それでも、必ずあたしたち４人で出かけるプールの予定だけは、欠かさず立ててくれていた。

ワイワイ盛りあがるイベントが大好きだったしね……。

『毎年恒例なんだから、翔平を誘って３人で行こうよ』

莉子はそう言ってくれたけど……。

翔平を誘う勇気なんかなくて、結局、先週莉子とふたりで行った。

理人も翔平もいないプールは、やっぱり盛りあがりに欠けて。

だから早めに切りあげて、理人の病院へ向かったんだ。

翔平とあたし。

お互いがどんな夏を過ごしたのかよくわからないまま、夏休みが過ぎていった。

涙にサヨナラ

　季節の移り変わりは早い。
　夏が過ぎ、秋になった。
　理人はまだ……眠りから覚めない。

「学校って、テストがなければ天国なんだけどね……」
　帰り支度を整えたあたしと莉子が向かったのは、昇降口じゃない。
「学生の本業は勉強とは、よく言ったものね」
　中間テストを目前に控え、あたしと莉子は図書室へやってきた。
　1学期の期末テストみたいになるわけにいかない。
　でも、もう翔平には頼れない。
　だから莉子に頼みこんで、最近は放課後、一緒に勉強をしているのだった。
　——ガラガラ。
「さすがテスト前、今日もいっぱい来てるね〜」
　莉子の言うとおり、図書室に置かれた長テーブルのほとんどの席が埋まっていた。
　家で勉強するよりはかどるのか、カギを締められる6時までは、ここでテスト勉強する生徒も少なくない。
　あたしたちも常連だ。
「あっ、ここ空いてる！」

今日は少し出遅れちゃったけど、運よくふたり並んで座れる席を見つけ、あたしたちは椅子を引いた。
「今回の歴史のヤマはここだよ」
　さっそく教科書を開いた莉子は、ひとつの単元に丸をつけた。
「ヤマ？　なんでわかるの？」
「だってあの先生、結構偏(かたよ)りあるじゃない？　とくに、この時代は好きっぽいから外せないよ」
「え、莉子ってヤマ張って勉強してるの？」
　そんな勉強法にビックリだ。
「まさか範囲の全部、勉強する気？　やらなきゃいけないのは歴史だけじゃないのよ？」
　そう言って、分厚い歴史の本を最初から最後までパラッとめくる。
「でも……ヤマが外れたらどうするの？」
　それこそ赤点確定だよ……。
「ハズレないハズレない。前回も、これで90点取ったから」
「うわっ、すごっ！」
　歴史で90点って!!
　そんな結果を聞かされたら、あながち莉子のヤマも聞き流せない。
「んんっ……」
　近くにいた男子生徒が、わざとらしく咳(せき)をした。
　あっ……。
　興奮して思わず、大きい声出しちゃった。

あたしたちは肩をすくめると、おしゃべりをやめて、黙々と教科書に目を走らせた。

　どのくらい時間が経ったんだろう。
「並んで座れるなんてラッキー♪」
　そんな声と同時に、目の前の机にカバンを置く音がした。
　ぽつぽつと席は空いてるけど、ふたりで座れる席は、もうないみたい。
　さっきのあたしたちのように、うれしそうに声を落とす女の子の声に、ふと顔をあげて。
　……!?
　目の前の光景を、疑った。
　その声は、どうやら彩乃ちゃんで……。
　その連れが……翔平……!?
　どうして翔平が、彩乃ちゃんといるの?
　シャーペンを握る手に力が入り、自分の顔がこわばっていくのがわかる。
「……あ」
　彩乃ちゃんもあたしに気づき、ニコッと笑いかけてきた。
　翔平に、勉強を教わろうとしているの?
　翔平……頭いいもんね……。
　そうだ……きっとそうだ。勉強……くらい……。
　マネージャー……なんだし。
　嫉妬心を抑えて、なんとかこの状況を自分に納得させようとする。

けれど……。
「元カノと一緒じゃあ……さすがに気まずい?」
 そう言って、彩乃ちゃんが翔平を見あげた。
 さっきまでの空想に、白いモヤがかかる。
 彩乃ちゃんが言っている彼女は莉子のことだと、わかるけど。
 元カノ……?
 あのウワサは、まだ有効なはず。
 莉子と翔平が別れたというウワサが出ているわけでもないのに、どうして"元"?
「…………」
 あたしと目を合わせようとしない翔平に、イヤな予感が走った。
 じゃあ……もしかして。
「翔平……アンタ、まさか……」
 同じように状況をとらえた莉子が冷たい声を落とすと、
「行こう」
 翔平が気まずそうに、今置いたばかりのカバンを肩にかけ、彩乃ちゃんにそう促して、この場を離れていく。
 とたんに、彩乃ちゃんの目つきが変わった。
「元カノさん。自分で振っておきながら、まだ未練でもあるわけ?」
「……振った……?」
 怪訝な顔をする莉子に、勝ち誇った顔の彩乃ちゃん。
「翔平くんは、もうあたしのモノなの。今さら、なに言っ

ても無駄なんだから！　あ、美桜ちゃん、あたし翔平くんと付き合うことになったの。よろしくねっ」
　最後はあたしにふわりとした笑顔を向けると、翔平のあとを追うように去っていった。
　頭が、ついていかない。
　……あたしのモノ？
　……翔平と、付き合うことになった？
　……よろしくね？
　ふたりは……今度こそほんとに付き合いはじめた……？
　──ガタッ!!
　あたしは勢いよく席を立つ。
　ここにいる大勢の人の視線が集中するのを感じたけど、そんなの、かまわない。
『もしかしたら、目を覚ましたくないのかもしれない』
　翔平……。
『理人が目覚めるなら、俺、どんなことだってしたい……』
　翔平っ……!!
『俺のワガママ……聞いてくれよっ……』
　あれは……。
『理人と……俺と……美桜のためだ……』
　翔平は……。
『……一度だけ……キスしたい』
　はじめから、あたしと終わりにするつもりだった……？
「……っ……」
　どうして……っ……！

「美桜っ！！！！」

　莉子の呼び止める声に耳も貸さず、あたしは図書室を飛びだした。

「……理人っ……」

　動かない理人の体に頭を落とし、あたしは顔をうずめて泣き続けた。

　図書室を出てから、まっすぐに理人のもとへ来たんだ。

「ううっ……」

　涙が止まらない。

「ほんとは、あたしっ……嫌われちゃったのかなっ……」

　認めたくない。

「翔平がっ……あやっ……ちゃんと……っく……」

　同じ方向を見て、理人の回復を願っていたはずなのに。

「ウソつきっ……！」

　勝手にひとりで歩きだすなんて……。

　この時間はお父さんもお母さんも来る心配がないし、あたしは気持ちを全部、理人にぶちまける。

　最近、本音を言えるのは理人の前だけになっていた。

　理人に聞かせたくないと思っていたのは最初の頃だけで、今はむしろ、聞いてほしかった。

　ひとり言でもないけど、返答するわけでもない理人は、すべてを黙って受け止めてくれている気がして。

　そうすると、少しは……気持ちが落ちつくんだ。

　元気にふるまっている莉子だって、ほんとはつらいはず。

これ以上、翔平とのことで迷惑をかけられない。
　今……あたしが本音で語れる場所はないから……。
　やっぱりほんとの家族じゃないあたしたちが、心をひとつにするのは難しいんだと知った。
　みんなが同じ方向を向いていれば、それは可能だった。
　全員が同じ気持ちだったから、他の家族に負けないくらいの、仲のいい家庭が作れていただけ。
　その分、崩れるのは早かった。
　取りつくろおうと無理をすると、空回りして、どんどん歯車が狂っていくんだ……。
　もう、笑顔でごまかされるような年じゃない。
　お母さんの笑顔だって、作り笑いに見える。
　翔平だって、あたしから離れていく……。
「翔平のウソつきぃぃぃぃーっ……」
　——ガラッ！！！！
　突然、勢いよく病室の扉が開いた。
「探したんだからっ……！」
　そう言って、あたしを強く抱きしめたのは……莉子。
「美桜……こうやって、いつもひとりで泣いてたの……？」
　心配そうに、あたしをのぞきこむ。
「……ぅ……っ……」
「あたしがいるじゃん……！」
「……っく……っく……」
　莉子は、悲しそうに言葉を落とした。
「……美桜に遠慮されるのが、一番悲しい……」

そう。あたしは莉子にも遠慮していた。

　莉子だってつらいのに、翔平とのことで散々心配をかけてしまったから。

　どんな時も莉子は、親身になってくれて。『あとで泣いても知らない』って、そこまで言わせていた。

「ごめっ……うっ……。だって……莉子の……忠告、無視し……て、別れたっ……のに……」

　泣きすぎてお腹が痙攣を起こして、うまくしゃべれない。

　それでも、つたない言葉だったけど、莉子はすべてを理解してくれた。

「バカッ!!　あんなの言葉のあやに決まってるでしょ!?　あたしが美桜を見捨てるわけないじゃない!!　まだ、わかってくれてなかったの!?」

　涙でぐちゃぐちゃなあたしの顔を、莉子は両手ではさみこんだ。

　……いた。

　まだ、あたしには信頼できる人がいた。

　力を入れていた体が、ふっと軽くなった気がした。

「あたし……まちがって……た……のかな……っく……」

　翔平の手を離したこと。

「あのとき、イヤだって言ってたら……未来は……変わってたのかな……うっ……」

　もし……つなぎ止めてたら。

「……未来なんて、誰も、わかんないよ……」

　莉子はゆっくり、あたしの背中をさすった。

「あたしだって、いつも葛藤(かっとう)してた。でもね、あたしたちはきっと、そのときの精いっぱいの決断をしてきたんだよ……」

力強く、莉子は口にした。精いっぱいの……決断。

「……どうして……莉子は、そんなに強いの……?」

あたしだって強くいたい。

なのに、いつも涙ばかり……。

「強くなんてないよ。ただ……泣いたら……そのときの自分が否定されちゃう気がして。理人に見せてた自分……後悔したくないから……」

莉子の言葉に、自分を重ねた。

あたしは、翔平と別れるのが一番いいと思った。たとえ、それが願掛けに似たようなものでも。

理人を想って、理人のために。

最初は翔平から言いだされたことだけど、それはすべて……自分で決めたこと。

誰のせいでもない。翔平との別れを決めたのは、あたし。

だったら、翔平が誰と付き合っても泣いたりしないで。

あたしはただ、理人が眠りから覚める日を待っていればいいんだよね……?

「……あたしも……後悔なんて……ない」

あのときのあたしは、まちがいなく理人が目覚めることだけを願って、そう決断したんだから。

理人の前で、強く誓った。

……あたし、もう泣かない。

欠けたピース

「昨日は初雪が降ったんだよ？」

 季節は冬、12月になった。クリスマスも間近。

 今年は、ホワイトクリスマスになるんじゃないかと言われている。

 病室の窓から見える外の木には、オーナメントがたくさんぶらさげられていた。

 ピカピカと電飾が灯って、とてもキレイ。

 ……理人の顔も、キレイになったね。

 傷はすっかり治り、頭や顔の包帯はもう取れた。

 前までは包帯のせいで、ほんとに理人なのかわからなかったけど、今はこうして顔を見られるだけでも、すごくうれしいんだ。

 まだ目覚めないけど、治癒力は持っている。

 ……生きている、証。

「ねぇ……年……明けちゃうよ……」

 そう言いながら、理人の腕をマッサージする。

 莉子から教えられたマッサージは、今でも続けていた。

 "継続は力なり"っていうしね。

 目覚めてくれなきゃ、その効果もわからないんだから……早く起きてよ、理人。

「もう……たくさん眠ったでしょ……」

 あたしと翔平は終わったのに。

どうして、目を覚ましてくれないの……？
　せめて……理人が目を覚ましてくれなきゃ……。
　決してラブラブには見えないけど、今でも翔平と彩乃ちゃんの付き合いは続いているとウワサで聞いた。
　家で必要以上の会話をすることがない翔平からは、なにも弁解はないし、あたしも聞かなかった。
　よく考えれば、恋人関係を解消したときに、今後の約束をしていたわけじゃない。
　事実上フリーだった翔平が、彼女を作るのを責めるのも変な話。
　……翔平だって、傷を負っている。
　それを癒すために彩乃ちゃんが必要なら、あたしにそれを止める権利なんてない。
　ただ、今は家の中で白々しいくらいの兄妹を演じているだけのあたしたち。
「来年は……一緒にプールに行こうね……」
　理人の手をぎゅっと握り、言葉をかける。
　それに、理人に伝えたいこともあるの。
　理人の両親は、理人を殺そうとなんてしていなかったんだよ。
　これはお母さんから聞いた話。
　どう考えても、まだ赤ちゃんの理人を殺そうとして、理人が生き残るなんて絶対におかしい。
　お母さんは、理人は無傷だったと言っていた。発見されたとき、理人は元気に泣いてたんだって……。

だから、理人が不安がる必要はないの。
　理人は……ちゃんと生かされてたよ……。
　だから、もう目を覚ましてよ。
「返事のない会話は……やっぱり、さびしいね……」
　今日も返答のない理人の腕を、あたしはゆっくり、さすり続けた。

「ただいま……」
　学校から帰ると、まっ暗なリビングのソファで、お母さんがうたた寝をしていた。
　翔平も、まだ部活から帰ってきてないみたい。
　暖房もついてない、冷えきったリビング。
　あわてて暖房を入れ、肩から毛布をそっとかけた。
　……お母さんも疲れてるよね。
「あらっ……もう、こんな時間……」
　むくり、とお母さんが起きあがる。
「ごめん、起こしちゃった？」
「いいのよ。あら、外もまっ暗だったわね」
　教会のイルミネーションのスイッチが、まだ入っていなかった。あわててスイッチを入れるお母さん。
「でも、今年はクリスマスを祝う気には、なかなか、なれないわね……」
「そうだね……」
　別世界のようにピカピカ輝きだした窓の外を見て、あたしもつぶやく。

教会のイルミネーションは、見物客も来るほどキレイで、このあたりでは有名だ。
　クリスマス礼拝や子どもたちを集めての恒例イベントもある。
　だけど今年は、家族でのお祝いは、やるかどうかわからない。
「今から夕飯の支度するわね」
「待って」
　キッチンへ立とうとしたお母さんを止めた。
「今日は、なにかとろうよ」
　お父さんは仕事関係の集まりがあるらしく、今夜はいないし。
　ここで、あたしが作るよって言えないのが情けないけど。
　理人が事故に遭ってから、たまにこんな日がある。なにもしたくなくなる気持ちもわかるから。
「この間ピザとったし、今日はお蕎麦にする？」
「そうね。お願い」
　翔平ももうすぐ帰ってくるだろうし、３人前のお蕎麦を近所のお蕎麦屋さんに注文した。
「夢を見てたわ……」
　お母さんの口もとが、久しぶりにゆるんだ。
「夢？」
「理人がここでコーヒーを飲んでるの……」
　お母さんが座っていたのは、理人の定位置。愛おしそうに、その机をそっと撫でる。

「へぇー、いいなぁ」
　夢の中ででも、動く理人に会えるなんてうらやましい。
「……早く楽になりたいって言ってたわ……」
「えっ……？」
「そうよね……ずっとこのままじゃ、いけないわよね……」
　なにかを確信したように言うお母さんは、真顔に戻っていた。
「どういう……意味……？」
「美桜たちには言ってなかったけど、目覚める可能性は5パーセント以下って言われてるの……うぅっ……」
　そう言って、さっきまでやわらかかった顔を一気に崩し、お母さんは嗚咽を漏らした。
　……5パーセント……以下……。
　はじめて聞く話に、愕然とした。
「……決断の……ときなのかもしれないわ……」
「決断って……」
「一生このままかもしれない。だったら、早く楽にしてあげるのも理人のためだわっ……」
「お母さんっ!?!?」
　楽に……って。
　それって……。
　おそろしいことを言うお母さんに、体がふるえた。
「理人が……そう言ってるのよ!!」
「……っ……」
「私のせいで、理人をあんな風にして……妹にも顔向けで

きないわっ……」
「……お母さん……」
　直前まで殴り合いをしていた翔平が、責任を感じているように。
「かわいそうにっ……」
　……お母さんも、苦しみ続けている……。
　つらそうに涙を流すお母さんに、胸が苦しくなった。
「そんなこと……ないよ……。お母さんは、一生懸命育ててくれたもん……」
　理人も、翔平も、あたしも……。
　そんなの、あたしが一番よく知ってるよ？
　亡くなった理人のお母さんだって、ちゃんと空から見て、知ってるはず。
「お母さんのせいでも、誰のせいでもない……」
　自分自身にも言い聞かせるように、つぶやいた。
　なんの変化もないまま、迎えた半年。
　正直言って、今が家族にとっては、とてもつらい時期。
　このまま、目覚めるのを待ち続けていいのかさえ、わからなくなる。
　希望も……失いかける。
　それでも。
「……５パーセントもあるんでしょ？」
　ふるえるその肩に、そっと手をのせた。
「えっ……」
　お母さんが顔をあげる。

「可能性が0パーセントにならない限り、あたしは理人の生きる力を信じたい」
　あたしたち家族があきらめたら、そこで終わりになっちゃう。
　なにもできないあたしたちだから、せめて信じ続けたい。
「理人の顔、見たでしょ？」
「……うっ……うっ……」
「すごくキレイになってる。それが生きたいっていう、今はしゃべれない理人からのメッセージだと思わない？」
　あたしは、そう思っている。
「……っ……そう……ねっ……」
　お母さんは、あたしの胸に顔をつけて泣きじゃくった。
　……今までお母さん、泣ける場所、あったのかな。
　子どものように泣きじゃくるお母さんの髪を優しく撫でながら、この半年を漠然と振り返り、あたしは自分の行動を反省した。
　裏切られた気持ちが強すぎて、冷たい態度を取っていたかもしれない。
　ろくに話もしなかったかもしれない。
　……聞いてあげなかったかもしれない。こういうときこそ、家族が力を合わせなきゃいけないのに……。
　……そうだよ。あたしたちは、家族なんだから。
　ごめんなさい、お母さん……。
「どうしたっ!?」
　そこへ、帰ってきた翔平がカバンを放り投げて駆けよっ

てくる。
「……お母さん……すごく疲れてるみたい……」
「母さん、大丈夫か!?」
　あたしにもたれかかりながら泣きじゃくるお母さんを、翔平が、かかえあげる。
「美桜、布団」
「うんっ」
　言われるまま急いで和室の客間に布団を敷き、翔平がそこへお母さんを寝かせた。

　しばらくしてお母さんは落ち着き、このまま今日は眠りたいと言った。
　電気を消して、あたしたちは、和室をあとにする。
「母さんも限界なんだろうな……今夜は美桜、横に寝てやれよ」
「うん。そうする」
　お母さんが話していたことは、黙っておいた。
「……で、コレなに？」
　翔平が、目の前のどんぶりを指さした。
「あ！　今日の夕飯！　久しぶりにお蕎麦取ったの」
　バタバタしている最中に、お蕎麦が届いてしまって、忘れてた……。
「あーびっくりしたー。美桜が作った、恐怖の食いモンかと思ったよ」
「…………」

「ああ、冗談」
「……今の理人っぽかった」
「だな。てか、めっちゃ伸びてるし」
　たしかに、見た目も相当ひどくなっていた。
「……お蕎麦かピザにしようか、迷ったんだよね……。いただきます」
　──ズルズルズル。
「うわっ……おいしくないっ」
　伸びきったお蕎麦は、やっぱりおいしくなかった。
「美桜がメシを作れれば問題なかったのに」
　翔平は不服そうに言って、伸びきったお蕎麦をすする。
「……っ、またそれを言う！」
「だから、普段から練習しとけっつうの」
「きょ、今日は時間がなかったから……！」
　勢いで言ったものの、やっぱり、それは言い訳に過ぎなくて……。
「……、プッ……」
「ぷぷっ」
　吹きだした翔平につられてあたしも笑う。
　久々に、あたしたちは笑いあった。
　こんな風にふたりで話すのは、すごく久しぶり。
　もう、恋人じゃなくても……兄妹としてでも、すごくうれしかった。
　ねぇ……理人……。
　やっぱり、あたしたちは家族だよ。

どんなに嫌いになりたくても、どんなに心の中から排除したくても、絶対にできないの。
　家族って、そういうものなんだね。
　……でもね。まだひとつのピースが欠けたままなの。
　理人、お願い。早く戻ってきて……。

第6章

奇跡が起きた日

「あけおめ～！」
「おめでとう！」
　年が明け、今年最初の登校。
　教室では年始のあいさつが飛び交っている。
「あー、眠ーい、だるーい……」
「ほらほら、新しい年の始まりなんだから、シャキッとしなきゃ！」
　ふにゃふにゃと、机に突っ伏した莉子を笑った。
「だんだん、お正月番組が普通に戻っていくと、ブルーにならない？」
「わかるわかる」
　たしかに、晴れ着姿のタレントさんが出そろう、にぎやかな特番から通常の番組に戻っていくと、お正月も終わっちゃうんだって、少しさびしくなる。
　クリスマスからお正月にかけてのイベントが、昔から大好きだった。4人で騒いで……ちょっとくらいハメを外しても大目に見てもらえた。
「あたし、お餅食べすぎて顔膨れてない？」
「莉子がそんなこと言ったら怒るよ～」
　相変わらずのスタイルを保っているのに。贅沢すぎるよ。
「今、理人が目開けたら、オマエ誰？って言われちゃうかなー」

「どこが？　全然変わってないけど？」
　それ、イヤミに聞こえちゃう。あたしの方こそ、クリスマスにケーキやごちそうを食べすぎたから、体重が気になってるのに。
　理人が目を覚まさないままだけど、クリスマスパーティーはいつもどおりやろうというお父さんのひと言で、お母さんとケーキを一緒に作った。
　そして、理人の病室で、クリスマスパーティーをしたんだ。あたしたちも前を向こう……って。
　少しずつ……明るさと、家族の絆を取り戻している。
「ホームルーム始まるぞー。正月気分が抜けないヤツは帰れー」
　そこへ、空気を読めない担任が入ってきた。
　それでも、ガヤガヤとおしゃべりがやまない教室。
「じゃあ、先生からお年玉をやろう。5時間目の数学は、新年一発目の力試しテスト！」
「えー!!」
「どこがお年玉なんすかー!?」
　担任の鶴のひと声で、教室の中は大ブーイング。
　えっ!?　それだけは絶対にやめて〜っ！
　2学期は赤点を免れたけど、抜き打ちテストなんてされたら即アウトに決まっている。
　油断して、冬休みは勉強してないんだから。
「あきらめて、とっとと座れー」
　はぁぁぁ……。

ガックリしながら席に着く。
——ブーッブーッブーッ。
ブーイングにリンクするように携帯がふるえた。
ほら、携帯までブーイングしてるよ？
憂鬱な気分のまま、なんとなく、受信ボックスに指を滑らすと……。
「えっ！」
——ガタンッ。
本文を確認して、そのまま飛びあがるように席を立ってしまった。
「美桜、どうした？」
担任が怪訝そうな目をあたしに向けた。
だって……。
「り、理人が目を開けた……って！」
あたしは大声で言う。
今のメールはお父さんからで、「理人が目を開いた」と記されていた。
こんなの、冗談で送ってくるわけない。
授業中だと遠慮したのか、メールだったこの連絡は、翔平にも同時に送られていたみたい。
翔平の方を見ると、何度も確認するようにメールに目を落としている。
「ほっ、ほんとかっ！」
目を丸くして叫んだ担任を皮切りに、クラスメイトたちも次々に喜びを口にする。

「おっしゃあっ!!!!」
「正月にめでたいー!」
「ってことで、5時間目のテストはナシッ」
　お祝いムードに便乗(びんじょう)しようとする人まで出る始末。
　教室内は、瞬(またた)く間にハチの巣をつついたような騒ぎとなった。
「おおおまえら、今日はもういいから、ははは早く病院に行けっ!」
　噛み噛みになりながら、担任はあたしと翔平に早退するよう促す。
「は、はいっ!!!」
　あたしたちは、あわてて帰りの用意をした。
「莉子も行こう!」
　莉子の手も引っ張る。
「無理っ……」
「どうして?」
　あれだけ献身(けんしん)的に看病(かんびょう)していた莉子は家族も同然。
　一緒に行って当然でしょ?
「だって……お、お餅が……」
「お餅!?」
　わけのわからないことを言う莉子だったけど、頬に手を当てる仕草を見てわかった。
　さっき言っていた、お餅の食べすぎで顔が膨れてるってことなんだろう。
「そんなの、どうでもいいって!」

「むむむ無理だって！」

 あたしも今テンパり気味だけど、莉子のテンパり具合もハンパない。

 顔をまっ赤にして、首を横に振り続けている。

 眠っている理人の前には何度も足を運んでいたのに、ものすごい勢いで拒否し続ける莉子。

 でも、なんとなく理解できた。うれしい気持ちと同様に、いろんな想いが莉子にもあることを……。

「じゃあ、あとで連絡するね？」
「うん、待ってる……」
「美桜行くぞ！」

 準備が整った翔平に続いて、教室を出た。少しでも早く理人に会いたくて、タクシーで病院へ向かう。

「理人っ！！」

 勢いよくドアを開けたあたしたちを待っていたのは……つらい現実だった。
「……こういうことも、稀にあるんです」

 医師も落胆したように言う理人の姿は……いつもと変わらず、眠りについたままだった。

 一度、目が開いたのは自分の意志じゃなく、一種の反応みたいなものかもしれないと説明を受けた。

 喜びが大きかっただけに、あたしと翔平はしばらく口もきけないくらいのショックに包まれる。
「ぬか喜びさせて悪かったな。もう少し状況を確認してか

ら連絡するべきだった」
　お父さんも、ガックリ肩を落としていた。
　でも、また目を開くかもしれない奇跡を信じて、誰ひとり病室を離れられないでいる。
　祈るように手を握ったり、理人の名前を呼んだり、そわそわしながら時間を過ごした。

「母さんたち、先に食事してきて」
　結局、理人が目を開けることはないまま、いつの間にか夜の7時を過ぎていた。
「でも……」
　翔平がそう声をかけても、名残惜しそうになかなか理人のそばを離れないお母さん。
「お母さんたちが戻ってきたら、あたしと翔平も食事に行くから」
　そう言うと、お父さんが無理やりお母さんを外へ連れていった。
　ふたり残された病室。
「あんま気い落とすな。いつもの状態に戻っただけだ」
「……うん……」
　そういう翔平だって、ショックを隠せていない。
　お医者さんも言っていたとおり、長いこと目を覚まさない人が突然起きて、また長い眠りにつくこともあると、読んだ本に書いてあったのを思い出した。
　半年も無反応だった理人に、少しでも反応が見えたのは

うれしかった。
　けど、だからこそ、今度こそ長い眠りについてしまうんじゃないかという恐怖も襲う。
　……これじゃあ、莉子にも連絡できないよ。
　落胆しながら、日課になった腕のマッサージをしていた。
　そのとき。
「…………」
　指が、ほんの少しだけ動いた気がした。
　ピクッて、反応した気がしたの。
「翔平！」
「なんだっ？」
　緊迫したあたしの声に、翔平は向かい側から身を乗りだした。
「今ね、指が動いた気がしたの！」
「ほんとか？」
「うん。ほんの少しだけど」
「理人っ！」
　翔平も腕を握り、呼びかける。
　あたしが手をさする。
　また、ピクリ。
「「……!!」」
　あたしと翔平は目を合わせた。
　そして……。
「「理人!!」」
　あたしたちが声を合わせて名前を呼ぶと。

閉じた奥の瞳が動いたのか、理人の瞼にシワが寄った。
……っ。
お願いっ……。
今度こそ目を開けて……。
祈るように見守る。
……と、静かに、その瞼が開いた。
ここはどこなのかと、さまようように、瞳はゆっくりとこの部屋を１周し、翔平で停止した。
「理人わかるかっ!? 俺だ、翔平だっ！」
のぞきこんで、翔平がもう一度、呼びかける。
理人が……目を覚ました……。
今度こそ、まちがいないよね……!?
「理人っ！」
あたしも名前を呼んで、その手をキツく握りしめた。
「……ん？ なに？」
なにかを言おうとしているんだろうけど、長いこと声を出していないせいか、思うように出ないみたい。
何度か顔をしかめたあと、理人は振りしぼるように、喉の奥から声を出した。
「……昨日……は……悪かった……な」
かすれた第一声は、あたしたちを絶句させるものだった。
「「……っ」」
昨日って……。
理人はたった１日しか経っていないと思ってるんだ。
でも、その瞳はすぐに疑問の色を帯びた。

「翔平……殴られた……わりには……傷……ひとつねえのな……」

　理人っ……!!

「バカ野郎……ッ!　半年も経って……傷が残ってたら、たまんねえっての……」

　無理に笑おうとしながら暴言めいた言葉を吐いた翔平も、最後は涙声だった。

　手で口もとを覆い、嗚咽をこらえている。

　覆われているせいで半分しか見えないけれど、その顔はもうクシャクシャだ。

「半年も眠りやがって……っ……」

「……はん……とし……?」

　反対に首を振った理人の瞳が、今度はあたしを捉えた。

「理人……おかえり……」

　床に膝をつき、理人の顔に近づいた。

「……み……おう……」

　この瞳も。

　その声も。

　すべてが、なつかしくて愛おしい。

　目が覚めても、記憶の欠落や後遺症の可能性があると言われていた。

　覚悟はしていた。

　けど、理人はあの日の記憶も持っていて。

　あたしたちのことも、ちゃんと覚えててくれた……。

　こんなにうれしいこと……ないよっ……。

「……俺……半年も……眠ってた……わけ……？」
　目の前では、驚きを隠せない理人。
　一日なのか半年なのか、わからなくて当然だよね。
「……母さんたち、呼んでくる……」
　まっ赤な目をあたしに向けた翔平は、そう言って病室を足早に出ていった。
「なんだよ……俺……浦島太郎じゃねえか……」
　フッと笑った理人は、半年も眠っていたとは思えない冗談を言った。
　でも、それが理人らしくて、たまらなくうれしい。
「そうだよ。季節なんて、とっくに変わっちゃったんだから……」
　長袖(ながそで)のブレザーを掲(かか)げてみせた。
「……なぁ……莉子は……？　いねぇの…？」
　理人はキョロキョロと目線を動かす。
「莉子？　うん……。でもっ、明日には飛んでくるはず！」
「……そっか」
　莉子にも、すぐ知らせてあげなきゃ。
　理人はまた、じっとあたしを見つめる。
「心配……かけて……ごめん」
「いいの。目を開けてくれただけで……」
「美桜……悪かったよ」
「だから謝らないでって……」
「……キス……したりして」
「…………」

それも、覚えていたんだ……。
記憶のひとつもゆがんでいなかったことが、ただ、うれしかった。
理人がちゃんと戻ってきた証拠だから。
でも、だとしたら……。
あの日の記憶をそっくり残してるってことは、痛めた胸もそのままなんだと思う……。
事故の傷は治ったけど、心の傷も、また目を覚ましたと思うから。
忘れ去りたい過去は消せなくても、幸せだった記憶が消えてないならそれでいい。
つらい過去は、あたしたちと一緒に乗り越えよう。
「ありがとう。目を覚ましてくれて」
あたしは気持ちを込めて、理人の頬にそっと触れた。
「美桜の手……あったかい」
「うん。外は、雪だよ……」
窓の外には、チラチラと小雪が舞っていた。

手放した理由

　理人が目覚めて１週間。
　いろいろと検査をするため、まだ入院中だけど、その回復ぶりには医師団も例がないと言って驚くほどだった。
「……でね……そのとき、先生ったら……」
「おい、もう６時半だぞ」
　ついついおしゃべりに夢中になっていたら、時間を忘れていた。
　聞き飽きたのか、話を中断させた理人が時計を指す。
「えっ、ウソッ！」
　久しぶりにする理人との会話が楽しすぎて、ここへ来るといつも話しこんじゃうんだ。
　学校のこととか、家での翔平の様子とか、しゃべることはたくさんあった。
「そういうのは女子会でやれよ」
　理人はあきれたようにベッドに背をつけた。
「もう。理人だって、どうせ退屈（たいくつ）してるんだからいいでしょ!!」
「ははは。相変わらず、家の手伝いしてないんだろ」
　ようやくコートを羽織（はお）って帰り支度を始めたあたしに、ヤジが飛ぶ。
「相変わらずって、なによー。今までもしてたでしょ」
「そうだったかあ？　こんなとこ来てねえで、料理のひと

つでも覚えた方がいいんじゃね？」
「理人ー！」
　理人も翔平もふた言目には、それなんだから。
「うっ、痛いっ」
　振りあげた手は、いとも簡単に捕まえられた。
　……でも、その力強さがたまらなくうれしかった。
　生きてる……理人はなにも変わってない、そう実感できるから。
「ああ、わりぃわりぃ。半年もなまけてたわりには、思ってたほど筋力落ちてなくてよ。……いつもマッサージしてくれてたんだろ。翔平から聞いた」
　手のひらをグーパーしながら、理人はさらりと言う。
　……翔平が……そんなことを……？
「……あたしだけじゃないし、もともと莉子が最初に始めたことだから」
「うん、莉子にもちゃんと礼言ったよ。だから美桜にも。……ありがとう」
　理人らしいまっすぐな優しさに照れたあたしは、マフラーで口もとを覆った。
　そんな簡単には理人の傷は癒えないけど、半年眠り続けていたという事実から、あたしたち家族へ感謝の言葉をいつも言ってくれる。
　もういいよっていうくらい。
　お父さんとお母さんの口から、ほんとの両親の最後については伝えられたみたい。

その場には居合わせなかったけれど、理人はもう取り乱すこともなく、静かに話を聞いていたらしい。
　赤ちゃんだった理人が無傷だったことを伝えると……涙をこぼしていたって。
　今の理人は、もう前だけを見て進もうとがんばっている。
　きっと、その強さを持てるときが来たから、理人は目を覚ましたんだね……。
「いよいよだね、退院」
　予定では、明日の午後。
「おう。今まで迷惑かけて悪かったな」
「迷惑だなんて思ったことないよ。だって、あたしたち、家族でしょ？」
「サンキュ。俺の見舞いから解放されたら、翔平とのデートに励めよ」
「…………」
　指先であたしをつつく理人は、いったい、どんな気持ちで言っているんだろう。
　自惚れるわけじゃないけど、やっぱり心に引っかかる。
　あたしを……。
　……好きだったって……気持ちも……覚えてる……？
　理人は、あたしが知らないと思っているだろうけど、あたしは知っちゃった。
　……この気持ち、うまく隠せてるかな……。
「美桜……？」
「ん？　ああっ……そうだね！」

翔平も理人に言ってないんだね、あたしたちが別れたこと。今は、彩乃ちゃんと付き合ってること……。
「暗いから、気をつけて帰れよ」
「うんっ。理人も、あったかくして寝てね」
　ウソを見破られないように、病室を出るまで笑顔をつき通した。

「……あれっ？　ない」
　携帯がないのに気づいたのは、自転車置き場まで来たときだった。
　お母さんに今から帰るよって電話をしようとして、手を突っこんだコートの中に、いつもあるはずの携帯がなくて。
　最後に使ったのはいつだっけ？
　学校かな？　それとも病室で出した……？
　記憶はないけど、病室なら今からでも戻れるし、念のため確認しておこうと病院内に逆戻りした。
　毎日長居(ながい)しているから問題児のあたし。
　さようならと声をかけたのに、また？という目をしたナースステーションの看護師さんに軽く会釈(えしゃく)して、理人の病室を目指す。
「……ふざけんなっ！」
　扉の前まで来たとき、理人の怒号が中から聞こえてきた。
「……んなの初耳だぞ!?」
　誰かと電話しているの……？　なにをそんなに怒ってるの？　そんなに興奮したら体に障(さわ)るのに……。

「……俺じゃ……無理なんだよ……」
　そのとき……もうひとり、声が聞こえた。
　ボソッとした声だったけど、すぐにわかった。
　翔平だ……。
　どうやら、あたしと入れ替わりで来たみたい。
　……こんな遅い時間に……急用でも？
　立ち聞きなんてよくないけど、このタイミングで中に入っていくのも気が引けて。
　なにが"無理"なんだろう。
　その先も気になって、悪いと思いながらも足を止めてしまった。
「てめえ、マジふざけんなよ？　無理ってなんだよ!?」
「……っ」
　布団のめくれる音と、翔平の息をのむ声。
　……多分、理人が翔平の胸ぐらをつかんだんだ。
　まだ、万全の体じゃない理人。
　止めないと!
　音でそう察知したあたしは、扉を開けようとした。
　けど……。
「美桜は、俺なんかと付き合っちゃいけねえんだ……」
　続けて出された翔平の声に、その手は止まった。
　俺なんかと、付き合っちゃいけない……？
　あたしの名前が出てきたことにも驚いたけど。
　もっと驚いたのは内容。
　なに、それ……？　翔平は、あたしと付き合えない理由

があって別れたの……?

　ちがうでしょ。理人を目覚めさせたいから、そうしたんでしょ!?

　なのに、今の言葉はなに?

　もっと……他に理由があったみたいじゃない!!　翔平は、あたしになにか隠していたの……?

「笑わせんなよ。付き合っていいとかいけねぇとか、今さら、なんなんだよ?　兄妹なのは、はじめっからわかってたことだろうよ!　翔平の覚悟は、その程度のもんだったのか!?」

　ドクンドクン。

　あたしの心臓がイヤな音を立てる。

「ちげえよっ!!!!」

　翔平も声を荒げる。

　まるで、あのときのようだった。

　別れを決断する直前、あたしを抱きしめながら『どうしていいか、わかんねぇんだよっ……!!』そう言ったときの翔平……。

　……苦しそうに。

　……やりきれなさそうに。

「じゃあ、なんだよ」

　言えるものなら言ってみろというように理人が挑発したあと、病室は静まり返った。

　……知りたい。

　でも、怖い……。

そんな葛藤の狭間で、足がすくんで動けなくなっていた。
言いたくないのか、翔平はなかなか口を開かない。
でも、翔平は、あたしがここにいるなんて知らないから、きっと話すはず。
明日退院するのに、あたしが帰ったこんな時間を見計らって来たくらいだ。
なにか、決意を感じる。
ドア一枚を隔て、あたしはじっと息を殺していた。
……いったい、なにが……？
「親だよ……」
……親？
ドクン……ドクン……。鼓動が加速する中、一層神経を集中させて耳をそばだてた。
「親……って、翔平の産みの親か？」
理人が返した言葉に、それはちがう、とすぐに思った。
そんなことを翔平が口にするはずない。
翔平は実親については、なにも知らないはずだし、第一、知りたくないんだから……。
けれど。
「ああ」
翔平の相づちに、あたしはその場で目を見開いた。
あたしはともかく、翔平から実親の話が出るなんて、ありえない。
なにがどうなってるの……？
翔平はなにかを知ったの……？

「俺も……見つけたんだよ」
「……見つけた？」
「あの倉庫で」
　……っ。
　倉庫!?
　……ウソだ。産みの親についてなんか知る必要ない。
　翔平は、あたしにそう言ったよね!?
　倉庫になんか入ってないよね!?
　信じられない思いでいっぱいの中、無情にも会話は続けられる。
「……なにを……見つけたんだよ」
　自分のときのことを思い出したのか、さっきまでとはちがい、ひどく慎重(しんちょう)に言葉を落とす理人。
「とんでもない、事実だよ」
　それに答える翔平も、なにか覚悟を決めたかのような、ゆっくりハッキリとした口調。
　……なに？
「俺の母親、殺人犯だったよ……」
「……っ」
　理人と同時に、あたしも息をのんだ。
「母親が、父親を殺したんだ……」
　……翔平の実のお母さんが、実のお父さんを……？
「まさか、ほんとに自分の親にたどり着くなんて思ってなかった。半信半疑で倉庫の扉を開いた。その結果がこれだ」
「……マジ……かよ……」

「笑うしかないだろ。殺人犯の息子なんて」
「いや、笑えねえだろ」
　自嘲する翔平に、真剣な声色の理人。
　そんなの……きっと、なにかのまちがいだよっ……。
　壁に這わせた手を支えにしながら、あたしはそのまま床に崩れ落ちた。
「……で……今、どうしてんだ……母親は……」
「実刑が出て服役中。父さんが刑務所からの手紙をやり取りしてるらしい。倉庫の中の引き出しに十数通あった」
　衝撃的でとても重い話に、あたしは息をするのもやっとなのに。
　淡々と会話を続けていくふたりが信じられない。
「手紙？　それなら俺らだって気づいたんじゃないか？」
「私書箱止めにして、家には届かないようになってた」
「なるほど……」
　お父さん……そこまで警戒してたの……？
「……翔平……平気か……」
「同情ならいらない」
　ぴしゃりと言い放つ翔平は、理人とは対照的だった。
　ビールまで飲み、荒れた理人とはちがい、冷静に事実を捉えている。まるで、他人事のように。
　……いつ？　いつ、翔平は倉庫を調べたの……？
　あたし、翔平の変化は、なにひとつ感じなかった。
　家では顔色ひとつ変えなかった翔平。
　泣きもせず。

苛立ちもせず。
お父さんやお母さんに問いただしもせず。
……っ。なんで……っ!!
「美桜も……倉庫を調べたのか?」
「……いや……俺が止めた。この分じゃ、なにが出てきてもおかしくない。カギもわからないように隠したから、大丈夫だろう」
思わず、ゴクリと唾を飲みこんだ。
……あたしが倉庫に入ろうとしたとき、たしかにカギは開いていた。
けれど、次に見たときにはしっかり閉まっていた。
きっと、理人が倉庫に入った日からカギは開いていて、あとでお父さんが閉めにいったんだと思っていたけど。
「……っ」
あたしは気づいてしまった。
『やめとけ』
あたしが倉庫に立ち入るのを咎めたときには、すでに中を調べたあとだったの……?
あたしが知りたいと思ったように、翔平も……?
『知って、今より不幸になったら?』
……あの言葉は。
『マイナスなことを考えずに、ただ知ろうとする方が理解できない』
……冷たく聞こえたあの言葉は。
『それで、理人はどうなった?』

……理人と同様、悲しい事実を知った翔平が、身をもってあたしに訴えていたんだ。
　あたしには、そんな思いをさせないようにって……。
「……うっ……」
　倉庫を開けさせないようにしたのは全部、翔平の優しさだったんだね。
　あたし、なにも、知らなくて……。
　ふるえる拳を握りしめながら、後悔ばかりが押しよせる。
「……事情はわかった。けど、それが美桜と別れる原因にはならないだろう」
「ほんとにそう思うか!?」
　理人の冷静な声に、再び声を荒げる翔平。
「人殺しなんて、この世で一番の大罪なことくらい、理人だって、わかるだろ!?」
「……っ……それでも……翔平は産みの親なんて、今まで関係ねえって顔してたじゃねえか！　それを通して、切り捨てればいいだろ！　なんで今になって……」
「べつに、親の罪を背負って、日陰で人生を送ろうなんて気はない」
「じゃあっ……」
「ただ……その汚い血が俺の中に流れてるかと思うと……ゾッとすんだよ」
　翔平、やめて……。
「俺には殺人犯の血が流れてる。おそろしいことをしでかす血が流れてるっ……」

お願いだからっ……。
「……こんな汚い血の俺が、美桜に触れるなんて……俺が許せねぇんだよっ……！！！！」
　——ガッ。
　翔平が壁を殴ったのか、鈍い音が廊下まで響いた。
　……変化があったとすれば。
　それは、急にあたしと距離を置いたこと。
　兄妹に戻るだけだと思っていたのに、異様なほど淡々とあたしに接して。
　ふたりきりになるのも極力避けられていた。
「…………」
　はじめて……わかったよ。
　誰にも見せなかった翔平の葛藤や苦悩は。
　そもそも実の両親へ向けられたものじゃなくて……あたしへ向けられたものだったことに。
「……理人だって、そう思うだろ……」
　あきらめにも似た投げやりな言葉は、同意を促す。
　そんなことないって言ってよ……理人っ！！！！
　あたしは理人に伝えたでしょ！？　親がどうであろうと、自分は自分だって。
「翔平は、翔平だろ……？」
　……言ってくれた。
　あたしが理人に伝えたことは届いてた。覚えててくれた。
　そう、翔平は翔平だよ……。
「……だからだよ」

「あ？」
「美桜なら、そう言って泣くのがわかるんだ。だから、美桜に言うことも……俺が知ったって、父さんに言うつもりもねえ」
　それは響くどころか、翔平の想いはその裏を突いていた。
「やっと……美桜とは前みたいに戻れたんだ。だから理人も……余計なこと言わないでくれ」
　体の中に、冷たいものがスッと通り抜けた気がした。
　あたしをよく知りすぎた翔平は、最初からすべてを計算して自分からあたしを遠ざけたんだ。
　理人のためだと言って選んだ別れも、あたしを避け続けたのも、彩乃ちゃんと付き合いはじめたのも、そういうこと……？
　どうして、そこまで自分を追いつめるの……？
「そうか……」
　どんな表情で言っているかわからない理人のひと言に、あたしは胸騒ぎを覚えた。
　だって、翔平の意志を受け止めてしまったように聞こえたから。
　そして、理人自身も、なにかを決意したように……。
「翔平が、本気で美桜を手放すなら……」
　やだ。どうしてこんなに胸がざわつくの？
　イヤな予感がして、たまらない。
　そしてすぐに、それは現実のものとなった。
「……今度は、譲(ゆず)らない」

……今度は。
　それは、親に捨てられた翔平に遠慮して、理人が自分の気持ちを抑えていたということ。
　そして、あたしへの想いが本物だったと、はっきりした瞬間。
「……好きにしろ」
　面会時間の終わった冷たい廊下。
　翔平の声が、悲しく響いた。

　まっ暗な部屋で布団をかぶる。
　あれからどうやって帰ってきたのか、よく覚えていない。
　気づいたら自分の部屋にいて、ご飯も食べずに、布団にくるまっていた。
　寒さなのか恐怖なのか、わからないふるえに、ただ体をガタガタさせていた。
　自分の母親が、父親を殺した……。
　たとえ顔は知らなくても、同じ日本のどこかに存在している人。……血のつながった人。
　ようやくたどり着いたその人が、犯罪者だと知ったら。
　……あたしだったら。
　きっと、生きているのも苦しくなるほど追いつめられるはず。産まれてきたことさえ、否定したくなるかもしれない……。
　手かがりになる物があるなら、なんでもいいから見つけたい。

あたしがそう思ったように、翔平も……同じ気持ちだったんだね。
　翔平の、人には見せない本心を知り、つぶった目からは涙があふれだす。
　翔平は、あたしを好きになって、実親のことを考えるようになったと言っていた。
　頑なに拒み続けていた実親のことを、そんな風にまで思えるようになった。
　それなら……知りたいという気持ちになったのも……倉庫を開けさせてしまったのも。
　……あたしの、せいだ。
『親の罪を背負って、日陰で人生を送ろうなんて気はない』
　それは完全に、親の存在を否定した言葉。
『ただ……幸せでいればいいな、とは思う』
　いつか芽生えた優しささえ、踏みにじられて。
　どうして、神様は試練ばかり与えるの……？
　理人も。翔平も。
　どうして、そんなにつらい運命を背負うの？
　あたしたちはただ、支えあって寄り添いあって生きていきたいだけなのに。
　理人がようやく目覚めたというのに、新たに降りかかる試練に神様すら信じられなくなる。
　あたしが、すべて知ったと打ち明けたら、なにかが変わる？　いや。もしかしたら、あたしの前から姿を消してしまうかもしれない……。

翔平の覚悟からは、そんな気迫さえ感じられた。
　弱音を吐かない、周りに流されない翔平が口にした覚悟を、あたしは溶かす術もわからない。
　あたしは……どうすればいい？
「……寝てんのか？」
　いつの間にドアが開いたのか、翔平の声がした。
　同時に電気がつけられ、まぶしさに目がくらみ、一瞬目をつぶる。
「メシも食わなかったとか、具合でも悪いのか？」
　中へ入ってきた翔平は、ベッドで寝ているあたしの真横で足を止めた。
「携帯忘れてきただろ。理人の病室にあったぞ」
　そして、あたしの携帯を枕元に置いた。
　……やっぱり、病室に忘れていたんだ。
「……ありが……とう……」
　翔平の顔は……いつもと変わらない。
「大丈夫か？　インフルエンザもはやりだしたから、気をつけろよ？」
　そう言って、布団をかけ直してくれる。
「……その手」
　落とした視線に、包帯の巻かれた翔平の左手が映った。
　一瞬、顔を固まらせた翔平がそれをうしろへ隠す。
「ああ、これ。部活中にちょっとな」
　……ちがう。あたしはこの傷ができた瞬間も、その理由も知ってるっ……。

行き場のない憤りとくやしさを、拳に込めたことを。
「顔色悪いぞ？」
「…………」
「動くのつらいなら、ここにメシ持ってくるか？」
「……いらない」
　子どものように言ったあたしに、翔平は苦笑いする。
「明日、理人退院だろ。美桜が具合悪いと理人もガッカリするから、早く寝て直せよ」
　そう言って優しく頭を撫でた。
　翔平の指が触れる感覚に、心臓がドキリと高鳴る。
　これは、妹への優しさ？
　それとも、あたしを手放した、負い目……？
"俺が守る"、そう言ってくれたでしょ？
　世の中を敵に回しても"愛してる"、そう言ってくれたでしょ？
　どうして、あたしをあきらめるの……？
　それだけあたしを想ってくれてるなら、なにもおそれないで、ぶつかってきてよ。
　理人は、譲らないって宣言したよ？
　……あたしへの気持ちは……どこに隠しているの……？

偽物(にせもの)の笑顔

　翌日。
　学校から帰ってきてまず耳に入ったのは、お母さんが料理を作っている音。
　今夜は、退院祝いのパーティーをやると言っていたっけ。
　軽やかな包丁のリズムが、うれしさを表していた。
「よお」
　靴も脱がないうちに、スッと立ちはだかるように、あたしの前に理人が現れた。
　……理人。理人が家にいるなんて、夢みたいで、すごくうれしいのに……。
「……お、おかえり……」
「なんだよ。もしかして、あんまり歓迎(かんげい)されてない？」
　微妙なあたしの反応に、ちょっぴりふて腐(くさ)れ顔の理人。
「……そんなわけないじゃん」
　無理して作った笑顔が、バレちゃったかな……。
『今度は、譲らない』
　昨日の理人の宣言が耳にこびりついて、うまくその顔が見れないよ……。

「わ、うまそ」
　久しぶりに５人で囲む夕飯。
　食卓に並べられた料理を見て、理人が目を輝かせた。

「病院食ばかりで飽きたでしょ。それに、この半年は点滴からの栄養ばかりだったんだもの。しっかり食べて体力つけなさいね」

から揚げに、焼肉に、お刺身に、温野菜。そして、ケーキまで。
「しっかし、大量に作ったな。食えんのか？」

翔平も目を丸くするほどの量。

退院祝いだから特別なのよって、お母さんは笑っていた。

せっかくのパーティーなのに、あたしの心の中はモヤモヤしたまま。

昨日あんなことを聞いちゃった今、楽しい気分になんか、なれっこない。

みんなが笑いながら食事する姿を、あたしは少し冷めた目で見ていた。

食事も終盤に差しかかった頃。
「ねぇ、理人の療養も兼ねて、来月あたり、家族で温泉旅行でも行かない？」

お母さんの提案に、理人が目を輝かせた。
「それ賛成っ！」

そして、自由に動かせるようになった腕をめいっぱい宙に突きあげた。
「温泉っつっても混浴じゃねえぞ」
「チェーッ、つまんねぇの」

翔平が笑いながら言うと、理人が茶目っ気たっぷりに口を尖らせた。

「ふふふ、理人ったら」
「少しはリセットされて、マトモになりゃよかったのに」
「まあいいじゃないか。理人らしくて、お父さんは安心したぞ。アハハハ……」
　お母さん、翔平、お父さんの笑い声が順に響き渡る。
「そうだわ。理人の荷物は和室に置いといたから、しばらくはそこを使いなさい」
　笑いすぎて目尻に溜まった涙をぬぐいながら、思い出したようにお母さんが言った。
「なんで？」
「まだ階段の上り下りは負担でしょ？　あぶないわ」
「そうだな。そうする」
　素直に理人がうなずく。
「まだ、思うように体が動かないこともあるだろう。家族みんなで協力するから、無理はするなよ」
　お父さんは理人に言いながら、あたしたちにも通達するように目を向けた。
　お母さんも翔平も、うなずいている。
　でもあたしは、違和感を覚えた。
　家族……？
　家族って、なに……？
　家族だと思えた瞬間、いつもそれが壊されていく。
　あたしは家族だと思いたかったのに、そうさせてくれない現実がある。
　いつまで、そうして翔平は笑っているつもり？

理人も、これでいいと思ってる？
　お父さんもお母さんも、まだ秘密を隠してて。
　秘密を知った翔平は、知らないフリを通してる。
　こんなの、家族だなんて言えないでしょ!!
　……っ。
　吐き気が襲ってくる。
「……美桜どうした？　全然食ってねえじゃん。ほら、これ好きだろ」
　理人があたしの取り皿に、甘エビの刺身をのせた。
「あたし、ちょっと具合悪い……」
　せっかくの理人の退院祝い。
　空気くらい読まなきゃいけないのは、わかってる。
　でも、もう限界だった。
「……美桜？」
「ごめん……」
　心配そうな理人に謝って、フラフラと立ちあがる。
「自分で部屋行けるか？」
「平気」
　立ちあがり、手を伸ばしてきた翔平をかわす。
「本当に大丈夫？」
　お母さんも眉根をさげて、そう言ってきたけど。
　……優しくしないで。
　その心配も、その優しさも、ウソに思えて仕方ないの。
　なにがあっても、一生懸命家族でいようと思っていたのに。その顔の下で、みんな、あたしを裏切り続けてる。

お母さんへ冷たい態度を取ってしまったことを反省して、家族で力を合わせようと心を入れ替えたあたしの気持ちも踏みにじって。
　あたしだって、もう限界なの。
　お父さんも、お母さんも。
　翔平も理人も。
　もう誰も、なにも、信じられない……。

「待って……置いていかないで……」
　どこだかわからない、まっ白な世界。
「お願いだから、ひとりにしないでっ!!」
　泣き叫ぶあたし。
「アンタは、生まれてきちゃいけない人間だったのよ」
　必死に追いかけるあたしを振り払うのは……顔のない女の人。
「待ってよ!!」
　振り向きもせず、そのまま、あたしを置いて去っていく。
　待ってぇぇぇっ……!!!!

「はぁっ……!!」
　気がつくと、ここはベッドの上だった。
　……夢……か。
　体中にびっしょり汗をかいて、髪の毛も首に絡みついている。
　あれから、あたしは3日連続で同じ夢を見ている。

そして、うなされて、飛び起きて。
もう……眠るのが……怖い。
きっと顔のない女性は、あたしの……産みの親。
産んで、捨てた親。
夢の中に、こうやって毎晩毎晩、現れる母親らしき人物。
理人も翔平も真実を知ったのに、あたしだけ生い立ちを知らないことに、潜在的に劣等意識を抱いている証拠かもしれない。
産みの親は、いったい、どこでなにをしているの？
あたしは生まれてきちゃいけない人間だったの？
あたしはどうして捨てられたの……？
やりきれない思いをかかえながら、びっしょりになった服を着替えていたとき、ふと思った。
……倉庫。
あたしにだってまだ手がかりを探る方法は残されている。翔平も理人も、そこで見つけたんだから。
そう思ったとたん、あの日と同じような緊張感に支配されていく。
でも。
……カギ。
翔平は隠したと言っていた。
けど、翔平の物でもないのに、おかしなところに隠せるはずもない。
きっと、リビングのどこかにあるはず。
そう思ったら、いてもたってもいられず、あたしは部屋

をそっと出た。

　もう深夜で、家の中は寝静まっている。

　誰にも気づかれないように一階におりて、リビングの明かりをつけ、まず最初に開けたのは電話が置いてある棚。

　引き出しをひとつずつ開け、書類の束(たば)や雑貨をかきわける。念入りに探したけど、カギは見つからない。
「じゃあ、ここ……？」
　──ガシャンッ。
「あっ……」

　勢い余って肘が当たり、ペン立てが倒れ、ペンが床に散らばってしまった。

　その瞬間、あたしの中でなにかが弾けた。
「……っ、どこっ……！」

　リビングにある棚という棚をすべて探り、引き出しの中身をぶちまけ、引っかき回す。

　もう、無我夢中だった。

　自分じゃ、コントロールが利かないくらい。

　絶対に見つけるという唯一の使命のために。
「どこにあるのよっ……」

　それさえ見つければ、あたしも実親について知ることができる。

　どんな事実が発覚したって怖くなんてない。

　ショックなんて受けない。

　知らないことの方が今は怖いの。顔のない、あの夢を見続けるほど怖いものなんてないんだから……。

「美桜……？　なにしてんだ？」
　となりの和室で眠っていたはずの理人が、いつの間にか、そこに立っていた。
「なんだよ、これ……」
　まるで泥棒が入ったあとのような足の踏み場もないリビングに、唖然とした様子で。
「……っ、邪魔しないで……」
　そんな理人を無視しながら探る手を止めないでいると、続けてバタバタと足音が聞こえてきた。
「何事だ!?」
　リビングに飛びこんできたのは、翔平とお父さん。
　……っ。
　あたしは翔平に歩みよった。
　お父さんに聞かれたってかまわない。
「カギはどこ!?」
　探して見つからないなら聞くしかない。
「カギ？」
「倉庫のカギだってば!!」
　そう言いながら、翔平の両腕をつかんで揺さぶった。
"あたしは全部知ってるの"
　そんな目で翔平を見あげると、とても困惑した顔で翔平はあたしを凝視した。
「カギって……なんで俺が……」
「ごまかさないでよっ！」
　ここまで来てもしらばっくれる翔平に、あきれるのを通

り越して、笑いさえ出てくる。
　ほんとに翔平は、ウソが上手だね。あたし、全然気づかなかったもん。
　そうやって、半年もあたしをだまして。ひとりで勝手にあたしから離れて……っ。
　このくやしさを、どこにぶつければいいのっ……？
　涙があふれてくる。
「……うぅっ……」
　翔平の体からズルズルと腕が滑り落ち、あたしは床に手をついた。
「……美桜？」
　頭の中がグワングワン揺れる。
　次第に、顔のない女性が脳裏に映しだされる……。
「いやっ」
　それを消したくて、頭をかかえながら首を振った。
「いやあああああああっ!!!!」
　消えてっ！　消えてよ……!!
　ガバッ……!
　暴れるあたしの体を、うしろから誰かが押さえつけた。
「落ち着けって!」
　……理人だった。
　その力強さに、あたしは一瞬にして動けなくなる。
「……っ」
　それがくやしかった。
　男の人は力も強いし、精神的にも強いかもしれない。

だから翔平や理人は、あたしが傷つかないようにと隠すんだ。
　でも、それは優しさとはちがう。
　あたしがほしいのは、そういう優しさじゃない。
　同じ立場のあたしたちだからこそ、すべてを共有して支えあいたいのに。
「……どうして、あたしは知っちゃいけないの……？　あたしだって、知りたいのに。知りたいと思うのは悪いことなの!?　ねぇ、どうして……っ!!」
　だって、自分自身のことなんだよ？
　知ったあとの責任くらい、自分で取る。
　誰にも止める権利なんてないはず。
「……あたしは、みんなが好きだった。……この家が大好きだった。でも、今はそうじゃないっ！　誰がこんな風にしたの!?」
　あたしが大好きだった家族は……どこへ行ったの？
　どうして、こんな風になっちゃったの？　誰のせい？
「全部……全部、隠してた、お父さんとお母さんのせいじゃないっ……！」
　想いのままに叫ぶと、家の中は一瞬静まり返った。
「美桜……言いすぎだっ……」
　その直後、まだあたしから手を離さない理人が、あせったように耳もとでささやく。
　手に込める力が、グッと強くなった。
「……なによ……理人も翔平も。……いつまで隠しとくつ

もりなの?」
 くやしくて吐き捨てるように言うと、あたしの前で放心したように突っ立っていた翔平が、半歩あとずさりした。
 カギの場所を聞かれたときから予感はあったんだろうけど、きっと今、わかったんだろう。
 だから、それをあたしは口にした。
「……親のことを、知ったってこと」
 ……お父さんに秘密にする? そんなの、あたしが知った時点で無効でしょ。
 そう思いながら見あげた先には、かすかに揺れる瞳が映り、反射的に目を逸らした。
「……どうして、それを美桜が……」
 乾ききったような口もとを、なんとか開く翔平。
「あたし、この間、病院で全部聞いたんだから」
「「……!!」」
 翔平だけじゃなく、理人が息をのむ気配も伝わってくる。
 その証拠に、あたしを押さえる理人の手が油断した。
「翔平……まさか……」
 にじんだ目に、顔面蒼白(そうはく)のお父さんが映った。
 そうだよ。
 なにも知らない顔して笑ってた翔平は、お父さんの隠した秘密を、とっくの昔に見つけてるんだよ……?
 手がかりはないって、だましているつもりが……逆に、だまされていたんだよ?
 これが、家族……?

「みんなみんな、秘密ばっかりじゃない!! この家のどこに真実があるの!? なにが家族よっ!!!!」
　理人が油断している隙に、腕を振りはらった。
「美桜っ!!」
　そのままリビングを出ようとしたとき。
「行かせないわっ……!」
　目の前に両手が広げられ、進路がふさがれた。
「…………」
　凛とした表情のお母さんが視界に映ったあと、その手はあたしを包みこみ、キツく抱きしめられた。
「……ダメよっ、ダメッ……!!」
　あたしはただ、部屋へあがろうとしただけなのに。
「絶対に、行かせないっ!!」
　お母さんは、決してあたしを離そうとはしなかった。
「……っ」
　言っている間に気持ちが高ぶったのか、最後は狂ったように叫ぶ。
　お母さんの頭の中には……よぎったのかもしれない。
　あの最悪な夜が。

生い立ち

「……行か……ないよ」

……はっ、と目が覚めた。

あの夜のことは、あたしだって、よく覚えている。

こんな言い争いをしたあと、理人がどうなったか。

「はぁっ……」

お母さんはあたしを抱きしめたまま、力が抜けたように床に膝をつく。

もう抵抗することなく、あたしはおとなしくお母さんに抱きしめられたままでいた。

──カタッ。

散乱した部屋は、そのままに。

ダイニングテーブルに着いたお父さんを筆頭に、翔平が同じくダイニングテーブル、理人がソファに腰をおろした。

「……翔平も、倉庫を見たのか？」

お父さんが難しい顔をしながら投げた問いに、翔平は観念したように、うなずいた。

「いつだ？」

「半年前……」

「……そうか。そんなに前から……」

……話してくれるのかな。

やり取りを聞きながら、そんな風に思う。

天を仰いだお父さんは、今いったい、なにを思っている

んだろう。
　知ったことを打ち明けず、なにも咎めず、笑顔で居続けた翔平を。
　お父さんは瞬きもせずにじっと一点を見つめ、やがて意を決したように口を開いた。
「……そうだな。お前たちはもう、小さな子どもじゃない。俺たちのエゴで伏せておいても、結局お前たちのためにならないだろう」
「あなたっ……」
　お母さんの、あたしをつかむ手に力が入った。
「子どもたちは俺らが思っているより、ずいぶんと大人になった。自分たちの出生について知りたいという欲求を持つのは当然だ。いつかは話さなきゃいけないと思っていたんだ。だったら、それは今なんだろう」
　お父さんが向けた目に、お母さんはそれ以上なにも言わなかった。
　……それほど、つらい事実が待っているのだろうか。
　でも、あたしは大丈夫。ようやく真実がわかると思っただけで、心の中の重りが軽くなった気さえするから。
「その代わり、なにを聞いても耐える自信はあるか？」
　お父さんの目は交互にあたしと翔平に向けられ、ふたりで、ほぼ同時にうなずいた。
「翔平は……手紙を……見たんだな？」
　開かれていく禁断の扉に、鼓動が加速する。
　再びうなずいた翔平を確認して、お父さんは話しだした。

この家に１通の手紙が届いたのは、翔平が３歳になった年。それは、とある刑務所からで、差出人は翔平の産みの親の名前だった。
　刑務所に入所して２年。そこでの暮らしにも慣れたから、手紙を出した、と書いてあったという。
　子どもたちの目に触れないように、ふたりは文通をそっと続け、それは今でも続いているそうだ。
　４月には、高校へ入学した翔平の写真も添えたらしい。
「ご主人は、職にもつかず、昼間からお酒を飲んでは暴力を振るう毎日。逃げても逃げても見つけだされ、翔平がお腹にいたとき、何度も命の危険を感じたそうだ。翔平を無事に産んだが、翔平にまで危害を加えそうになり……」
　そこで口をつぐむお父さん。
　その先は、きっと、病室の外で聞いたことだ。
　母親が……父親を……。
「……とっさに思ったそうだ。翔平に、殺人犯の子の汚名は着せられない。もう一度、翔平を生まれ変わらせてあげたいと」
　そして、救いを求めるように、この教会にたどり着き、翔平を置いた……。
「その瞬間に、翔平は生まれ変わったんだと、彼女は言っていた。翔平の名前は、教会の前で付けたそうだ。人は誰でも平等に幸せになる権利がある、自分の思うままに、自由に翔んでほしい……。名前には、そういう願いが込められているそうだ。彼女は、母だと名乗ることは望んでない

が……翔平の成長を、とても喜んでいるよ」
　翔平は、静かに涙を流していた。
『……くだらない』
　いつか、テレビで見ていた他人の涙の再会に、おそらくそう感じていた翔平。
　でも今は、母親の想いに寄り添って涙を流している。
　捨てられたのは、くやしい、憎い。
　けど、翔平は優しいから……。
　もしかしたら翔平は、産みの親を許す自分が怖くて、あれだけ頑なに、知ることを拒んでいたのかな。
　理由を知ったら……多分、許してしまうから……。
　下を向きながら目頭を押さえる翔平に、かける言葉が見つからなかった。
　重い真実を、ひとりで背負う覚悟を決めていた翔平の背中は、大きな荷物をおろしたように見えた。
「そして、美桜」
　席を立ったお父さんが、あたしの目の前で胡坐をかいた。
　緊張が、増す。
「美桜の産みの親が残したものは、あの倉庫には、なにもないんだよ」
　お父さんの放った言葉に、あたしは落胆した。
「……ウソッ」
　だまされない。理人と翔平のがあって、あたしのだけ、ないわけない‼
「ウソじゃない」

お父さんは強い声で言いきった。
「それは本当なのよ……」
　あたしの手を握りしめながら、お母さんも。
「……っ……そんな……」
　名前もなかったように、あたしには出生の秘密もなかった。あたしは、ほんとの孤児(こじ)なの……？
　そう思ったとたん、おそろしく、さびしさに襲われた。
「美桜は……本当に手がかりがなかったんだ……」
　どうして捨てられたのかさえ、わからないの？
　自分自身を知る可能性は、閉ざされちゃったの？
　認めたくない現実に、目線さえもふらつく。
「しかし」
「えっ……」
　お父さんが発した言葉に、うつむきかけた顔をあげた。
「数年たって、母親の消息(しょうそく)がようやくわかった」
　落とされて一転。
　息を吹き返したような力強い鼓動が再び生まれた。
　目を見張るあたしに、同じく目をしっかりと見つめてくる、お父さん。
「彼女は……事情があって、結ばれることのできない人との間に美桜を授(さず)かったようだ」
「……結ばれない……人……」
　不倫(ふりん)の子……かな。
　漠然とそう思った。
「家族の反対を押しきり、縁(えん)を切ってまで美桜を産み、頼

れる人がいなかったそうだ。産むのですら精いっぱいの状況で、ミルク代もオムツ代もままならない。職もなく、このままじゃ飢え死にしてしまう。風の強い夜、途方に暮れながら泣きやまない美桜を抱いて夜道をさまよっていたとき、ここにたどり着いたそうだ。そして……」

お父さんはそこで、息をつく。

「ここで、翔平を見つけた」

ドクンッ。

お父さんの延長線上にいる翔平に目を向けると、同じように、翔平もあたしに顔を向けていた。

「……ほんとに……翔平と一緒だったのは、ただの偶然だったんだ。……同じカゴに入っていたのに」

同じ親だとは思っていなかったけど。

生まれた場所や環境……そんな些細なつながりくらい、あってほしかったな……。

さっきの話を聞いた時点で、つながりはゼロに等しいと感じていたけど。やっぱり……。

「……翔平の横に美桜を寝かせると、不思議なことにピタリと泣きやんだそうだ」

今までわからなかった、同じカゴに入れられていた謎が、ようやく解けた。

「そのとき、彼女は思ったそうだ。この赤ちゃんと一緒にいれば、きっと美桜も幸せになれるだろう……と」

「…………」

翔平がいたから、あたしは、ここへ？

「そのときの彼女の精神状態は計り知れない……きっと、ギリギリの決断だったんだろう」

ギリギリの……決断。

『あたしたちはきっと、そのときの精いっぱいの決断をしてきたんだよ』

莉子の言葉を思い出した。

「これだけは知っておいてほしい。手放した瞬間、翔平の母親も美桜の母親も、お前たちの幸せを祈っていたということを」

あたしの……幸せ。

「極限の状態でも、母親としての愛だけは忘れなかった。……それは、理人にも共通してる」

込みあげてくるものが、鼻の奥を刺激する。

「お前たちは、愛されて、ここへ集まった３人なんだ……」

「うぅっ……」

声を漏らしたのは理人だった。

３つ子になったあたしたちは、似ているところも、共通するものもなにもなかった。

でも、たったひとつだけ、あった。

どうしてもほしかった、あたしたちの共通点。

……産みの親からの、愛。

どんな理由があっても、手放すことは"放棄"したのと一緒だと思っていた。

だけど……理人のことを乗り越えて、いろんなことを乗り越えて、知った気持ちがたくさんある。

それまでのあたしの価値観じゃ、絶対に理解できなかったこと。
"そのときの精いっぱいの決断をしてきた"
　身をもって経験したからこそわかった、わかっているようで、ほんとはわかっていなかったこと。
　今、聞いた話が事実で。
　最後まで、あたしを想ってそうしてくれたのなら。
　……それを恨む筋合いなんて、ないのかもしれない。
「その話は、どこで？」
　翔平の低い声にハッとした。
　そうだよ。物証が残されてないっていうのに、いったい、どこから？
　その瞬間、お父さんの肩が大きく揺れたのを見逃さなかった。
　なんか、イヤな予感がする。
　長くて深い息を吐きながら、なにかをためらうお父さんの口もとが開きかけたとき。
「あなたっ……」
　お母さんの悲痛な呼びかけが響く。
　一瞬口をつぐみかけたけど、再びお父さんは口を開いた。
「美桜が５歳のとき……母親と名乗る女性がここを訪ねてきたんだ」
　……母親が、来たの？
「そうなのよ……」
　あきらめたように、お母さんがあたしの肩に手を添える。

それが……ほんとだとしたら。もしかして……。
「あたしは……その人に、会ったことがあるの？」
　5歳の記憶なんて曖昧だし、あたしがその人に会ったのか、なにかしゃべったのか……全然覚えていない。
「どうなんだよ、あるのか!?」
　追及する理人に、お父さんの顔がゆがむ。
「……ある……」
　……っ。
「あいさつが上手だった美桜は"こんにちは"と、ニコニコと話しかけていた」
　実の母親と……会話を？
「『お姉さん、だあれ？』……って、ニコニコしながら聞いた美桜に、『ママのお友達なの』と、彼女はたしかそう言っていた」
　記憶にない無邪気な質問は、実の母親にどんな感情を与えたんだろう……。
「美桜を返してほしい……彼女はそう言ってきたんだ……」
　振りしぼるような声が、どこか遠くに聞こえた。
『返してほしけりゃ、いつでもできたし。そうしないってことは、そういうことなんだろ』
　わかってるくせに、認めたくなくて。
　でも、忘れられなかった理人の言葉。
　……来てた。
　あたしの産みの親は、来ていたんだ……。
「……父さんは……なんて……？」

もう、あたしだけの問題じゃない。
　声が出ないあたしの言葉を代弁する翔平の声も、かすれていた。
　お父さんは、静かに首を横に振った。
「美桜のことを考えれば、産みの親のもとへ返すのが当たり前だった。だが、そのときの自分には、それができなかった……。最初は、時間をくれと言った。……だが……ひとつの布団の中で、翔平と理人の間にはさまれながら、安心しきった顔をして寝ている美桜を見ていたら……。このふたりから……いや、3人を切り離すことなんてできなかった……っ」
「どうしても、手放せなかったの……っ。5年よ？　5年も一緒に暮らしたのよ？　今さら手放すなんてできなかったのよ……ごめんなさい……っ……」
「……ッ」
　お母さんも、そう言いながら涙を流した。
　あたしは無意識に、その小さな肩に手を乗せていた。
　お母さん……。
　もしかして、ずっと罪の意識を背負っていたの？
　あたしを返さなかったこと。
　ほんとの親が迎えにきたと教えなかったこと……。
　お腹を痛めて産んだ子でもないのに、そこまであたしを想って……。
　翔平も理人も、口をつぐんだままだった。
　それはきっと、その決断がまちがっているとは思わな

かったから。
　お父さんは無言で、散らばった床の上でなにかを探していた。
　やがて冊子を見つけだすと、それを開き、メモになにかを走り書きする。
「それっきり、彼女はここへは来なかったよ。……ただ、これを書き残して……」
　お父さんからメモを渡される。
　住所と電話番号が書かれていた。
「これは……」
　その冊子は、なにげなく電話の横にかけられていた電話帳だった。
「彼女の、住所だ」
「……っ」
　倉庫なんかじゃなくて。こんな身近に、産みの親の手がかりはあったんだ。何年も前から……。
「ここに美桜を生んだ女性……難波洵子さんが住んでいる。もっとも10年以上前の住所だから、今ここにいる保証はないが……」
　……ナンバ……ジュンコ。
　はじめて知る、産みの母の名前。
　何度も何度も目で追った。
　住所は、福岡県。
「いつかは渡す日が来ると思っていた。美桜が会いにいきたいなら、お父さんたちは止めないよ」

「…………」
　もう一度、住所に目を落とす。
　それからお母さんにも目を向けると、ただ、優しい目でうなずいていた。

メッセージ

　何日考えても答えは出なかった。
　出ないというより、どうしたらいいのか、正直わからなくて。
『美桜が会いにいきたいなら……』
　そう言われても。
　お父さんたちが返さないと決めた実の母親に、あたしが会いにいったところで、それはなんのため……？
　産みの母親がどんな人物なのかを確認するため……？
　目もとが似ているとか、雰囲気が似ているとか、声が似ているとか、やっぱり血のつながった親子だね……って、そんなことを……？
　よく考えたら、テレビ番組で再会した親子たちのその後は知らない。
　いっそのこと、誰かに決めてほしい。
　会いにいけと言われたら、行くし。行くなと言われたら、行かない。
　……あたしは、怖いんだ。
　もし……もしもだけど、"戻ってきてほしい"、そう言われたら……？
　今のままを選ぶなら、あたしは産みの母を捨てることになる。
　そして万一、産みの母を選んだら……水沢の家を捨てる

ことになる。
　あたしには、どっちかを選んで、どっちかを捨てるなんて、できないよ……。

「おっはよ！」
　昇降口で、ポン！と軽快に肩をたたいてきたのは、莉子。
「あ、おはよう」
　その顔はいつにも増して明るかった。
「ん？　いいことでもあった？」
「ふふふ、わかる～？」
　まるで聞いてほしいと言っているみたいに、うれしさを全開にする莉子。
「うん。だって、うれしさダダ漏れだもん」
　あたしが笑いながら言うと、
「理人が今日の放課後、映画に行こうってさ」
　耳もとでこしょっと打ち明けてきた。
「映画!?」
「そ。入院中のお礼とか言って」
　莉子は少し気はずかしそうに、上履きのつま先をトンッと床の上で跳ねさせた。
　そういえば、目もとのメイクが、いつもより気合入ってる気が……。
「でもさ～その映画っていうのが、背すじも凍るゾンビ映画なのっ！」
　そう言って、前に手をだら～んと垂らしてゾンビの真似

をする莉子。
「アレ？　よく考えたら、これって他の女の子とじゃ見れないから、付き合えって言われてるだけ!?」
　うれしそうだった頬が膨らみ、手のひらを宙に向けて首を傾げる。
「ドンマイドンマイ！」
　映画まで誘っておきながら、それでも素直じゃない理人に、理人らしいなぁと心の中で笑う。
　莉子と理人は、相変わらずだ。
　理人もきっと莉子の気持ちを知っていて、莉子が理人の気持ちに気づいてることも知ってるんだと思う。
　それでも、ふたりの距離感はそのままで。
　それをお互い、壊さないようにしているのが手に取るようにわかる。
　たとえ、理人の気持ちがどこに向いてても、あたしが莉子を応援したいのには変わりない……。
「そうだ！　キャーッとか叫んで、どさくさにまぎれて理人にしがみついちゃえば？」
「あ、それ名案！　……って、キャラじゃないでしょー！」
　莉子は手を振りあげる。
「だねっ」
　みんなが恋バナを友達に聞かせるように、莉子もあたしになんでも話してくれるようになったのが、今は、ほんとにうれしいんだ……。

今日も授業中はうわの空だった。
　今あたしが現実の中で解かなきゃいけない問題は、16歳のあたしにとっては、はるかに難題。
　目の前の数字の羅列の方がよっぽど簡単に思える。
　だって、公式も正解もない問題。
　なにが正しいの？
　あたしが出した答えに、誰が丸をくれる？
「……美桜っ」
　うしろの席の子から小声で呼ばれて振り向くと、小さな紙きれが渡された。
「なに？」
　その子が指さした先は……翔平。こっちを見向きもせず、先生の話を真剣に聞いている。
　翔平から？　……なんだろう。
　不思議に思いながら紙を開く。少し筆圧の薄い、見慣れた翔平の文字が目に飛びこんできた。

　余計なことを考えるな。
　心の声だけを聞け。
　今だけは、母さんたちのことは考えなくていい。
　誰にも遠慮はするな。
　自分に正直になれ。
　後悔、するなよ。

……目頭が、熱くなった。

翔平も理人も、なにも助言はしなかった。

冷たいんじゃなくて、あえてしなかったんだと思う。

周りの意見に惑わされないように。

……あたしが、決めることだから。

それでも。

あたしのSOSを敏感に感じ取って、さりげなく手を差し伸べてくれた。

やっぱり翔平は……翔平だね……。

直接言えないことはメールで済ます時代。

そんな時代だからこそ、文字の温かみや想いっていうものが、より伝わるようになった気がする。

一人ひとりちがう形を持つ文字に込められた言葉には、その人の気持ちまで乗り移って。

繰り返し繰り返し目に焼きつけるほどに、心に刻みこまれていく。

そのメッセージは、確実にあたしの背中を押してくれた。

メモを握りしめながら、そっと、目を閉じる。

ただ、自分の心に正直に。

「…………」

答えなんて、ほんとはとっくに出ていたのかもしれない。

……あたし、産みの母親に、会いにいきたい。

第7章

涙の対面

　翌週末のお昼すぎ。
　あたしは福岡の地に降り立っていた。
「寒いのは、どこも変わらないな」
　コートの襟もとを立てて、白い息を吐く翔平。
　……翔平も、一緒に来てくれたんだ。
　理人も行くと言ってくれたけど、病みあがりの理人に遠出は負担が大きすぎるから……。
　空港からの移動時間もそれほどなく、事前に調べた最寄り駅から、タクシーでその住所を目指す。
　角を曲がるたびに、もう着くんじゃないかとドキドキして、心臓の音は頭の中にまで大きく鳴り響いている。
　無意識に歯を食いしばってしまうほどの緊張感に支配された。
　今は、どんな暮らしをしているんだろう。
　もしかしたら、あたしを手放したことを後悔しながら、ひとりでひっそり過ごしているかもしれない。
　小さくて……すごくやつれていて……。
　そうしたら、なんて声をかければいい？
　そんな姿も想像し、第一声はどうしようかと頭の中でシミュレーションしてみたけど、いざとなったらそんなもの、きっと役に立たないはず。
「10年前の住所だもん。もう住んでないかもしれないね」

ここまで来たくせに、今さらそんなこと言うなんて卑怯だけど。
　それは……ここに住んでいなかったときのショックを少しでも軽くするため。
　電話くらい掛けてから行くべきだったけど、あたしにはそんな勇気さえなくて……。
「住所を残していったんだろ？　今でも、そこに住んでるはずだ」
「……っ」
　重みのある言葉に、胸がぎゅうっと締めつけられた。
　産みの母親は、今でもあたしを待ってる……？
　あたしに会いたいと思ってる……？
　そう思うほど、新たな緊張に包まれる。
　この緊張感は期待なの……？
　湧きあがるような感情を抱く反面、お父さん、お母さんを想うと、それはとても悪いことのような気がして、そんなジレンマと格闘する。
　ふたりとも、笑顔で送りだしてくれた。
『いってらっしゃい』って。
　あたしが帰ってくると信じて、送りだしてくれた。
　でも、もし……産みの母親が、幸せな人生を歩んでいなかったら……あたしは、そのまま放っておけなくなるかもしれない。

「このあたりですね」

運転手さんがそう言ったのは、意外にも閑静な住宅街だった。
「じゃあ、ここでお願いします」
　家の前まで行かず、適当なところで降ろしてもらう。
　緊張でふるえる足をゆっくり進め、似たような建物が並ぶ住宅の表札を一つひとつ確認していく。
　目的の家は、すぐに見つかった。
「翔平……」
【難波】という、母親と同じ名字の表札を見つけ、ここだと確信する。
「ああ、そうだな」
　翔平もそれを確認したとき。
　　──ガチャン！
「いってきまーす！」
　激しく開いたドアから、ポニーテールの少女が出てきた。
　中学生くらいなのか、塾のカバンを肩からかけている。
　この家の……娘（むすめ）……？
　すると、あとを追うようにもう一度開いた扉から、ひとりの女性が出てきた。
　派手でもなく、かといって地味でもない。
　30代半ばくらいの、普通のサラリーマン家庭の主婦なんだろうなと思う、どこにでもいるような感じの人。
　あわてているのか、サンダルの音をバタつかせながら、さっき出ていった少女を追いかけていった。
「葵（あおい）〜」

女性が呼びかけると、少女が振り向く。
「お弁当、忘れてるわよ！」
「わーっほんとだ！　ママありがとう！」
　そう言って、女性に抱きつく少女。
「もう、そそっかしいんだから。休憩時間にちゃんと食べるのよ」
「中身は？」
「葵の大好きなハンバーグよ」
「やったあ！」
　満面の笑みで体を引っつけたままの少女と、同じように笑顔で頭を撫でる女性。
「…………」
　その光景を、あたしはぼんやりと眺める。
　この家はたしかに、メモに残された住所。
　ここから出てきたってことは。
　この女性が……あたしの産みの母親……？
　年齢だって、若くしてあたしを産んだなら、だいたいこのくらいかもしれない。
　きっと、まちがいない。
「車に気をつけるのよ？」
「はあ〜い！」
　少女が中学生だとしたら、あたしと２つ３つしか年は変わらない……。
　あたしを捨てたあと、またすぐに子どもを産んだの？
　絵に描いたような幸せな母娘像に、沸々と湧きあがる複

雑な思い。
　それがどんな感情なのか、わからないフリをしたいのに。
「……っ……」
　今日はじめて会った産みの親。
　嫉妬する理由もないのに……高揚感(こうようかん)は消え、醜(みにく)い感情が生まれている。
「……美桜」
　いつの間にか翔平に手を握られていて、なにか声をかけられていた。
　気づくと、姿が見えなくなるまで少女を見送った彼女が、こっちへ戻ってきているところで。
　……あっ、家の前にいたら怪(あや)しまれる。
　けれど、去ろうと思ったときには遅く、彼女はふと、あたしに視線を投げた。
　……やだっ。
　目線を逸らしたあたしに、彼女が声をかけてくる。
「……あの、うちになにか？」
　あたしはうつむいたまま、あとずさりする。
「いえ、なんでも……」
　第一声は、シミュレーションしたものと大きくちがっていた。
　まさか、子どもがいるなんて、夢にも思わなくて。
　しかも、"なんでもない"と言ってしまった。
　でも、それはウソじゃなくて、ここへ来るべきじゃなかったと思ったから。

10年以上も経った今、新しい家庭があって当然なのに。

つながれた手をキツく握りしめると、あたしの気持ちを悟った翔平が、手を引きながら方向転換させた。

その瞬間、涙がこぼれた。

悲しいわけじゃない。

傷ついているわけでもない。

テレビで見たような、感動の対面を想像していたわけじゃない。

あまりにも思い描いていた対面とちがいすぎて、体が動揺しているだけ。

そう言い聞かせながら、遠ざける足を速めた。

……早くここから去りたい。

──タッタッタッタッ。

すると背後から、サンダルの激しい音が迫ってきた。

「まさか……」

そう言って、くるりとあたしの前に回りこんだのは、さっきの女性。

あたしの両肩をしっかりとつかみ、断りもなしに顔をのぞきこんだ。

眉。目。鼻。口。

ひとつひとつを確認するように……。

あたしの瞳は涙でにじみ、彼女の顔はよく見えない。

それはかえって都合がよかった。

「……あなた……もしかして……」

「…………」

彼女の声はとてもふるえていて、あたしが誰なのかを確信した様子。
「水沢です」
なにも答えられない代わりに、翔平が反応すると、
「やっぱり……」
彼女は口もとを手で覆い、顔をクシャクシャにした。
手放した側にはそれなりの感情があるんだろうけど、こっちは案外冷静なんだな、なんて、他人事みたいに思う。
……それはきっと、直前に"あの子"を目撃したから。
あたしにとっては、16歳になってはじめて出会う、血のつながった人。
うれしくないわけないのに。
瞳を濡らすのは、もっと別のもの……。
「……まさか……来てくれるなんて思わなくて……」
彼女は放心したように、その場にしゃがみこんだ。
「……っ……ごめんなさい……うっ……」
そして地面に膝をついて泣き崩れる姿は、いつかテレビで見た"生き別れ親子の感動の再会"の光景と同じだった。
……だけど、今のあたしは、それを冷めた目で見ていた翔平のよう。
「あの……」
翔平が彼女の肩に触れ、起きあがるように促す。
「……ごめんなさいね……」
髪の乱れを直しながら体を起こした彼女は、家に来てほしいと言った。

ドクンと大きく波打つ鼓動。
　彼女の……幸せな……温かい家に?
　イヤだよ……行きたくない……。
　あたしは、翔平の手をキツく握りしめながら答える。
「……結構……です」
　ギュッ。
　握り返してくれた手の強さが、"それでいい"と言ってくれている気がした。
　ここまで来たくせに、拒んだあたしの幼さを、翔平は許してくれた。
　これは……精いっぱいの強がりなの……。
　もう、ここにいる理由もない。
「失礼……します」
　そう言って、この場をあとにしようとすると。
「あなたのことっ……」
　胸に手を当てながら、彼女は苦しそうに言葉を振りしぼった。
「毎日毎日想ってた……」
「…………」
　今さらそんな、キレイごとみたいな……。
　だったら、はじめから捨てないでよ……。
　悲しみだけがあたしを襲う。
「あなたの顔も、名前も……。あなたを離した日から、一日も忘れたことがなかったっ……」
「……名前?」

あたしには名前がなくて、お母さんがあとからつけてくれたはずなのに。
　違和感を覚えて思わず口にする。
「……名前は、つけていたの。でも、書き添えた紙は、夜風に飛ばされてしまったみたいで……」
「…………」
　風の強い夜だったとは聞いていた。
「あなたの名前はねっ……」
「言わないでくださいっ!!」
「……っ」
　彼女の目が、悲しそうにゆがんだ。
　そんなの言われても……困る。
　言わないで、ほしい。その名前を聞いちゃったら、もう、水沢美桜に戻れない気がして……。
「あたしは、水沢美桜です……」
「……そう……よね……ごめんなさいっ……」
　口もとを手で覆った彼女の顔は……見ないようにした。
「失礼……します」
　そして今度こそ、彼女の前から立ち去った。

シングルベッド

「……うわぁぁぁぁぁっ……」
　あたしは感情のままに声をあげて泣いた。
　涙をこらえながらただ翔平と手をつないで歩き、それが限界に達した頃。
　人のいない公園を見つけた翔平が、そこへ引き入れてくれた。
　悲しいのか、くやしいのか、後悔なのか、理由すら不確かな涙は、ただひたすらに翔平の胸もとを濡らしていく。
「べつに……不幸でいてほしいなんて思ってたわけじゃないの……」
「ああ」
「幸せなんだから……それでいいの……」
「そうだな」
「そう思ってるくせに、あんなの見てたら……うっ……」
「全部吐きだせ」
　言葉に詰まったあたしの肩を、翔平が優しくさする。
「ほんとの……親子って、ああなんだな……」
「ああ」
「あたしなんて……もう……入りこむ隙もなくて……」
「うん」
「きっと、忘れられちゃってたんだ……って……」
「…………」

「……くやし……かったのっ……うわぁぁぁっ……!!」
 きっと優しい旦那さんがいて、子どもだって、あの子以外にもいるかもしれない。
 母親はもうとっくに新しい家族を作っていて、あたしのことなんて忘れていたかもしれないのに。
 勝手に行って、勝手に傷ついただけ。
 彼女はちっとも……悪くない。
「そうか」
 カッコ悪い本音をぶちまけたあたしを、翔平は優しく包んでくれた。
 だからっ……。
「……許せない……」
 ——ドン。
「……許せないっ……」
 ——ドンッ!
 顔をうずめながら、翔平の胸をたたく。
 許せないよ。だって……だって……。
「許せ……」
「やめろ」
 たたこうとした手首をつかまれた。
 翔平は、あたしをじっと見つめた。
「美桜が許せないのは……自分なんだろ?」
「……うっ」
「ほんとは……胸が痛くてたまらないんだろ?」
「……っ……く……」

くやしくて、悲しかったくせに。

それよりも。

……心が……ものすごく痛むんだ……。

……あの人を、拒絶したこと。

こんなはずじゃなかったのに。

傷ついた腹いせみたいに冷たい態度を取ったりして。

幸せなら、それを喜ぶべきだったのに。

素直に喜べない幼稚な自分や、きっとあの人を傷つけてしまった自分が、許せないんだ……。

「あたし……自分が、すごく性格悪いってわかった……っく……」

「んなことねぇよ」

「こんな自分……大っ嫌い……」

「優しいよ、美桜は」

「……っく……うっ……うぅっ……」

「俺が、許してやるから」

「……っ」

誰もあたしを知らないこの土地で、唯一あたしを知ってくれている翔平の言葉は、なににも代えがたい救いだった。

今夜は、こっちに泊まることにした。明るく家に帰るためには、もう少し時間がほしくて。

家には明日帰ると連絡を入れ、夕食をとってから駅近くのビジネスホテルに向かう。

土曜だというのに、ビジネスマンの出入りの多いロビー。

あたしたちは、フロントで宿泊手続きをする。
「シングル2部屋お願いしま……」
「ツイン1部屋でお願いします」
「美桜？」
　口をはさんだあたしを、翔平は驚いたように見る。
　あたしは翔平の服の袖を握りしめながら、じっと見つめ返した。
　なにもおかしな意味はなかった。
　ただ、ひとりでいたくなかっただけ。
　さびしい夜を過ごしたくなかっただけ。
　だって、あたしたちは兄妹でしょ……？
「ツイン1部屋でお願いします」
　翔平は、もう一度そう言い直した。

　間接照明が灯るこの部屋。
　落ち着いた雰囲気の灯りに、不思議と心が安らぐ。
　あたしはカバンを置くと、窓辺に立った。
　窓から見おろすこの街は、土曜の夜ということもあってか、まだまだ活気づいている。
　視線を手もとに引き戻すと、部屋の中がガラスに反転して映る。
　翔平はベッドに腰かけていた。
　窓に映る翔平を見ながら声をかける。
「翔平……ありがとう……」
　ひとりだったら、家に帰るにも帰れなかった気がする。

変に意地を張って、泣けもしなかったかもしれない。
「いや」
「ごめんね……」
あんな、最悪な対面を見せちゃって。
「理人……すげえ心配してたぞ」
理人には、電話でザッと説明してくれたみたい。
「理人が一番、美桜を心配してる」
「……うん」
翔平はなんの気なしに言ったかもしれないけど、あたしには、遠まわしに理人に気を遣っているようにしか思えなかった。
翔平だって、心配してくれたんでしょ？
だから、こうしてここまで一緒に来てくれたんでしょ？
ガラスに映る翔平は、街の明かりにまぎれて表情がよくわからない。
──シャッ。
薄いカーテンを引いて体を翻し、直に翔平をこの目に映した。
そして、改めて想いの深さを知る。
翔平という存在は、なによりもかけがえのないものだと。
人としても……ひとりの男の人としても。
……あたしはやっぱり、翔平をあきらめられないよ。
ゆっくり足を進め、今夜のあたしのベッド、翔平が座る向かいのベッドへ腰かける。
思ったよりやわらかいスプリングは、疲れたあたしの体

を心地よく受け止めてくれた。
「翔平……」
「ん？」
　翔平は無防備に顔をあげた。
　目が、合う。
「……あたしたち……ほんとにダメなの……？」
　あたしはまだ、終わったつもりはない。
「……ッ、病院で聞いてたなら……理解してくれよ……」
　翔平は目を逸らし、気持ち斜めに体の向きをずらした。
「……だから、だよ」
　聞いていなければ、ただの心変わりだと思ったかもしれない。でも、あんなに強いあたしへの想いを聞いちゃったら……。
「だって、あのとき」
「……忘れてくれよ……本心じゃない……俺は美桜を……もう好きじゃない」
「…………」
　上辺だけの言葉なんて、全然響かない。傷つきもしない。
　いくら翔平がウソをついたって、もうだまされない。
　あたしは知ってるんだから。
　拳にまで込めた、隠した想いを……。
"汚れた血であたしに触れられない"と、あたしをあきらめる原因になった母親を、恨んでると思ってた。
　でも、今の翔平は……母親の罪を、一緒に背負おうとしている。

「……全部……背負わないでよ……」
　どんな理由があっても、人を殺めるのは許されない。
　それが翔平を守るためだったという葛藤もあると思う。
「もう、その話はやめろ」
「どうして、向き合おうとしてくれないの!?」
「意味のないことだろ」
「逃げてるだけじゃん！」
「……ッ。……これは俺の問題だ。……やっぱり、もうひと部屋取ってもらう」
　フロントに電話をかけようとしたのか、翔平が立ちあがり、受話器を取る。
　その刹那。
「いたっ……」
　顔をゆがめた翔平は指を上にあげた。
　どうやら台の上にあった紙で指を切ったみたい。
　人さし指の腹から、次第に鮮血が浮きあがった。
　とっさに、あたしはその指をつかみ、
「……美桜？」
　……自分の口に含んだ。
　口内に、鉄の味が広がる。
「……ッ、やめろっ……」
　抵抗して引き戻そうとする力に耐えて。
　あたしを凝視するその瞳を見つめながらも、指を口から離さなかった。
　次第に鉄の味が消え、ゆっくりと翔平の指を離す。

傷は浅く、離した指先からは、もう新たな血液は生まれない。
「ちがう……あたし"たち"の問題だよ」
　もともと、世間に背いているのを承知で始めた恋。
　それは翔平ひとりで始めたんじゃない。
　一緒に始めたの。
「汚れてなんか……ないよ」
　生まれ変わらせてあげたいと願った母親の想いを、無駄にしたくない。
「翔平に流れる血は、優しさと愛であふれてる……」
　それでも、うしろ指をさす人がいたなら、あたしが全力で否定する。
　どんなことをしたって、翔平を守る。だから……。
「……あたしを、あきらめないで……っ」
　立ち尽くしている翔平の体に、そっと体を合わせて。
　見あげただけじゃ届かない、翔平の唇まで背伸びをして。
　無防備なその唇に、キスをした……。
　翔平の目から、ひとすじの涙がこぼれた。
「あたしは翔平と幸せになりたいの」
「…………」
「翔平とじゃなきゃ……幸せになれない……」
　ぎゅううっと、しがみつく。
　こんなにワガママになったのは、はじめてかもしれない。
　でも、ワガママになりたい。
　そう思うのは、あなたを絶対に譲りたくないから……。

「もう一度、ここから始めよう？」

「……っ……っ……っ……」

　頭上から聞こえる、翔平の細い声。

　体中から伝わる、深くて大きな呼吸。

　翔平が、泣いてる……。

　声を殺して、涙を流しているのがわかった。

　両手を下におろしたまま、ぬぐいもせず。

　あたしはただ黙って、それを受け止める。

「…………」

　背中に通っていた風が、遮断された気がした。

　そして、ゆっくり迷いながら……翔平の手が、あたしの背中に添えられた。

「……っ……翔……平？」

　顔をあげた瞬間、視界が閉ざされた。

　翔平の唇が、あたしに重なったから。

　熱く、激しく。

　あの日、拳に込めた想いを、まっすぐあたしへ、ぶつけてくるように。

　……いいんだよ。

　怒りも……哀しみも……受け止める覚悟があるから。

　翔平の感情、すべてを出していいから……。

「美桜……美桜……っ……」

　今日のあたしたちには背徳感どころか、怖いものなんてなにもなかった。

　ただ、互いのぬくもりだけを信じた。

怒り、哀しみ……そして弱さ。
すべて葬(ほうむ)るように、あたしたちは互いを強く求めあった。

夜も深くなるにつれ、冷えこみは厳しくなっていった。
ほんの少しだけ暖房をつけて、あとは、ふたりの体温で補(おぎな)いあう。
少しくらい寒い方が、互いの体温を心地よく感じられるから。
「ごめん……優しくできなくて……」
「ううん。平気」
「余裕なくて……俺……」
自己嫌悪なのか、語尾が小さくなる翔平がなんだか可愛く見えた。
愛してくれただけで、十分。
カッコイイ所だけじゃない、余裕のない自分をさらけだしてくれて、あたしはすごくうれしいんだよ？
「疲れただろ。もう寝ろ」
まるで子どもにするみたいに、前髪を撫でられる。
とっても……心地いい。
もっと翔平を感じたくて、目をつぶった。
「……ほんとに……来てよかった……」
「えっ？」
「こうやっていられるだけで……翔平と、ここへ来た意味はあったから……」
「…………」

それは本心だったのに。
翔平は無言のまま、包みこむようにあたしを抱きしめた。
今……なにを思ってる……？
もしかして、昼間のことかな。
なんとなくそう思う。
「……翔平は……会いに……いかないの……？」
自分がこんな対面だったくせに。
でも、自分がこんなだったからこそ、翔平には……。
「……大丈夫。翔平のお母さんは、翔平だけを想ってるから……」
言ってて、なぜか涙が出てきた。
「泣いてるのか……？」
おかしいな。どうして涙なんて……。
それを見逃さなかった翔平が、指で涙をぬぐってくれる。
「俺……行こうと……思ってる」
「えっ……」
どこか決意にあふれた力強い声に、思わず体を浮かせた。
「でも。今は行かない」
……今は？
「母親は……俺を生まれ変わらせてくれたんだろう？だったら、今の姿は俺に見せたくないはずだから……」
会いたい気持ちを、グッと抑えているように見えた。
「刑期を終えて、新たな人生を歩みだしたら……」
翔平の手が、あたしの手を探り当てた。
指と指がしっかりつながれる。

「そのときは、美桜……一緒に来てくれるか……?」
「……あたし?」
　驚いたけど。
「う、うん……もちろん」
　あたしが一緒に行っていいなら、喜んで……。
「伝えたいことがあるから」
「伝えたい……こと?」
「俺が……愛してる人だって」
　優しい声に包まれる。
"愛してる"
　やっぱり、言葉にしてもらうと、これほどうれしいことはないよ……。
　噛みしめるように、じんわりと喜びに浸(ひた)るあたし。
「美桜……いつか俺と……結婚してくれるか?」
「けっ……こん……」
　まったく現実味を帯びない言葉。
　口にしても、もちろん現実味なんてなくて。
　いくら求めあっても、それだけはできないと知っている。
「だ、だって、あたしたち……」
"兄妹だよ……"
　そう言おうとした口は、翔平の人さし指で遮られた。
　その先端(せんたん)、もう修復に向かっている傷口は、さっきよりも褐色(かっしょく)を帯びている。
「俺たちは兄妹だけど、もともと血はつながってない」
「だけどっ」

翔平の瞳が、あたしをまっすぐとらえる。
「将来的に……俺は、水沢の戸籍から外れようと思ってる」
「戸籍……から……？」
　そんなこと、考えもしなかった。
　結婚……なんてことも。
「そうしてでも、美桜と一緒になりたい。願わなきゃ、叶わない……だろ？」
「……っ」
　全身を痺れで貫くほどの言葉は、あっという間に瞳の中を涙でいっぱいにした。
「……また、すぐ泣く」
「だってぇ……」
　涙が、止まらないよ……。
　あたしは願うことさえあきらめていた。
　だけど、翔平は、あたしとの付き合いを、そこまで真剣に考えてくれていた。
　もう何度目かわからないうれしさに、あたしは翔平に、ぎゅっと、しがみつく。
「彼女にも……ちゃんと説明して、わかってもらう」
　……彼女。
　彩乃ちゃんのことだとわかる。
「もう、なにも隠したくないから」
「……翔平……」
　簡単なことじゃないのに。
　その決意がすごくうれしかった。

「これからのことは、ゆっくり考えよう」
「うん……」
「もう眠いだろ……?　今日は寝ろ、おやすみ」
「……うん……おやすみ……」
　しばらく抱きあっていたあと、翔平が布団をかけ直す。
　もうちょっと、こうしていたかったけど。
　あたしの限界もそろそろ近づいてきていた。
「……愛してるよ」
　愛しい声を聞きながら、あたしは眠りについた。

　ふと目を覚ますと、どこかで翔平の声が聞こえたような気がした。
　けれど疲れきった体は、すぐにあたしを夢の中へ引き戻していった……。

憎しみの向こう

　翌朝、チェックアウトギリギリにホテルを出る。
　そのエントランスに、目を疑う光景が……。
「理人!?」
「よっ」
　よっ……って。
　なぜか、そこには理人がいて、軽く右手を挙げる仕草に、ぽかんと口を開ける。
「こんなとこで、なにしてんだよっ!?」
　翔平も、まるでオバケでも見たかのように、驚いている。
「なにって、見てわかるだろ。迎えにきたんだよ。あんな電話よこしてきてよー。なっさけない声出して"俺なんつったらいいか、わかんねえよ〜"とか……」
「ちょ、おまっ！」
　翔平はあわてて、声色を真似た理人の口をふさぐ。
「…………」
　そうだったの……？
　そんな一面、一切見せなかったのに。
　あたしの前だから、強くいてくれたんだね。
　……ありがとう。
「だから最初から、俺が来ればよかったんだよ」
　フンッ、と威張るように鼻を鳴らす理人。
「……はぁぁぁぁ」

翔平は頭をかかえて、うなる。
　この突拍子もない行動も、理人らしいっていうか……。
　あたしはただ、おもしろくて、単純に笑えちゃうけどね？
　……でも。
「体、大丈夫なの？」
「もー、みんな過剰すぎんだよ。平気だから退院したんだろ。半年の間に、ちゃんと回復してんだって」
　そう言って足を蹴りあげ、シュートを決めるマネをした。
　もうっ……理人ってば、人の心配をよそに。
「せっかくだから、博多ラーメンでも食ってこーぜ」
「朝からラーメン？」
「朝？　もうすぐ昼だぞ！」
　腕時計を見せられて時間を確認すると、11時を過ぎていた。チェックアウトギリギリまでいたんだもんね……。
　理人はいったい、何時から待っていてくれたんだろう。
　部屋にまで来なかったのは……あたしたちに気を遣っていたのかな。
「なあ、ラーメンの屋台って、やってねーのー？　博多といえば屋台だろ」
「昼からは、やってないんじゃない？」
「せっかく来たのに残念だな。まー屋台じゃなくてもいいから、どっか適当に入ろうぜ」
「お腹も空いたし、そうしようか」
　……あたしには、理人と翔平がいる。
　家に帰れば、お父さんもお母さんも莉子もいる。

昨日の昼、なにがあったか忘れてしまうほど、あたしの心の中は晴れていた。
　せっかくここまで来たんだから、最後に翔平と理人と、この地で思い出を作って帰ろう。
「……翔平、どうかした？」
　そう気持ちを切り替えて一歩踏みだす。
　と、まだホテルのエントランスを、どこか不自然にキョロキョロ見渡している翔平がいた。
「あ、ああ……今行く」
　それでも名残惜しそうに、時折うしろを振り返る翔平を不審に思っていると、
「きゃっ」
　前をよく見ていなかったせいで、歩いてきた人とぶつかりそうになってしまった。
「ごめんなさい」
　謝って顔をあげると、相手はあたしの顔をじろじろと眺めた。
「……水沢……美桜さんですか？」
「えっ!?」
　こんな所に知り合いなんていないのに……。
　名前を呼ばれたことに驚いて相手の顔をよく見ると、だんだんと記憶の中で、その顔がはっきりしていく。
　まだ記憶に新しい、ポニーテールにこの顔、どこかで会ったような……。
「あたし、難波葵っていいます」

難波……葵……？
　　……あ。
　　一瞬にして、つながる。
　　昨日、お弁当を片手に追いかけて行った母と、それを受け取っていた娘の仲むつまじい姿を。
　　あの人の……娘……。
「……あの、あたしに、なにか……」
　　どうして、彼女がここに……？
「それは、こっちのセリフなんですけど」
　　威圧的な口調の葵ちゃんは、あたしの前に一歩せり出た。
　　……っ。
「どういうつもりなんですか？　家に電話までかけてきて」
　　差しだされたのは、このホテルの名前が走り書きされたメモ。
「……電話……？」
　　なんのことかわからず、助けを求めるように翔平を見る。
「俺が電話したんだ」
　　翔平が？
　　そんなことをしていたなんて初耳で、驚きを隠せない。
　　どうして、電話なんて？
　　……あっ。
　　夜中に夢うつつで聞いた、翔平の声。
　　もしかして、あれは……。
「どうして今さら、ママに会いにきたりしたの!?」
　　……っ。

一方的に責めたてる口調に、言葉を失った。
「ちょっとキミ、落ち着こっか」
　見かねた理人が口をはさむ。
　翔平に１から10まで聞いているのか、理人も、この子が誰だかわかっている様子。
　それでも葵ちゃんは毅然とした態度で、あたしから目を逸らさなかった。
「あなたに受け入れられなかったことが相当ショックだったみたいで、寝こんじゃったんです。……冷たい態度をとるくらいなら、来てほしくなかった！」
「……っ!!」
　葵ちゃんは……あたしの存在を知ってた……？
「ママ、ほんとにあなたのことをずっと想ってたのに……」
　そう言って、あたしを睨みつける。
　あの人を、傷つけたのは……理解する。
　だけど、あたしに……どうしろって言うの？
　葵ちゃんにそんな風に言われても、正直困った。
　見えないところで愛情を注いでもらっても……ほしかった愛情を直接受けられなかったのは、あたしなのに。
　母はあたしを捨てたあと……また、すぐに葵ちゃんを産んで……。
　気持ちがぐるぐると、あたしの中で収拾がつかなくなったとき。
「あたし、あなたがうらやましい……」
　葵ちゃんは唇を噛みしめたあとに、そう言った。

「あたしはパパの連れ子だから……」
「えっ……」
　連れ子……？
　葵ちゃんは、母が産んだ子どもじゃないの……？
「あなたがなにを見てカンちがいしたのか知らないけど、ママが産んだのはあなただけ。血のつながった子どもは、あなたしかいないの！」
　押しつけるような声に、あたしの中でなにかが弾けた。
「あたしがひとりっ子なのは、ママがあなたに罪の意識を感じてるから……。だから、あたしの兄弟を産もうとしなかった」
「それ……ほんと……？」
　やっと言葉を発したあたしに、葵ちゃんはうなずく。
「昔、夜中に偶然パパとママの会話を聞いたの。"私はもう子どもは産めない。置いてきた娘に申し訳ない"って、ママ言ってた……。そのとき、あたしはパパが再婚だったってことも、ママのほんとの子どもじゃないってことも同時に知ったの。小さいときに、そんな残酷なことを聞いた、あたしの気持ちわかるっ……!?」
　そう言って、くやしそうに唇を噛みしめる姿は、まるであたしの映し絵を見ているようだった。
　お父さんとお母さんの子どもじゃないと聞かされたときの自分。
　翔平と理人と、ほんとの兄妹弟じゃないと聞いたときの自分。

同じように、母の子どもじゃなかったことで、心に傷を負っていた子がここにいた……。

理人がまた一歩、前へ出た。
「理人っ」
あたしはそれを止める。

理人がどういう気持ちでいるかわかったから。

きっと……"美桜だって同じ気持ちだった"、そう言おうとしてくれているんだよね？

だけど、まだ彼女は中学生。

それに、同じつらさを背負った葵ちゃんに、わざわざ伝える必要なんてない。

葵ちゃんは、とてもさびしそうに、声を詰まらせながら言った。
「……ママ、優しくて大好きなのに……ほんとのママじゃないってことが、すごくさびしい……。今でもときどき、ふっと上の空で、あなたを想ってることがあるから」

……それ……ほんとなの……？

昨日、あの人に言われたときはキレイごとだと思ったけど。葵ちゃんに言われると、スッと心の中に入ってきた。
「……あたしは……ずっと顔も知らないあなたを憎んでた。だから……ほんとに血のつながりのあるあなたが、ママを突き放すのが許せないの！」
「……っ」
「悲しませるなんて許せない！　……だったら、あたしと替わってよ！　ママとつながってるあなたの血を、あたし

にちょうだいよっ！！」
　最後にそう叫んだ葵ちゃんは、気持ちがもういっぱいになったのか、顔を手で覆う。
　肩をふるわせながら、その場にしゃがみこんだ。
　……体が……粉々になってしまいそうだった。
　あたしはずっと、葵ちゃんにとって、憎むべき存在だったんだ。
　母と血のつながりがある。それが理由で。
　あたしは立っているのがやっとで、腰と肩に手を置いてくれてる翔平がいなかったら、地面に崩れ落ちていたかもしれない。
　理人は、葵ちゃんと同じ目線までしゃがみ、その肩に優しく手をかけた。
「キミより、ちょーっとだけ長く生きてるお兄さんの言うこと、聞いてくれる？」
　いつも女の子と談笑しているときみたいな、ひとなつっこい笑顔を向けて。
「俺たち３人はね、兄妹弟だけど、血のつながりは、ないんだ」
「……えっ……」
　葵ちゃんのふるえていた肩が一瞬止まる。
　そして、涙でグチャグチャになった顔を、隠すことなくあげた。
　理人は、葵ちゃんをかかえるようにして起きあがらせると、近くにあった植えこみの段差に座らせた。

「でもさ、血のつながりって、そんなに大切?」
「……ヒック……」
「血がつながってないって知ったとたん、今までの思い出とか楽しかったこととか、全部消えちゃった?」
「……ヒック……」
「俺もほんとの親はいないんだ。けど、考え方を変えるとさ、物事もすべて逆から見れるんだよ」
「……ヒッ……」
「んー、まだ難しいかな……。たとえばさ、血のつながった親や兄弟だって、仲よくない人たちもいるだろ? なのに俺は、親とも兄弟とも血がつながってないのに、なーんでこんなに仲がいいんだろう、幸せなんだろうって。そう考えたら、むしろラッキーじゃない?」

翔平の手が、あたしから離れる。
そして翔平も葵ちゃんの前にしゃがみ、その顔をのぞきこんだ。
「美桜もね……うらやましいって言ってたよ」
「え……?」

それに反応した葵ちゃんと同様。
……あたし、なんか言ったっけ……?
翔平はなにを言うんだろうと、息をのむ。
「お母さんがキミにお弁当を届ける姿を見て、あれがほんとの親子なんだな……って。昨日の美桜は……それを見て、ちょっとだけ嫉妬したんだ」

……翔平っ……!? それはっ……。

気配を察知したのか、翔平は一度あたしを見あげた。
　そして、"大丈夫だよ"と言うように軽くうなずく。
「たとえ、血なんかつながっていなくても、キミとお母さんは、美桜が嫉妬するくらい素敵な親子に見えたんだ。その直後に……キミのお母さんと話をしたから……。昨日の美桜の行動は……許してやってほしい。嫉妬したってことはキミもわかるよな……？」
「……っ……」
　葵ちゃんは口を開いたまま、大きく肩で息をしていた。
　翔平は……もう一度、会わせようとしてくれたのかな。
　あたしが後悔しているのを知って。
　ベッドの中で、また涙を流したあたしを見て。
　だから、電話してくれたんだ……。
「普段から血のつながりを意識して生活してる人なんていないと思う。愛とか絆って、そんなもので測るんじゃないことくらい、キミ自身が一番感じてるはずだろ？」
　葵ちゃんの目からは、また新しい涙が生まれた。
　理人があとを受け継ぐ。
「誰かを憎んで生きるって、つらくない？」
　理人も……。
「過去や生い立ちが消せないなら、せめて未来は明るく生きたいって思わないか？」
　翔平も……。
　葵ちゃんに語りかけているようで、自分自身に言い聞かせているように思えた。

一時は、両親を憎んだかもしれない理人。

　つらい生い立ちを聞かされた翔平。

　ふたりとも、逃げないで、ちゃんと過去と向き合って、理解して、それを乗り越えて……。

　こんなにも、今の家族を大切にしたいという想いがあふれている。

「お母さんは、キミをものすごく大切に思ってる。それだけで、十分なんじゃないかな？　昨日、はじめて会った俺や美桜がそう感じたんだ。まちがいないよ」

　あたしには言わなかったけど。

　翔平も、きっと昨日のふたりの姿に、血のつながりを超えた絆を感じたんだね……。

「……あたし、ずっと不安だった。あなたの方が大事なんじゃないかって……あたしは、あなたの代わりなんじゃないか……って」

　……葵ちゃんは、ほんとにあのお母さんが大好きでたまらないんだ。

「だから……あなたを憎むことで……自分をなぐさめてた……。だけど……ママをちゃんと見てなかったのは……あたしの方だったかもしれない」

　さっきまでとはちがった涙を流す葵ちゃんの頭を、理人はよしよしと撫でていた。

　葵ちゃんが、母の娘でよかったと心から思う。

　だって、こんなに葵ちゃんに愛されている。

　そんな母は、まちがいなく、幸せだから……。

伝えたいこと

『送っていこうか』
　そう言った理人に、葵ちゃんは『これから塾だから』と、ひとりで駅の方向へ走っていった。
「じゃあ……俺たちもボチボチ帰りますか」
　理人は真顔で駅の方を指さす。
「そうだな」
　翔平も淡々と答え、足を進める。
　……帰る。
　そうだよね。もともと帰るつもりだったんだから……。
「おーい美桜、置いてくぞー？」
　顔をあげると、変わりはじめた信号の手前で、理人があたしに手を振っていた。
「……っ、待って……」
　あたしは遅れを取り戻すように小走りしながら、ふたりを追いかけた。

　電車に乗って、この街が、あたしの前から景色となって流れていく。
　空港まではあっという間で、誰も、葵ちゃんの話に触れることもないまま着いてしまった。
　だけど、空港のロビーに入った瞬間、気づけばあたしの足は止まっていた。

「……美桜?」
　理人が振り返る。
「あたしっ……」
『後悔するな』
　背中を押してくれた翔平の文字。
　今なら、まだ間に合う。
「あたしっ……このまま帰れないっ……」
　葵ちゃんに会って、またひとつ、確かになったあたしの想い。
　……どうしても、母に伝えたくて。
　翔平と理人が、顔を見合わせて微笑む。
「やっと言ったか」
「おせーし。搭乗ゲートくぐったあとだったら、マジどうしようかと思ったぜ」
　いつもの、ふたりの笑顔。
「えっ」
　さっきまでの真顔は……?
「"このまま帰れない"……美桜なら、そう言うのはわかってたよ。なぁ?」
「ああ」
　サラッと言う理人に、当然のようにうなずく翔平。
「なっ……」
　お見通しだったってわけ!?
　張りつめていたものがプツッと切れた。
　ワッ……と涙があふれだす。

「泣ーくな、泣くな」
　理人はあたしの頭にポンポンと手をおろしながら、困ったように鼻をかく。
　安心して、涙腺がゆるんじゃったんだ。
「いい男がふたりそろって泣かせてるみたいだろうがー」
「……お前って」
　でも、理人の言うこともウソじゃない。
　ここを通りすぎる女の人ほぼ全員が、振り返ってまで、こっちを見ている。
　あたしが泣いてるからじゃない。翔平と理人のカッコよさに目を奪われているんだ。
　ふたりのカッコよさは、全国共通みたい。
　そんなあたしの兄と弟は、あたしなんかより、ずっとあたしをわかってくれている……。
「お願いが、あるの……」
「ん、なに？」
　翔平が耳を傾ける。
「……勇気を……ちょうだい」
　あたしをもう一度、母の所へ向かわせる勇気……。
　翔平はやわらかく微笑み、理人は両手を広げる。
「……んなモン、いくらでもやる」
「お安い御用」
　ふたりは順番に、あたしをギュッと抱きしめてくれた。
　こんなに互いに想いあえる兄弟を持てて、あたしはとっても幸せ……。

ここから直接タクシーで向かう。

タクシーに乗っている間、となりに座っていた翔平は、ずっと手をつないでいてくれた。

助手席に座っている理人が、ふいに振り返る。
「…………」

あたしと軽くアイコンタクトを取ってから、また前を向いた。

思わず体の下に隠したけど、つないだ手は見られちゃったかもしれない。

理人にも……あとで、ちゃんと話さないと……。

「あたし、ひとりで行ってくる」

昨日と同様、家の少し手前でタクシーを降りると、一緒に歩きはじめたふたりに言った。
「大丈夫か？」

翔平は心配そうに言ったけど。

最初から、そう決めていた。
「ひとりで、行きたいの」

さっきの勇気があれば、きっと大丈夫。

ふたりに見送られて、あたしは歩きだす。

深呼吸をして家のチャイムを押すと、少したってから玄関のドアが開いた。
「あっ……」

あたしを見て、とても驚いた顔をしていたけど。

そこからのぞかせた母の顔は、葵ちゃんが言っていたよ

うに憔悴していた。
　あれから、たくさん泣いたのかもしれない。
　あたしが、こんな風にさせたんだ。
　そう思うと、胸が痛む。
「あの……どうしても、伝えたいことがあって……」
　泣きそうになるのを、グッとこらえた。
　あたしには、さっき、ふたりにもらった勇気があるから……きっと、言える……。
「……よく……来てくれたわね……」
　昨日、あんな風に拒絶したのに。
　そんなことなんてなかったように、無理して笑顔を作ろうする姿に胸を打たれた。
「……昨日は……ごめんなさい」
「いいの、あなたはなにも悪くないの」
　母はあたしがさげた頭よりも、もっと下に顔を落とした。
「いきなり来て……あんな。……すごく反省してます……」
　すると、胸がいっぱいになったのか、とたんに母の瞳は潤み、唇はふるえだす。
「……謝らないで。来てくれた……だけで……も……十分……からっ……」
　最後は、声になっていなかった。
「あんな態度を取って……もう来れないと思ったんですけど……でも、やっぱり伝えたくて……」
　翔平と理人にもらった勇気を胸に、息を吸いこむ。
「あたしを産んでくれて、ありがとうございました……」

ひとつ目に、伝えたかったこと。
　まだ16年しか歩んでいない人生だけど。
　あたしはまちがいなく幸せだったから。
　今までも、そしてこれからも、あたしにあの家族がいる限り、きっと幸せだと思うから。
「うっ……ううっ……」
　母は、両目から大粒の涙をこぼした。
　翔平も……愛せた。
　すべては、この世に生を受けたから。
　翔平のいる世界に生まれたから……。
「……それでも……あたしの、お母さんは……水沢の母なんです……」
　母は、もうあたしを取り戻したいなんて言わないのはわかっていた。
　昨日の光景を見ていたら、自然と思った。
　きっと素敵な旦那さんに巡りあって、素敵な娘ができて、母は今とても幸せだと思う。
　だからあたしは、あえて口にしたんだ。
「……ええ……わかっています……」
　一文字一文字を嚙みしめるように、母は言った。
　育ててくれたお母さんへの義理でもなく、改めて心の底から思ったんだ。
　葵ちゃんにとって、母が、ただひとりのお母さんであるように。
　あたしのお母さんは、お母さん……ただひとりなの。

熱を出せば、夜通し看病してくれた。
　母の日に書いた似顔絵(にがおえ)に、花丸を書いてくれた。
　授業参観があれば、大変なのに３クラス分、公平に回ってくれた。
　お腹を痛めて産んでいない分……一生懸命、母親になろうとしてくれた。
　お母さんはいつだって、あたしを愛して、大切に育ててくれた。
　あたしに、大きな愛を教えてくれた。
　……あたしとお母さんは、血のつながりはなくてもまちがいなく"家族"だった。
　これを、ふたつ目に伝えたかったんだ。
　11年前……あたしを返さないと決めたお母さんの決断が、まちがっていなかったと証明できるのは、あたししか、いないから……。
「一度だけ……抱きしめてもいい……？」
「……はい」
　あたしも、触れてみたかった。……母のぬくもりに。
　記憶もなければ、なつかしさもないけれど。
　それは、やわらかくて、温かかった。
「……ありがとう」
「……いえ」
　ふっ……と、ぬくもりが離れたとき。
「昨日の……」
　あたしは、そのまま自然な形で口を開いた。

「えっ……？」
「あたしのとなりにいた、男の人……」
「……ああ、あの背の高い」
　覚えてるわ……と言うように、うなずく母。
「教会の前に置かれていた赤ちゃん、覚えてますか？」
　……賭け、だった。どんな気持ちであたしを置いたか、覚えてくれているのか。
「……っ」
　一瞬動きが止まったように見えた母の目が、すぐ見開かれた。
「もちろん……覚えてるわっ」
「あのときの赤ちゃんが、彼なんです……」
"この赤ちゃんと一緒にいれば、きっと幸せになれる"そう思って、あたしをあそこに置いてくれたんでしょ……？
「彼が……好きです。兄妹として生きてるけど、好きなんです。あたしは彼といると……とても幸せなんです」
　……みっつ目に、伝えたかったこと。
　そのとおりに、なったんだよ。
　あのとき、あたしを翔平と同じカゴに入れてくれた、あなたの決断は、まちがいじゃなかった……と。
「……そうっ……そうなのっ……あのときのっ……」
　母は、顔を覆って泣いていた。
　その姿を見てわかった。
　……覚えていてくれて、ありがとう。
　幸せを願ってくれて……ありがとう。

声をあげて泣きじゃくる母は今、あの日の自分に戻っているのかもしれない。
　あたしはその肩を、そっと抱いた。

　涙をこらえながら難波家をあとにすると、目の前に長い影がふたつ伸びた。
「翔平、理人っ……」
　とても愛おしくて、かけがえのない、あたしの帰る場所。
「美桜、おかえり」
「おかえり！」
　駆けだしたあたしを、ふたりは優しく出迎えてくれた。
「ただいまっ……」
"ありがとう"よりも、"ごめんね"よりも、あたしたちに一番似合う言葉……"ただいま"。

　どっちに行けばいいかもわからないくせに、あたしたちは歩きだす。
「あー腹減った。やっぱりラーメン食ってこうぜ」
「そうだね、気づいたら、朝からなにも食べてないし」
「どうせなら観光もしてく〜？」
「マジかよっ」
「兄妹弟３人で福岡に来るなんて、もうないだろ？」
「いいねー。さんせーい！」
「おい、理人、体平気なのか？」
「だから、そんなの平気だってば」

軽くて、でも情に厚い理人も。
　慎重で、不器用に優しい翔平も。
「……大好きっ」
「ん？」
「なんか言ったか？」
「なーんでもないっ」
　あたしは走りだした。
「おい、ちょ、美桜待てぇ〜」
「よしっ、競争だっ！」
「うぇ〜、俺、病みあがりだし〜……」
「今さら病人ヅラすんな、ははっ」

　ふたりとも……大好き……！！

高度10000メートルの告白

　人もまばらな機内。
　高度がどんどんあがり、福岡の夜の灯りが次第に小さくなっていく。
　……この灯りのどこかに、母の家の灯りもあるのかな。
　今頃、葵ちゃんとふたり、笑いあえていたらいいな。
　左側に座った翔平からは、小さな寝息が聞こえてきた。
　飛行機もあがりきらないうちに寝るなんて、その早さに驚いたけど、昨日から一番疲れたのは翔平かも。
　その寝顔に微笑みながら、あたしが借りたブランケットを翔平の胸もとにかける。
「俺さ……美桜が好きだったんだ……」
　そのとき、右側から突然の告白。
「えっ……」
　このせまい、身動きできない機内で言う……!?
　バカみたいに挙動不審に顔を振ると、そこには理人のドアップ。
　直視できなくて、パッと正面を向いた。
「けどさ……あのとき……目が覚めたとき……。不思議と莉子に会いてーなって思ったんだよ」
　……理人？
　盗み見するように、そーっと理人に顔を動かす。
　はじめて見た。

女の子の話をするとき、デレデレしていただけだった理人が。
　とても愛おしいものを見るような、優しい目をしている。
「半年眠ってて、感情も記憶もそのままだったくせに、どうしてか、気持ちだけは莉子に傾いてた……」
　意識のない半年、ずっと理人をそばで支えていたのは莉子だった。泣きたい日もあったと思うのに、弱音なんて一切吐かないで。
　誰よりも一番……強かった。
　その気持ちが……眠っている理人にも、きっと届いてたんだね……。
　目に見えない、愛の力を感じた。
「多分、俺……莉子のこと傷つけてたと思う。だから、これからは……って、美桜！　なんで泣いてんだよっ！」
「うぅっ……だって……うっ……」
　あたし今、感動しちゃって。
　涙が止められないの。
　一番大事な親友の恋。
　大切な……弟の恋。
　ちゃんと、神様はがんばっている人を見てる。
「だけどさ～、ゾンビ映画はないよ～！　ううっ……う……ふっ……」
　泣いてるんだか笑ってるんだか、涙が邪魔して、なにを言ってるか自分でもわかんないけど。
「るせーっ！」

理人はまっ赤になって、プイッと窓の方を向いた。
「つーか、なんて、せまい世界で恋愛してんだろうな、俺たち」
　ボソッと言った理人の言葉に、大きくうなずいた。
「うん」
「でもそれほど、俺らが強いモンで結ばれてる証拠だと思わない？」
　理人があたしを見る。
　……そうかも……ね……。
「……あのね、翔平から……いつか結婚しようって言われた……」
　思わず、言ってしまった。
　高度10000メートルでの告白は、あたしの気持ちまで上昇気流に乗せちゃって。
　うれしいことは、理人とも共有したいから。
「わお！　マジかよ。やるなーコイツぅ！」
「わっ、やめなって」
　眠っている翔平を小突きそうになった理人を、あわてて止めた。
「うーん……」
　翔平は夢から覚めかけたけど、すぐにまた眠る。
　ホッ……。
「結婚式には呼んでくれよな」
「……っ。ていうか、理人は親族だから！」
「あ、そうだった、あはっ」

『……今度は、譲らない』

あのとき病院で言った言葉。

あれは、翔平への完全な挑発だったんだね。

今頃ようやくわかって、ひとりクスッと笑った。

あたしの左側で、翔平は熟睡中。

その右側で、理人も小さな寝息を立てはじめた。

ふたりの頭が、あたしの肩にもたれかかっている。

身を削って、あたしを守ってくれたふたりに、あたしはなにを返せるかな……。

なにもできないあたしだけど、ふたりのとなりで、いつまでも笑っていられたらと思う。

これからも、よろしくね……。

羽田空港まではあと30分。

ふたりを起こさないように、少し深く背をつけて。

あたしも、瞼を閉じた。

17回目の春

またひとつ、新しい春を迎えた。

今年も教会の桜の木は、キレイに花をつけた。

優しい春の風に乗って、はらはらと舞い散る。

去年より少し伸びたあたしの髪も、花びらとともに風に乗って揺れる。

「早く並んで～」

そして今日は、あたしの17回目の誕生日。

お母さんの提案で、教会の桜をバックに家族写真を撮ることになった。

ベンチにお父さんが座り、うしろに翔平、あたし、理人。

「いくわよー、笑顔ねー」

三脚にのせたカメラをのぞきこむのは、お母さん。

……あたしはこの先、何度決断を迫られるかな。

その決断が、困難で、とても迷ったとしても。

"そのとき" の自分を信じて、心の声にまっすぐ耳を傾けてみよう。

そうすれば、きっとその答えに数年後の自分が、丸をくれるはずだから……。

「……あらっ？ タイマーって、どうやるのかしらっ？」

今さら、そんなことを言うお母さん。

「「母さん！」」
「お母さん！」
　あたしたち、3人の声が重なる。
　も〜、笑顔を作りすぎて顔が引きつっちゃったよ。
「……ったくー、いっつもこれだよー」
「貸してみろって」
　苦笑いしながら、機械オンチのお母さんのもとに翔平と理人が駆けよっていく。

お父さん、お母さん、翔平、理人、そしてあたし。
　5つのピースは、もう欠けることはない。
　自信を持って言える。
　血のつながりはなくても、17年という永い年月が、まちがいなくあたしたちを"家族"にしてくれたから。
　あたしの……自慢の家族。
　この先も、みんなでこの風景をずっと見ていきたいな。
　翔平と理人の姿に笑みをこぼし、あたしは桜の木を見あげた。

　END

文庫版限定番外編
~10 years later~

それから……10年の月日が流れた。

　頭の良かった翔平は、大学では教育学部を専攻し、今は中学校で数学の教師をしている。

　口下手であまり愛想のない翔平が先生なんて、大丈夫!?と思ったけど、生徒や保護者からの評判は結構いいみたい。

　理人は、生まれ持った運動神経や社交的な性格を活かして、スポーツジムのインストラクターという職に就いた。

　莉子との交際は順調だけど、女性のお客さんからのアプローチが激しいらしく、莉子は気が気じゃないみたい。

　理人は、口ではまんざらでもなさそうなことを言っていても莉子一筋だから、心配することないと思うんだけど。

　そんな莉子は、どんどん綺麗になって。

　美容師として働いている。

　そしてあたしは。

　幼稚園教諭の資格を取り、日々小さい子たちと共に遊び、学んでいる。

　純粋で穢れを知らない、澄んだ瞳の子供たちと過ごしていると、ほんとに心が洗われる気がするんだ。

　子供たちには、あたしなりに沢山の惜しみない愛情を注いでいるつもり。

　そんなあたしも。翔平との間に、小さな命を授かった。

　翔平は大学を卒業すると同時に色々な手続きを経て、"水沢"の籍を外れ、ひとり暮らしを始めた。

それは、あたしとの将来を真剣に考えてくれている意思表示でもあり、そのとき正式にプロポーズをしてくれた。
『俺と、結婚してください』
　高校生の時に一度言われていたけど、改まって言われると、ものすごく幸せだった。
　お父さんとお母さんは、とても驚いていたけど。
「あなたたちは生まれたときから一緒だったものね」と、不思議な縁ゆえのことなのだろうと理解し、最後は心から祝福してくれた。
　翔平の産みの母親にも会いに行った。
　……あたしも一緒に。
　翔平よりあたしの方がドキドキしちゃって、大変だったっけ……。
『美桜が緊張しすぎてるせいで、俺が緊張する暇もないよ』
　翔平はそう言って笑っていた。
　翔平に雰囲気がよく似た、とてもキレイな人だった。
　言葉にならず、涙ばかり零す母親を抱きしめてあげている翔平を見て、あたしも涙が止まらなかった……。

「美桜」
　鏡に映る自分の姿を見ながら、これまでのことを振り返っていると、部屋の扉が開いた。
　あたしを呼んだのは、黒いタキシードに身を包んだ翔平。
「翔平！」
　翔平は、相変わらずカッコいい。

今日は、無造作な髪がきっちりセットされている。
　いつもと違う姿に、胸がトクンと高鳴った。
「やべえ……すげえキレイ……」
　あたしを見た翔平も、率直にそんな感想を漏らす。
　恥ずかしくて、でもうれしくて。
　ちいさく唇を噛んだ。
　あたしは今、真っ白いウエディングドレスを纏（まと）っている。
　今日は、人生で特別な一日。
　これから、自宅の教会で結婚式を挙げるのだ。
　あたしと翔平のヘアメイクは、莉子が担当してくれた。
「座ってろって」
　体を気づかってか、立ち上がろうとしたあたしの肩をそっと戻す。
「うん、ありがとう」
　安定期に入ったあたしのお腹は、少しふくらみ始めていた。性別は、女の子と判（わ）っている。

　しばらく翔平と話していると、扉がノックされた。
「はーい」
　返事をして開いた扉の向こうにいたのは、あたしの産みの母親、洵子さん。
　この10年。
　何かの折（おり）に触れては連絡を取り合い、距離を縮め、自然と"洵子さん""美桜ちゃん"と呼び合っていた。
「お久しぶりです。今日は遠いところをわざわざありがと

うございます」
　今度こそあたしは立ちあがり、洵子さんに向かって頭を下げる。数年ぶりに合う洵子さんは、とても素敵に年を重ねていた。
「おめでとう。すごく綺麗ね……」
　あたしを見て目を細める洵子さんに、目頭が熱くなる。
「ありがとうございます」
　少し照れくさくて、翔平と目を見合わせ微笑んだ。
「翔平さんも、すっかり立派になって……」
　赤ちゃん当時の翔平を知る洵子さんは、翔平に対してもきっと特別な想いがあるんだろう。
　言葉少なに、それでもあたしたちを愛おしそうに目に焼き付けている。
　そんな姿を見て、あたしは迷うことなく口を開いた。
「教えて……もらえませんか？」
　今度会ったら、聞くと決めていたんだ。
「あたしに、洵子さんがつけてくれた名前を……」
　洵子さんの目が大きく揺れた。

『あなたの名前はねっ……』
『言わないでくださいっ‼』
　名前を聞いてしまったら、水沢美桜には戻れない。
　そう思って突っぱねてしまった10年前。

　だけど。ずっと。気になっていたんだ……。

あたしにある、もうひとつの名前を……。
あたしは、洵子さんの目をじっと見つめる。
洵子さんは少しの沈黙のあと、あたしの目を見つめ返しながら、
「……"結ぶ"に"実る"と書いて、結実です」
とても大切そうに、その名前を口にした。
「結実……」
それを反芻するあたしの胸の中に、温かい感情が溢れた。
あたしが生まれてから手離すまでの数日間。
きっと、たくさん呼んでくれていたはず。
もしかしたらお腹の中にいたときから、呼んでくれていたかもしれない。
「……っ……」
そう思ったら、こみあげてくるものが抑えられなくて。
あっという間に視界は滲み、肩は小刻みに震える。
そんなあたしの肩に、翔平がそっと手を乗せてくれた。
「……お腹の子に、その名前を……いただいてもいいですか……?」
決めていたんだ。
お腹の子が女の子だと判ったときから。
あたしのもうひとつの名前を、この子に与えたいと。
洵子さんは、驚きに目を見張る。
「翔平、いいでしょ?」
「ああ」
相談したことはなかったけど、翔平はすぐにうなずいて

くれた。
　洵子さんの視界もゆらぎ、あたしの手を握りながら、
「……もちろんよ……美桜ちゃん……ありがとうっ……」
　溢れた涙を頰に流した。
　たくさんの愛に包まれて産まれ育てられたあたしは、きっとこの子を全力で愛することが出来る。
　翔平とともに……。
「あっ……」
「ん？　どうした？」
　翔平が、固まったあたしの顔を覗き込む。
「今ね……お腹が動いた……」
　ほんの僅かだけど、初めての感覚が体の中から伝わって来たの。
「マジっ!?」
「本当!?」
　翔平と洵子さんが目を合わせる。
　……初めての胎動が、こんな素敵な瞬間に訪れるなんて。
　もしかしたら、お腹の子も、自分の名前が決まったことを喜んでいるのかもしれないな。
　たくさんの縁で結ばれて、この世に生を受ける子。
"結実"という名前のように、自らもたくさんの縁を結び、実りのある人生を送れますように。
「早く会いたいな、結実……」
　はじめて名前を呼んで、優しくお腹を撫でた。

数時間後、結婚式を終えて。
一番泣いていたのは、予想通り理人だった。
相変わらず、情に厚いんだから……。
顔に似合わず、真っ赤な目をした理人を見ているだけで、あたしの目からも涙が出てきてしまった。

「いい結婚式だったね。すごく感動しちゃった～」
未だ興奮冷めやらぬ状態で、あたしの頭のアレンジを手際よく変えていく莉子。
このあと、友人たちがレストランでパーティーを開いてくれる予定になっているんだ。
とてもたくさんの人が集まってくれるみたい。
装いをパーティー仕様に変えるため、今は莉子とふたり、あたしの部屋にいる。
「はい、これもらって。次は莉子の番でしょ？」
ブーケを莉子に手渡した。
「えっ、どうかなあ……」
莉子の話では、まだ結婚話は出ていないみたい。
でも相手は決まっているんだし、莉子も適齢期だし、そろそろなんじゃないかなぁと密かに期待している。
「理人も、あと一押し足りないよね」
肝心なところでバシッと決められない弟が、もどかしい。
「いーのいーの。あたし仕事楽しいし、理人も今のままの方が伸び伸び出来ていいんじゃない？　ほら、前向いて！」
……もう。

莉子も素直じゃないんだから……。

　支度が整い、理人の車でパーティー会場のレストランまで向かう。
「今日の式、マジで良かったな～！　俺も結婚したくなってきた～」
　ヘラッと言って、ハンドルを切る理人。
　――ドキッ。
　さっき莉子とそんな話をしたばかりだから、ちょっと緊張が走る。
「だったらすりゃいいじゃん」
　サラッと煽る翔平も、空気が読めないなぁ……。
　男って、ほんとにもう！
　隣に目をやると、莉子は固まっていた。
　……当然だよね。
　すると、理人がとんでもない発言をするから驚いた。
「だなー。じゃあするかー、莉子」
　えっ……。
　なに、その軽いノリは……！
「もっ……や、やだぁっ！」
　莉子が、後ろの席から理人の肩をバシンッとはたく。
　ちょ、ちょっと……それはないでしょ……。
　……はぁ……。
　さすが理人だよね。
　軽口は得意なくせに、いざとなったらものすごく照れ屋

なんだから。
　心からそう思っているくせに、茶化しちゃうところはほんとに理人らしい。
　だけど、あの口下手な翔平ですらプロポーズしてくれたんだから、ちゃんと言ってあげてほしいな。
　理人の姉として、莉子の親友として、複雑な想いでいると。突然、理人がハザードを出して車を路肩に止めた。
「莉子、結婚しよう」
　ルームミラー越しに莉子を見る理人の目は、真剣だった。
　いつになく真面目な様子の理人に、車内の空気もガラリと変わる。
　そっと莉子に目を移すと。
　ワンピースの裾がシワになるくらい、きつく握りしめていた。
　……うれしさと驚きで、どうしていいかわかんないよね。
　理人はそのまま車を降りると、後部座席のドアを開けて莉子にも降りるよう促した。
　面食らいながら降りた莉子に。
　理人はスーツのポケットから何かを取り出す。
　ウソッ……。これって……。
　思った通り、それは指輪。
「理人らしいな」
　翔平は、そんな光景に目を細める。
「そうだね、ふふっ」
　あたしたちの前で、公開プロポーズしちゃうなんて。

扉が閉まっているから、理人がなにを言っているのかはわからない。
　けど、顔をくしゃくしゃにした莉子と、照れたような理人を見れば、ふたりの幸せな未来はそう遠くないような気がした。
「美桜、今日何回泣いてんだ？」
　感極まって、涙がこみ上げてきたあたしを翔平が笑う。
「だって……」
　理人と莉子の幸せは、自分のことのようにうれしいの。
　あたしたち４人は、いつも一緒だったんだから。
「ほら」
　助手席から翔平の手がうしろに伸びてきて。
　あたしの涙を、そっとぬぐってくれた。
　……温かくて、優しくて、大きい手。
　あたしは、この手を二度と離さない。
「翔平」
「ん？」
「幸せになろうね」
「……ああ。世界一な」
　重ねた手には、さっき交換したばかりのリング。
　兄妹として育ったふたりの新しい絆。
　今日からは、夫婦として。
　あたしはずっとずっと、翔平とともに歩み続けていく。

END

あとがき

『恋結び〜キミのいる世界に生まれて〜』を手に取ってくださいまして、どうもありがとうございます。

私が日本ケータイ小説大賞を知ったのは、5年前、ちょうど第4回の募集がはじまった頃でした。
まだケータイ小説を書きはじめたばかりで、私もいつか、この小説大賞に応募できるような小説が書けたらいいな、そしていつか挑戦してみたい……そんな風に思ったのをよく覚えています。
その憧れの小説大賞で、今回素敵な賞をいただき、本当に夢のようです。
夢への後押しをしてくださった読者の皆さま、本当に本当にありがとうございました。

一作品完結すると、いつも弱気になります。次はもう書けないかもしれないと。それでも書き続けてこられたのは、「楽しみにしています」そう言って応援してくださる読者さんの支えがあったからです。
行き詰まっても、読者さんに背中を押してもらえる。
それがケータイ小説ならではの素晴らしさですね。

物語に出てくる3兄妹弟は、それぞれつらい生い立ちを

持っています。お互いのことは思いやれるのに、自分のことはかかえこんでしまう。
そんな3人が自ら生い立ちに向き合い、過去を乗り越えていく中での家族の絆を、感じ取っていただけたら、うれしいです。
『恋結び〜キミのいる世界に生まれて〜』を読んで、家族っていいな、恋するっていいな、改めてそう思っていただけたら、とても幸せです。

書籍化に伴い、美桜たちの物語を素敵に仕上げてくださった水野さん、スターツ出版の皆さま、特別賞に推してくださった審査員の方々、この本に携わってくださったすべての皆さまに、心から感謝いたします。
そして、いつも応援してくれている最愛の家族、友達、ありがとう。

過去がつらくても、今日がつらくても。
「未来は明るく生きたい」
翔平の言葉に込めた前向きな想いが、皆さまに届くことを願って。
この作品に出会ってくださったすべての方の未来が、明るいものになりますように。

2014.6.25　ゆいっと

文庫版あとがき

このたびは、文庫版「恋結び〜キミのいる世界に生まれて〜」をお手に取ってくださり、どうもありがとうございます。作者のゆいっとです。

このお話は、3年前に単行本で出版していただいたものを、再編集したものになります。
とても思い入れのあるこのお話を、文庫化していただけたのも、沢山の方の応援のおかげです。
本当にどうもありがとうございました。

今回、文庫化という素敵なお話をいただき、久しぶりに読み返しました。
すっかり忘れていたエピソードもあり、改めて、なんて3人ともつらすぎる生い立ちなんだろう……と、自分で書いたくせに苦しくなりました。
だからこそ、大人になってさらに幸せになった美桜たちを見たくなり、番外編として10年後を書かせていただきました。
本編では明かされなかった、美桜のもう一つの名前も「気になる」とのお声をいただいていたので、そのエピソードも入れ、私もスッキリしました。
子供から大人になった美桜たち、いかがだったでしょ

か。相変わらずな面もありますが、少しでも大人になったなぁ、幸せになって良かったね、など感じてもらえたら嬉しいです。

　文庫化にあたりご尽力いただきました本間さま、文庫化のお話をくださった飯野さま、単行本を編集してくださった水野さま、スターツ出版の皆さま、関係各位の皆さま。素敵すぎる美桜と翔平を描いてくださった花芽宮るるさま。心より、感謝申し上げます。

　最後に、単行本のあとがきと同じ言葉になりますが、3年経ってもこの想いは変わらないので言わせてください。
　過去がつらくても、今日がつらくても。
「未来は明るく生きたい」
　翔平の言葉に込めた前向きな想いが、皆さまに届くことを願っています。
　この作品に出会ってくださり、どうもありがとうございました。

2017.9.25　ゆいっと

この物語はフィクションです。
実在の人物、団体等とは一切関係がありません。
物語の中に、法に反する事柄の記述がありますが、
このような行為を行ってはいけません。

ゆいっと先生への
ファンレターのあて先

〒104-0031
東京都中央区京橋1-3-1
八重洲口大栄ビル7F
スターツ出版（株）書籍編集部 気付
ゆいっと先生

恋結び ～キミのいる世界に生まれて～

2017年9月25日　初版第1刷発行
2018年11月9日　　第2刷発行

著　者　ゆいっと
　　　　©Yuitto 2017

発行人　松島滋

デザイン　カバー　平林亜紀（micro fish）
　　　　　フォーマット　黒門ビリー&フラミンゴスタジオ

DTP　朝日メディアインターナショナル株式会社

発行所　スターツ出版株式会社
　　　　〒104-0031 東京都中央区京橋1-3-1　八重洲口大栄ビル7F
　　　　TEL 販売部03-6202-0386（ご注文等に関するお問い合わせ）
　　　　http://starts-pub.jp/

印刷所　共同印刷株式会社
Printed in Japan

乱丁・落丁などの不良品はお取替えいたします。上記販売部までお問い合わせください。
本書を無断で複写することは、著作権法により禁じられています。
定価はカバーに記載されています。

ISBN 978-4-8137-0323-5　C0193

ケータイ小説文庫　2017年9月発売

『今宵、君の翼で』Ｒｉｎ・著

兄の事故死がきっかけで、夜の街をさまようようになった美羽は、関東ナンバー1の暴走族phoenixの総長・翼に出会う。翼の態度に反発していた美羽だが、お互いに惹かれていき、ついに結ばれた。ところが、美羽の兄の事故に翼が関係していたことがわかり…。壮絶な愛と悲しい運命の物語。
ISBN978-4-8137-0320-4
定価:本体590円+税

ピンクレーベル

『無糖バニラ』榊あおい・著

高1のこのはは隣のケーキ屋の息子で、カッコよくてモテるけどクールで女嫌いな翼と幼なじみ。翼とは、1年前寝ているときにキスされて以来、距離ができていた。翼の気持ちがわからずモヤモヤするこのはだけど、爽やか男子の小嶋に告白されて……？　クールな幼なじみとの切甘ラブ!!
ISBN978-4-8137-0321-1
定価:本体590円+税

ピンクレーベル

『ぎゅっとしててね？』小粋・著

小悪魔系美少女・美祐は、彼氏が途切れたことはないけど初恋もまだの女子高生。同級生のモテ男・慶太と付き合い美祐は初恋を経験するけど、美祐に思いを寄せるイケメン・弥生の存在が気になりはじめ…。人気作品『キミと生きた証』の作家が送る、究極の胸キュンラブストーリー！
ISBN978-4-8137-0303-7
定価:本体600円+税

ピンクレーベル

『叫びたいのは、大好きな君への想いだけ。』晴虹・著

転校生の冬樹は、話すことができない優夜にひとめぼれした。彼女は、双子の妹・優花の自殺未遂をきっかけに、声が出なくなってしまっていた。冬樹はそんな優夜の声を取り戻そうとする。ある日、優花が転校してきて冬樹に近づいてきた。優夜はそれを見て、絶望して自ら命を断とうとするが…。
ISBN978-4-8137-0322-8
定価:本体580円+税

ブルーレーベル

ケータイ小説文庫　好評の既刊

『きみに、好きと言える日まで。』ゆいっと・著

高校生のまひろは、校庭でハイジャンプを跳んでいた男子にひとめぼれする。彼がクラスメイトの耀太であることが発覚するが、彼は過去のトラウマから、ハイジャンを辞めてしまっていた。まひろのために再び跳びはじめるが、大会当日に事故にあってしまい…。すれ違いの切なさに号泣の感動作！
ISBN978-4-8137-0290-0
定価:本体590円+税　　　　　　　　**ブルーレーベル**

『いつか、このどうしようもない想いが消えるまで。』ゆいっと・著

高２の美優が教室で彼氏の律を待っていると、近寄りがたい雰囲気の黒崎に「あんたの彼氏、浮気してるよ」と言われ、不意打ちでキスされてしまう。事実に驚き、キスした罪悪感に苦しむ美優。が、黒崎も秘密を抱えていて──。三月のパンタシアノベライズコンテスト優秀賞受賞、号泣の切恋!!
ISBN978-4-8137-0240-5
定価:本体590円+税　　　　　　　　**ブルーレーベル**

『恋色ダイヤモンド』ゆいっと・著

野球部のマネージャーになった高１の瑠依は、幼なじみでずっと好きだった佑真と学校で再会する。エース・佑真のおかげで野球部は甲子園へ行けることになるが、瑠依に襲い掛かった悪夢のような出来事がきっかけで、瑠依と佑真、そして野球部の関係が少しずつバラバラになり…。ラストは感動の涙！
ISBN978-4-88381-959-1
定価:本体580円+税　　　　　　　　**ブルーレーベル**

『さよなら、涙』稀音りく・著

アキという名前の男の子に偶然、助けてもらった美春。だんだん彼に惹かれていくが、彼の過去の秘密が原因で、冷たくされてしまう。そんな中、美春の親友の初恋の人が、彼であることがわかる。アキを好きなのに、好きと言えない美春は…。切なすぎる「さよなら」の意味とは？　涙の感動作！
ISBN978-4-8137-0305-1
定価:本体590円+税　　　　　　　　**ブルーレーベル**

ケータイ小説文庫　2017年10月発売

『王子様の弱点ノート』あよな・著

有紗のクラスメイトの五十嵐くんは、通称王子様。爽やかイケメンで優しくて面白い、完璧素敵男子だ。有紗は王子様の弱点を見つけようと、彼に近付いていく。どんなに有紗が騒いでもしつこく構っても、余裕の笑顔。弱点が見つからない上に、有紗はだんだん彼に惹かれていって…。

ISBN978-4-8137-0336-5
予価:本体 500 円+税

ピンクレーベル

『君に伝えたい』善生茉由佳(ぜんしょうまゆか)・著

中2の奈々美は、クラスの人気者の佐野くんに密かに憧れを抱いている。そんなことを知らない奈々美の兄が、突然彼を家に連れてきて、ふたりは急接近。ドキドキしながらも楽しい時間を過ごしていた奈々美だけど、運命はとても残酷で…。ふたりを引き裂く悲しい真実と突然の死に涙が止まらない!

ISBN978-4-8137-0338-9
予価:本体 500 円+税

ブルーレーベル

『いつか その胸の中で』夕雪*(ゆうき)・著

高校に入学した緋沙は、ある指輪をきっかけに生徒会長の優也先輩と仲良くなり、優しい先輩に恋をする。文化祭の日、緋沙は先輩にキスをされる。だけど、その日以降、先輩は学校を休むようになり、先輩に会えない日々が続く。そんな中、緋沙は先輩が少しずつ記憶を失っていく病気であること知り…。

ISBN978-4-8137-0339-6
予価:本体 500 円+税

ブルーレーベル

『神様、私を消さないで。』いぬじゅん・著

中2の結愛は父とともに氷神村に引っ越してきた。同じく転校生の大和とともに、氷神神社のあきまつりに参加するための儀式に参加することになるが、不気味な儀式に不安を覚えた結愛と大和はいろいろ調べるうちに、恐ろしい秘密を知って……?　大人気作家・いぬじゅんの書き下ろしホラー!!

ISBN978-4-8137-0340-2
予価:本体 500 円+税

ブラックレーベル

書店店頭にご希望の本がない場合は、
書店にてご注文いただけます。